图书在版编目（CIP）数据

星空下的潮涌：1980 年代以来的珠海小说/郭海军著 .—广州：中山大学出版社，2023.5
（珠海文艺评论书系）
ISBN 978 - 7 - 306 - 07742 - 4

Ⅰ.①星…　Ⅱ.①郭…　Ⅲ.①小说评论—珠海—当代　Ⅳ.①I207.42

中国国家版本馆 CIP 数据核字（2023）第 032318 号

XINGKONG XIA DE CHAOYONG：1980 NIANDAI YILAI DE ZHUHAI XIAOSHUO

出 版 人：王天琪
策划编辑：吕肖剑
责任编辑：罗雪梅
封面设计：曾　斌
责任校对：石玉珍
责任技编：靳晓虹
出版发行：中山大学出版社
电　　话：编辑部 020 - 84110283，84113349，84111997，84110779，84110776
　　　　　发行部 020 - 84111998，84111981，84111160
地　　址：广州市新港西路 135 号
邮　　编：510275　　传　　真：020 - 84036565
网　　址：http：//www.zsup.com.cn　E-mail：zdcbs@mail.sysu.edu.cn
印 刷 者：佛山市浩文彩色印刷有限公司
规　　格：787mm × 1092mm　1/16　13 印张　210 千字
版次印次：2023 年 5 月第 1 版　2023 年 5 月第 1 次印刷
定　　价：38.00 元

珠海文艺评论书系

星空下的潮涌

——1980年代以来的珠海小说

郭海军 著

中山大學出版社
SUN YAT-SEN UNIVERSITY PRESS
·广州·

写在前面

1

梳理20世纪80年代以来珠海小说的斐然成绩之前，有必要先谈谈“珠海文学”。

许多年来，受制于基本固化的文艺运行秩序，文学创作领域早已形成期刊发表、评论裁定、评奖表彰三位一体的评价体系。以这样的运行秩序和评价体系衡量某一区域性文学创作的成果与水平，可以很容易地通过相关指标得出一个量化的结论，比如本地有多少个中国作家协会会员、有哪些作品得了哪些级别的奖项等。据此，40多年的“珠海文学”，或已成为业绩不俗的边缘性写作共同体。

所谓“边缘性”，是指远离国家行政中心区域（首都）的地域性特征，也意味着和文学中心区域的创作景况既呼应追随又独具特性的写作状态。“写作共同体”则可理解为在相对固定的地理空间内，为一个大致趋同的精神目标或基本一致的题材对象而写作的特定人群。当我们谈论“珠海文学”时，就是在谈论约定俗成意义上的在珠海市行政区域内的文学创作情状。这就与我们谈论的“广州文学”“深圳文学”相同，在命名逻辑上没有区别。这样命名的最大作用在于比较容易让人更多地关注作品发表的数量和作品获奖的等级，如同关注本地区有多少企业进入世界五百强，彰显的是数字化了的实力。故此，“珠海文学”一类的区域性文学命名，自然会较高频率地出现在新闻媒体和地方领导的讲话稿里。

然而，到底什么是“珠海文学”？或者，“珠海文学”这样的命名能不能成立？如果说“珠海文学”即“珠海作家写珠海的文学”，也许会引发专家学者们的学术性争辩，却大体符合文学受众的认知常识。因为只有写作主体与写作客体构成直接认知和理解的熟稔联系，才能更好地反映珠海这座城市的人文底蕴与现实面貌。可是，“珠海作家”这样的区域性命名，是“有珠海户籍的作家”的专称，还是包括“没有珠海户籍却居住在珠海的作家”？这恐怕一时难有定论。再从表达对象的层面考察，虽然文学作品不应该是历史年表，但珠海撤县建市 40 多年以来的发展历史，并未在既有“珠海文学”的具体文本中显露出清晰的艺术面影，乃至于在“珠海作家”的笔下，地名“珠海”两个字出现的频率并不高。“珠海”成为虚构类作品人物具体活动空间或感应对象的文学书写，似乎只出现在陈继明的长篇小说《七步镇》、中篇小说《留诗路》和短篇小说《奔马图》，王海玲、李更 20 年前的一些中篇小说以及珠海经济特区成立之初的少部分作品里。由此而来的令人窘迫的一个事实就是，迄今为止没有任何一位珠海作家可以像邓友梅写北平、冯骥才写天津、王安忆和金宇澄写上海那样来写珠海的城市形象。而与珠海同时撤县建市的深圳，在其城市文学映像的表达上，也有邓一光、薛忆沩、吴君等多人及两代“打工作家”的写作实绩。“珠海作家”却大抵身在珠海，心在天边。或者说，是写作者生活、工作在珠海，笔端所及多是别处故事。

所以，从政府有关管理部门和各类传媒上下默契地希望繁荣地方文化的思路来看，“珠海文学”这样的区域性文学命名，无论是数量规模还是主题意涵乃至艺术容量，都还不能满足热爱珠海这座城市的广大社会公众的艺术期许，还没有完全展现出特区城市珠海应有的文学成就和意识形态功效。也就是说，到目前为止，“珠海文学”还只是一种近乎标语口号式的宣传标签，内里的缘由涉及历史、经济、文化等多个方面。即便如此，我们仍然要谈论“珠海文学”。因为，这个命名内部涵括的诸多创作者及他们的各类体裁作品，已经展现出独有的特色与别样的魅力，正喻示着更多创作成就的出现和更大发展空间的到来。

2

一座城市能否成为作家有感且有效的写作题材与故事资源，与这座城市的人文发展、历史厚度和体量规模密切相关。不管学者们怎样努力钩沉历史以锻造城市的文化内涵，人们看待珠海如看深圳一样，都是从改革开放之后的“经济特区”开始予以定位的。换言之，自1980年深圳和珠海先后被确立为经济特区开始，两座城市的发展就与中国改革开放的宏伟进程同步。虽然只有40多年的历史，但这两座城市却是中国从传统农业产业向现代工业产业转型的前沿和窗口。但时至今日，深圳与珠海在人口规模、地区生产总值等方面，早已不是一个量级。若从文学角度来衡量，“文学深圳”与“文学珠海”也有显明不同。相比深圳文学，珠海文学的话题不多，没有“打工文学”“底层写作”之于深圳的空前盛况。紧随时代脉动而发声，让深圳的文学在过去的几十年里风头矫健。而珠海的文学书写，疏离于文坛热点的边缘性特征却越来越显著。

这种状态的另一面，则是边缘化具有的少约束和自由感，滋长了珠海文学书写的前卫性或先锋性特征。不同于大多数深圳作家对社会现实与现代城市发展过程的写实性描述，珠海作家喜欢聚力于表达关涉人类命运和个体生命的既宏大又幽微的主题，在艺术品质和写作技术上也更具探索性。这决定了珠海文学书写中少有珠海城市形象的事实。

以小说创作为例。1998年，珠海作家曾维浩笔耕八年的长篇小说《弑父》面世。作者以丰沛恣肆的想象和繁复多变的结构，采用寓言和象征的手法宏观地写出了人类文明的尴尬困境。作品主题涵盖了人类生存的不同境遇，涉及人类学、社会学、哲学等诸多学科要面对的共同课题。十年后，曾维浩的另一部长篇小说《离骚》，则把笔触伸向具体人物的内在情感世界。小说主角吴天成对王一花“虽九死其犹未悔”的倾心爱恋，穿透了50多年的历史尘埃，具体生动地展示出人性的丰饶和温润。作者在《离骚》中表现的是对人类生存处境的持续一贯的关注，一改其《弑父》处处隐喻、象征的表现手法和否定性的主题指向，开始坚实地站在现实的地面之上，以民族化的立场和形式真切地肯定人类的生存价值。再如陈继明的长篇小说《七步镇》，主人公东声试图通过“寻找自我”来治疗回忆症这一精神疾患。在小说里，作家东声“寻找”自我的曲折脚迹，已经在现代和传统、个体和社会、“我”和自我的既阔大多维又具象幽微的时空中，绘制出一种让读者既陌生又似曾相识的精神图谱。这图谱既属于东声个人，也属于我们每一个人。这样的小说创制，还有李逊的《在黑暗中狂奔》，韦驰的“存在三部曲”（《无冕之王》《矛盾症漫记》《对另一种存在的烦恼》）、“南方三部曲”（《制造脸，制造灵魂》《梦碎之地》《来日方长》），维阿的《不可能有蝴蝶》……

从整体上看，创作视野宽阔高远，文学风采姿态多变，不拘泥于时代和现实的既有境况，专注于个体化的艺术思考与探索，似乎已成为珠海作家的共通属性和美学追求。进而，这些也构成了珠海作家文学书写的独特质地。晚近30年，珠海作家的写作空间宽阔而不狭隘，写作姿态从容而不慌张，写作体式工致而不粗放。一言蔽之，特区珠海的文学书写既散淡、从容，也精雅。

3

当我们谈论“珠海文学”时，无法避开两个重要年份——1980年和1992年。前者对于珠海自不待言，后者对于中华民族的发展和国家的繁荣极为重要。

1992年，改革开放总设计师邓小平在著名的“南方谈话”中，充分肯定了深圳、珠海经济特区的探索性发展和示范性效应。同年10月，党的十四大决定正式建立社会主义市场经济体制。从计划经济向市场经济的正式转型，标志着有史以来中国社会由传统农业文明迈向现代工业文明的重大基础性转变。1992年春节过后，中央电视台播出电视剧《外来妹》，把“进城务工人员”群体在广东城市里的“打工状态”展示给全国观众，引起极大反响。也是在这一年，另一部喜剧电视《编辑部的故事》，通过讲述《人间指南》杂志的六个编辑与社会的多维接触，于更大范围显露出正在悄然变革的中国社会现实景象。这种变革的时代背景，就是片头曲《世界很小是个家庭》唱的“告诉你一个发现，你和我都会感动。世界很小，是个家庭”。30 年前的中国人能不能对此深受“感动”尚且不说，但世界是个家庭的确属于“一个发现”，说明中国人真正的“世界意识”或“人类意识”正在形成，尽管形成的过程痛苦而艰辛。

概括而言，出现在 1992 年的这些事实，蕴含着彼时一个意义丰富的中国社会发展现实，以及从国家最高管理层政治决策到普通百姓具体生存之间的因果逻辑。从 1978 年的改革开放开始，经过十几年“摸着石头过河”的悉心探索，到 1992 年正式确立中国特色社会主义的发展格局，即从农业社会向工业社会转型、从计划经济向市场经济转轨。基于这样的发展现实，一场人类历史上最大规模的自上而下的“现代化”运动从深圳、珠海等经济特区发端。其中，渐变的价值观念、道德标准、思维方式和生活方式，开始由特区向其他沿海城市和广大内地扩散，并逐步构建起传统中国人新的意识形态。因而在 1992 年，怎样于农业文化向工业文化的转型中寻找、确定个人的生存位置和生活目标，就成为电视剧《外来妹》的题旨，也揭示了现实中千百万“外来妹”的人生窘境。在巨大的社会变化面前，珠海作家在精神和情感层面实际上也是另一类“外来妹”，因为他们与绝大多数深圳作家一样，大都属于特区城市的“外来”移民。

以特区城市深圳、珠海等为目的地的国内大规模移民潮，发生在 20 世纪 80 年代中期以后。数以千万计的移民由两类人群构成：一类是较早移居特区的“精英”群体，包括政府公务员、媒体从业者、教师、大学应届毕业生、国有企业干部、转业军人、“下海”经商者等；另一类是“打工”群体，主要是来自中西部和广东本省的“进城务工人员”。不论哪一类移民，其“闯广东”或“闯特区”最直接的动力，是相信凭个人能力可以得到更多更好的经济回报和更舒展更自由的自我发展机遇。“闯”既是个人行为，也是群体动作，灌注着关乎个体生存和个人命运的多种希冀与憧憬。此外，随着特区城市的成形和进一步发展，一种新的现代城市文化渐渐凸显出来，形成迥别于中国传统城市的观念场域和生存空间。随之而来的人与环境彼此促进并深度融合的过程，既形成了特区城市的人文发展历史，也催生了一种新的城市文化生态。

在文学领域，两类移民尤其是以进城务工人员为主体的“打工”群体，不但使深圳成为世界上最大的新兴移民城市，也让深圳的文学书写因被界定为“打工者写，写打工者”[1] 的“打工文学”而声名远播。同属移民城市的珠海特区，“打工文学”的发声却很微弱，甚至可以忽略不计。就此比较，深圳的文学书写更多地专注于描述社会转型过程中普通人的现实生存状态，并以“打工文学”“底层写作”“城市文学”的递进性文学表达，刻画出当代中国第一座真正意义上的现代工业城市的精神成长史。而在珠海的文学书写中，“精英”群体中的移民作家则成为主角，他们在感受现代都市生存观念变化的同时，也深切体会到快速的城市化进程给传统的生活方式与生活节奏带来的巨大冲击，以及由此形成的精神摇撼和心理落差，进而促使他们对现代城市文明做出深刻思考与自觉反省。如陈继明、曾维浩、王海玲、裴蓓、李逊、韦驰、维阿等人的小说，胡的清、卢卫平、唐不遇、谢小灵、唐晓虹等人的诗歌，耿立、钟建平等人的散文，李更的随笔等众多作品，其主题指向都关涉这样的思考与反省。

4

进一步看，在 20 世纪 90 年代中期，以“精英”移民作家为主体的珠海文学书写，就已经显露出当代中国文学史上一种新的思想内涵和艺术品质。包含这种内涵与品质的各类文学体式，其主题指向正在由“城市文学”发展为“新市民文学”。这样定位的现实理据，主要源于两个方面。

一是珠海作家主体写作意识的超前性。随着工业化社会转型的逐步深入和渐趋完成，移居经济特区的新移民经历了 40 多年的心理与情感的蜕变，与也在转变中的原住民在新的现代城市文明空间里融合，形成发端于深圳、珠海等特区城市，进而扩展到广东其他城市乃至全中国的新

---

① 可参见杨宏海的《“打工文学”的历史记忆》（《南方文坛》2013 年第 2 期）、《文化视野中的广东“打工文学”》（《粤海风》2000 年第 6 期）等评论文章。

市民阶层。这是一个正在成长的城市社会阶层，将成为建立在物质和知识、制度现代化基础上的文化现代化[①]的最直接的表征，也即“人的现代化”。从新移民到新市民的成长过程，几近同步性地反映在深圳文学书写的各类文本中，具体表现为从“打工文学”“底层写作”“城市文学”（新都市文学[②]）到“新市民文学”的阶段性形态演进。与深圳作家扣紧现实发展脉搏的文学发声相比，同期的珠海作家则直接站在现代城市的立场上，以新市民的写作姿态冷静地审视时代，从人类生存的更广阔视界思考和描述从“乡土中国”到“城市中国”的人性人情。

例如，移居珠海的王海玲以1995年中篇小说《东扑西扑》为起点，在工业化社会转型的大背景下，开始描写移民特区的年轻知识女性苦苦找寻自我精神定位的心路历程。直到2008年中篇小说《无法闪避》的创作，王海玲的小说在人物形象和主题意蕴上不断延伸并互为补充，形成特区知识女性移民形象系列，进而构成了一种整体上的文学表达。虽然写的是知识女性移民群体在特区所遭遇的生存之痛和精神迷失，但作者并未倾力于传统伦理观念上的谴责与批判，相反表现出更多的宽容与理解。乃至对人物的人生选择和行动，作者都有意无意地流露出一定程度的欣赏。以艺术的方式探寻社会转型期内生活既有的诸多可能性，以及这些可能性的边界，这种基于人生实相客观冷静进行表达的主体写作意识，显然超前于发生在深圳的“打工文学”及“底层写作”。

二是珠海文学书写主题表达的跨越性。起源于深圳经济特区的国内移民文学，因其与社会转型实验的同步而呈现出较为完整的连续性和阶段性纪实特征。换言之，早期的“打工文学”演变为“底层写作”，无非是转型之初到20世纪90年代中后期转型阵痛阶段，普通人包括打工群体生存境遇、心理状态与情感世界的形象再现。两者的区别在于，中后期的移民文学人物书写从特区城市的进城务工人员扩大到农民、工人和普通劳动者，叙事空间则从深圳一城拓展到全国其他城市。可见，对“血

---

① 此处借鉴了梁启超的观点，具体见1923年2月梁启超为申报馆建馆五十周年所作的《五十年中国进化概论》（《梁启超文集》，北京燕山出版社2009年版，第226页）一文。

② 1994年，深圳的《特区文学》在第1期的卷首语中提出“新都市文学”的概念。之后的两年里，相关的理论阐述并没有厘清“新都市”的内涵，也未产生与之相对应的作品，仿佛“新都市文学”就是“深圳文学”的新版本。但这个概念的提出，表明杂志编者已经敏锐地把握住特区人在涉及现代城市的立场、观念和态度上的无形转变。

汗工厂”的愤怒控诉、对资本巧取豪夺的泣血揭批，成为“打工文学”到“底层写作”的重要主题意涵。然而，珠海文学书写的主题表达甫一面世，就越过了“打工”和“底层”的揭露、谴责与批判，站在了“城市文学”的写作起点上。也就是说，珠海作家多从人类生存的大坐标出发，以现代城市新市民的视角，摹写新移民从传统乡土进入现代城市的心理悸动和曲折的精神路径，以及现代城市市民的多维生活状态，就像卢卫平的《我拿着一把镰刀走进工地》所描述的一样：

秋天了，金黄的谷物
像一个掌握了真理的思想者
向大地低下感恩的头颅
我拿着一把沉默的镰刀走进轰鸣的工地
这把在老槐树下的磨刀石上
磨得闪闪发光的镰刀
这把温暖和照亮故乡漫长冬夜的镰刀
一到工地就水土不服，就东张西望
一脸的迷茫，比我还无所适从
我按传统的姿势弯下腰，以《牧羊曲》的
节奏优美地挥舞镰刀
但镰刀找不到等待它收割的谷物
钢筋水泥之下，是镰刀无比熟悉的土地
从此后只能是咫尺天涯
镰刀在工地上，是一个领不到救济金的
失业者，是工业巨手上的第六个指头
但我不会扔掉它
它在风雨中的斑斑锈迹
是它把一个异乡人的思念写在脸上
是它在时刻提醒我，看见了它
就看见了那片黄土地①

① 卢卫平：《一万或万一》，四川文艺出版社2019年版，第94—95页。

在传统乡土社会不可逆转地走向工业化的进程中，发端于经济特区的现代城市文化也正全方位地影响和改变着当代中国。作为第一代特区城市移民，卢卫平以新市民的冷静视野，发现了“沉默的镰刀”与“轰鸣的工地”的不可融合，客观地写出了新市民的精神来路和时代发展的必然性。当然，在表现新市民的精神故乡和“进城路径”的同时，珠海文学书写的主题也指向进行时态中的现代都市生活，以及由此形成的种种个体精神遭际，譬如裴蓓的中篇小说《曾经沧海》、陈继明的长篇小说《堕落诗》《七步镇》、唐不遇的城市诗歌。此外，还有曾维浩形而上地探讨人类文明困境的《弑父》，等等。

5

我们这样谈论珠海文学，并非要说明它有多高明或多么富有前瞻性，而是意在界定珠海文学书写的区域特性。比较地看，深圳文学书写走过了“打工文学”“底层写作”“城市文学”等以阶段形态递进的完整路程，且已成为中国社会转型过程中现代城市移民文学表达的经典样本；珠海的文学书写则直接在“城市文学”阶段才加入了中国经济特区文学，即现代城市文学的阵营。或者，亦可表述为：珠海文学书写甫一登场，就呈现出“城市文学”的形态样貌。

事实上，1983 年出现的“城市文学”概念，并没有显示出彼时文学界对现代城市的准确认知①。因为在物质和制度层面真正具备工业文明特性的现代城市，肇始于深圳、珠海等经济特区的创立，进而成为传统乡土所代表的农业文明的前进方向和目的地。一定程度上，深圳的发展进程，就是中国现代城市兴起和壮大的演进过程的缩影。所以直到 21 世纪第一个十年结束，中国现代城市的真正面貌才在越来越丰盈的文学书写

---

① 见《城市文学笔会在北戴河举行》（《光明日报》1983 年 9 月 15 日）。1983 年 8 月下旬，“全国首届城市文学理论笔会”第一次提出“城市文学”的概念，在一定程度上标志着文学界对现代城市的自觉关注。与会者给予“城市文学”的定义是：“凡是写城市人、城市生活为主，传出城市风味、城市意识的文学作品，都可以称为城市文学。”

中日益清晰起来。具体地说，特区移民文学表达的每一种阶段性形态，都对应着相关的现代城市生活内容。即以“进城务工人员”为表现主体的“打工文学”，是现代城市建设初期传统与现代由对立走向融合阶段的形象写照；“底层写作”是现代城市工业体制转轨时期的艺术再现，表现对象由“进城务工人员”扩大到下岗工人和城市平民；“城市文学”则是对现代城市渐渐成形后各个领域社会生活的文学描述，表现对象由“底层”延展到“中层”，即从普通市民阶级扩容至城市中产阶层。所以，“城市文学”作为专有概念在晚近30年逐渐得到认同的过程，映衬的是在社会转型基础上中国现代化城市从诞生到成长的历史。

问题在于，随着工业化社会转型的基本完成及中国特色社会主义市场经济的渐趋完善，“打工文学”与“底层写作”所承载的“苦难”“怨愤”等特定内涵已经变成历史，面对“乡土中国”转型为“城市中国”的新时代，疆域阔大的“城市文学”到底该怎样确定自己的形态坐标？究其实，对于“城市文学”，认同并不等于切实把握。所以，当我们说起“城市文学”的时候，更大程度上是在强调其与“乡土文学”对举的价值，关注的是现代城市移民从“他乡”到“我城”的融合，即“城市文学”是对“打工文学”“底层写作”的内在承继和自然递进，由此构成了现代城市移民文学的最后一个阶段性形态。而在中华民族的双脚踏进工业化社会门槛的新时代到来之际，“人的现代化”的发展现实，催生了“新市民文学”。作为新时代第一个阶段文学形态，“新市民文学”应该超越改革开放40多年来传统乡土与现代城市之间二元对立的思维壁垒，以更前瞻的姿态、更高远的视界和更宽厚的情怀与时俱进，描画中国人走向民族伟大复兴的情感际遇和心路历程。从这个角度看，珠海的文学书写既与“深圳文学”并辔同行，也因从“城市文学”向“新市民文学”的跨越而显现出不同的格局和独特的魅力。

此外，随着粤港澳大湾区建设被提升到国家发展战略层面，近于功利的一城一地的区域化文学品牌倡导，显然不会产生很大的价值。在岭南历史与文化的大背景下，粤港澳大湾区这个现代化城市群中每座城市的区域性文学书写，都必将是“大湾区文学”整体中的有机组成部分。“深圳文学”如此，“珠海文学”亦如此。

如果说人类历史上伟大的作家及其作品早已成为璀璨的文学星河，

那么包括珠海文学在内的中国特区文学就是这历史星空之下的又一次潮涌。在没有经过岁月的炼金士提炼和萃取以前，40多年来的珠海文学书写或许只能是浩瀚的时间海洋里的一朵文学浪花。但即使是再微小的浪涌，也会在时间的内在肌理上留下生命的痕迹和它们特有的价值。这是我们梳理和研判珠海文学的基本动力。

马克思说："人体解剖对于猴体解剖是一把钥匙。反过来说，低等动物身上表露的高等动物的征兆，只有在高等动物本身已被认识之后才能理解。因此，资产阶级经济为古代经济等等提供了钥匙。"① 马克思的这段论述是用类比的形式说明：资本主义是人类最复杂的社会经济形态。只有先理解了资本主义，才能理解其他社会经济形态。也就是说，不懂得现在，就不能正确地把握过去。因而，要把"理解现在"作为"解释过去"的前提或"钥匙"，从而真正体现出"历史意识"。这样的研究思路，我们可以称之为"从后研究法"或"后向考察法"。将此用于改革开放以来的珠海文学研究，就是立足40多年后的当下，从经济特区城市作为中国社会转型前沿试验区既有的艺术实绩出发，来梳理和探析不同发展时段内珠海作家作品的观念、主题、形式、风格、意义等，进而在晚近30年的中国文学版图上予以其较为清晰的价值定位。只不过，这一次是先从珠海的小说开始。

---

① ［德］马克思：《政治经济学批判·导言》，见《马克思恩格斯全集》第30卷，人民出版社1995年版，第47页。

目 录
Contents

特区：一个时代的清晨

110年前，王国维说："凡一代有一代之文学：楚之骚，汉之赋，六代之骈语，唐之诗，宋之词，元之曲，皆所谓一代之文学，而后世莫能继焉者也。"[①] 4年后，胡适也强调说："文学者，随时代而变迁者也。一时代有一时代之文学。周秦有周秦之文学，汉魏有汉魏之文学，唐宋元明有唐宋元明之文学。此非吾一人之私言，乃文明进化之公理也。""今日之中国，当造今日之文学。"[②] 王国维指出的是文学创作的体制和风格随社会变迁产生变化，并形成各自不同风貌的规律；胡适侧重的是文学形式的整体嬗变，并呼吁即刻开始行动。换言之，王国维关注的是中国文学发展的既有事实；胡适则更看重这种事实的现实价值。不论两位学问大家关心的是过去式还是现在时，都揭示出一个基本道理：文学只能是"有源之水"和"有本之木"，即文学领域的物质决定意识原理——有什么样的生活就有什么样的人，有什么样的人就有什么样的文学书写。

复言上述常识意在说明，"一时代有一时代之文学"论断里的岁月更迭，表层含义是突出审美形式的时代差异，本质上则指民族生存本身的阶段性变化，包括价值观念、道德标准、思维形式和生活内容等。如同没有清末以来"三千年未有之大变局"或"数千年未有之变局"（李鸿章语）的历史情状，也就没有胡适倡导"文学改良"的动力性前提，正所谓"没有晚清，何来五四"[③]。当1840年以来的民族生存与发展问题延续到20世纪末的时候，一个新的时代正在开启，一种新的文学形态也随

---

① 王国维：《宋元戏曲史·自序》，中华书局2016年版，第1页。王国维的这本著作成书于1912年，原题"宋元戏曲考"，1915年商务印书馆首版时改"宋元戏曲考"为"宋元戏曲史"。

② 胡适：《文学改良刍议》，《胡适文集》第3卷，人民文学出版社1998年版，第18页。此文写于1916年，发表在1917年1月1日出版的《新青年》（2卷5号）上。

③ 见王德威《没有五四，何来晚清?》（《南方文坛》2019年第1期）、《被压抑的现代性——晚清小说新论》（北京大学出版社2005年版）等著述。

之诞生。这就是经济特区和特区的文学。

一、国家决策：新时代的发端

1956年4月，毛泽东在中共中央政治局扩大会议上的讲话中说：

外国资产阶级的一切腐败制度和思想作风，我们要坚决抵制和批判。但是，这并不妨碍我们去学习资本主义国家的先进的科学技术和企业管理方法中合乎科学的方面。工业发达国家的企业，用人少，效率高，会做生意，这些都应当有原则地好好学过来，以利于改进我们的工作。现在，学英文的也不研究英文了，学术论文也不译成英文、法文、德文、日文同人家交换了。这也是一种迷信。对外国的科学、技术和文化，不加分析地一概排斥，和前面所说的对外国东西不加分析地一概照搬，都不是马克思主义的态度，都对我们的事业不利。①

22年后，相关条件的齐备让第一代国家领导人的想法逐渐变成具体的实践。1979年7月，广东省的深圳、珠海、汕头三地和福建省的厦门被中共中央、国务院批准试办“出口特区”。1980年5月，中共中央、国务院决定将深圳、珠海、汕头和厦门四个出口特区改称为“经济特区”。同年8月26日，第五届全国人民代表大会常务委员会第十五次会议批准施行《广东省经济特区条例》，经济特区的法律地位正式确立。对于中华民族而言，经济特区是一个重要的历史节点与发展支点，是中华民族由“站起来”到“富起来”再到“强起来”的更高起点。

事实上，基于改革开放政策建立的经济特区，是国家顺应历史规律自上而下进行社会转型的开始。按照马克思的经典论断，人类社会由低向高发展需要经过三种形态：一是农业社会形态。“人的依赖性关系（起初完全是自然发生的），是最初的社会形态，在这种社会形态下，人的生

① 毛泽东：《论十大关系》，见《毛泽东选集》第5卷，人民出版社1977年版，第287页。

产能力只是在狭窄的范围内和孤立的地点上发展着。”二是工业社会形态。“以物的依赖性为基础的人的独立性，是第二大形态，在这种社会形态下，才形成普遍的社会物质交换，全面的关系，多方面的需要以及全面的能力的体系。”三是更高级的未来社会形态。“建立在个人全面发展和他们共同的社会生产能力成为他们的社会财富这一基础上的自由个性，是第三个阶段。第二个阶段为第三个阶段创造条件。”人类只有从对人的依赖阶段发展到对物的依赖阶段，才可能抵达更好的生存境地。因此，“家长制的，古代的（以及封建的）状态随着商业、奢侈、货币、交换价值的发展而没落下去，现代社会则随着这些东西一道发展起来”①。也就是说，工业社会替代农业社会是人类发展的必然规律，是一个必须经历的“现代化”过程，其中的关键是经济形态的革命性变化。对于古老的中国来说，“现代化”总体上就是指社会形态的变革过程，也包括西方工业革命以来涉及人类各个生活领域的深刻变化，如物质的现代化、制度的现代化、思想的现代化等。

1840 年，中华民族有史以来第一次与世界发生了真正的联系，尽管是以一种极其被动的方式。而关乎民族发展的现代化转型，也萌芽于此时。鸦片战争之后，清政府在备受屈辱与压迫的社会氛围里，痛苦而真切地感受到“强”与“弱”的巨大分野，于是启动了一次较为艰难的民族自救。先是“师夷长技以制夷”②，1861 年开始的“洋务运动”是一个物质层面的“现代化”尝试，但随后的甲午战败却使这种“自强”的努力彻底落空；知识层面的“现代化”改革（如官派留学）的效果一时还难以立竿见影；制度层面的改良革新（戊戌变法）也因为严苛的镇压宣告失败，甚至是推翻帝制的辛亥革命，也只取得形式上的成功。对此，文学史家严家炎认为，所谓“现代化”或“工业化”，除指现代物质生活条件外，还指传统农业社会转变为现代工业社会过程中所形成的一系列新的知识理念与价值标准。世界发达国家的现代化转型虽然都有各自的

---

① 《政治经济学批判（1857—1858 年草稿）》，见《马克思恩格斯全集》第 46 卷（上册），人民出版社 1979 年版，第 104 页。

② 魏源在《海国图志》的序言里说：“为以夷攻夷而作，为以夷款夷而作，为师夷长技以制夷而作。”所谓的“师夷”，是指学习西方国家在军事技术上的优点。“夷之长技三：一战舰，二火器，三养兵练兵之法。”表明人们已着眼于物质（器物）及知识、制度方面的借鉴与学习。可参见《海国图志原叙》（《海国图志》，岳麓书社 2021 年版）。

特点，但轨迹大致相似。即在工业、科技发展和物质生活改善的基础上，社会结构由宗教或者宗法主导的传统等级制社会，经过市场化、契约化、法制化、世俗化的途径，逐步转变成以个体为本位的现代社会，现代意识也逐步替代了原有的传统观念。[①] 所以，国家的实际状态使清末民初的知识界开始逐渐将注意力转到“立人”，也即思想的“现代化”方面，意欲通过文学对国民进行启蒙。如谭嗣同、黄遵宪、裘廷梁、梁启超、鲁迅等人都强调“人的觉醒”与“文的觉醒”。随着“五四”新文学运动的到来，中国文学在语言、观念、内涵、形态等方面发生了全方位的变化。“国语的文学，文学的国语”以及“人的文学”“平民文学”等口号的提出，尤其显示了这场文学革命与建立现代化民族国家目标的一致性，有力地实践了“一时代有一时代之文学”的倡导。但这样的努力并没有取得预期效果。原因在于，清末民初的中国还不具备完成现代化转型的基本条件。

具言之，首先，晚清至民国初年的中国，还没有形成社会转型所需的民众基础。相关的研究文献显示，清末民初的人口在4.5亿左右，绝大部分国民处于文盲状态。[②] 只靠彼时少数知识精英的文化和文学行为，绝无可能实现以西方工业文化为样板改造中国民众意识的目标。其次，缺少组织基础。在半殖民地半封建社会的环境中，无论晚清还是民初的政府，既不愿也没有能力去主导一场自上而下的宏大社会转型运动。从视野、胆识、观念到组织、具体实施，都无法完成这样一场“刮骨疗毒”式的自我救治。再次，没有现代化所必备的工业生产基础。西方列强的霸凌欺辱，决定了在半殖民地性质的国家里，难以建立和发展自己的民族工业生产体系，当然也就不可能实现富民强国的现代化转型。最后，日本的侵华战争客观上阻断了中华民族复兴的历史进程。20世纪30年代以后，“救亡图存”“团结御辱”成为时代的主旋律，“启蒙”难以为继，原本就缓慢的国家现代化进程被迫中止。

中华民族真正的现代化转型肇始于1978年，主要得力于两个基本条件。一是强有力的组织领导。1978年12月确立的改革开放政策，是中国共产党顺应社会发展规律把中国建设成一个现代化国家的开端。这是一

---

① 严家炎：《二十世纪中国文学的现代性特征》，载《中国艺术报》2010年7月2日，第7版。

② 付永贤：《清末至民初人口结构实证研究——基于乡土志数据》，广西师范大学硕士学位论文，2015年。另有孙中山多次提到的“四万万”一说，应该是一种概略性表达。

个由政府主导的自上而下的社会转型进程，是古老中国痛定思痛之后做出的关乎民族命运和前途的伟大选择。在经历了始自经济特区的十余年理论、思想和实践的艰难探索后，社会主义市场经济的基本框架逐步形成。1992 年，邓小平“南方谈话”① 对建立经济特区等诸多改革成果充分认可，进而党的十四大明确提出要建立社会主义市场经济体制，标志着社会主义市场经济理论的正式提出和形成，也标志着社会主义市场经济体制开始正式建设和完善。1993 年，党的十四届三中全会通过了《中共中央关于建立社会主义市场经济体制若干问题的决定》，中华民族的现代化（工业化）社会转型全面开启。二是新中国成立以来国民素质的极大提升。国民素质通常指“人”的全面素质，包括与一个国家的法律制度、政治制度等相适应的知识、品德、情感、能力等要素，这是民族国家现代化的基石。一方面，文盲率大幅下降。依据《中国人口统计年鉴》数据，1978 年中国人口的文盲率已经由新中国成立初期的 80% 下降到 35%，1990 年下降到 15.88%。另一方面，受教育人数大幅上升。有关资料显示，截至 1978 年，大专以上文化程度的国家公务人员已达到 313 万人，这个群体成为推动改革开放最主要的动力性要素。新中国成立后的前 30 年，基本建立起了一个全新的以个体为本位的中国特色平民社会，使中华民族的现代化转型有了较为稳固的人才积累和思想前提。

1978 年 10 月至 1979 年 1 月底，邓小平先后访问了日本、新加坡、美国，得出的结论是：外国的技术、管理和资本可以为中国发展所用，要打开国门向世界“取经”。这一次是中华民族主动与世界发生了联系。而 1980 年确立的经济特区，则是由计划经济体制转向市场经济体制的先期实验区，是国家进行现代化转型实践的出发地。这喻示着一个新的时代迈出了第一步。

---

① 1992 年 1 月 18 日至 2 月 21 日，中国改革开放的总设计师邓小平走访武汉、深圳、珠海、上海等地，一边调研视察，一边发表了一系列振聋发聩的新观点，后被统称为“南方谈话”。其中最著名的论断包括：不纠缠于“姓资”还是“姓社”的问题，改革开放“判断的标准，应该主要看是否有利于发展社会主义社会的生产力，是否有利于增强社会主义国家的综合国力，是否有利于提高人民的生活水平”，“计划多一点还是市场多一点，不是社会主义和资本主义的本质区别”，等等。这些讲话标志着继毛泽东思想之后，马克思主义与中国具体实践相结合的思想结晶——邓小平理论的形成和最终成熟，对中国 20 世纪 90 年代以来的现代化社会转型起到了关键性的推动作用。

二、市场经济：新生活的起始及表达

1978年年底，全国第一个可以进行自由贸易的国营河鲜货栈在广州芳村开业。1979年1月，年满30岁的回城知青容志仁，在家乡广州申领了个体执照。他向女朋友借了60元，凑够100元后，在广州西华路开了一间面积仅有几平方米的“荣光小吃店”。容志仁成为中国第一代个体户中的一员。最初，他很紧张，因为很多受过良好教育的人都对个体户皱眉头，认为这样的工作是自降身份。但没过多久，容志仁就取得了极大的成功，利润滚滚而来。几年后，他成为一个很富有的企业家，也是中国最早出名的个体户。他开小吃店的1979年，常被称作中国市场经济的“元年”。①

1984年，第一部以“个体户”为主角呈现广州城市风情的电影《雅马哈鱼档》风靡全国，被誉为“广东改革开放第一张亮丽的名片”“当代广州的清明上河图”。在那个人们对商品经济仍然抱有疑惑的年代，《雅马哈鱼档》破天荒地撕开了计划经济的一角，拍出了广州立于改革开放前沿的缤纷与鲜活，书写了中国电影史上“岭南都市电影”的新篇章。②

到了20世纪90年代，诗人杨克写了《天河城广场》《在商品中散步》等肯定市场经济的诗作，如“点钞机翻动大额钞票的声响/这个年代最美妙动听的音乐，总有人能听到/总有人的欲望可以万紫千红地开花”，“由北向南，我的人民大道通天”（《广州》）。杨克说，《天河城广场》是他写商业化比较有代表性的作品，“因为这是全中国第一个把商店叫做广场的地方。以前广场像天安门广场，各省的广场，或者是五四运动人们去演讲的广场，都是政治集会的场所，广州是第一个把超级商场命名为广场的城市，于是我就写了这首诗。它不是写广州，而是写了中国‘根

① 有关容志仁的情况，可参见《外媒：1979年，中国市场经济“元年”》（《青年参考》2013年5月15日，第28版）、《容志仁，“流浪者”归来》（《南风窗》1994年第10期）、《容志仁：中国第一家个体早餐店主》（《民营经济报》2008年6月30日，第5版）等文献。

② 何晶：《一部影片和它开启的南粤电影新篇章》，载《羊城晚报》2018年9月19日，第A13版。

子’文化的变异”①。

“根子”文化指的是农业文化，传统的“重农轻商”观念在“点钞机翻动大额钞票的声响”中一点点地瓦解破碎，一种新的生活形态正在到来和逐渐成形，就像《天河城广场》里写到的：

二十世纪末，蛰动萌发
事物的本质在急剧变化
进入广场的都是些慵散平和的人
没大出息的人，像我一样
生活惬意或者囊中羞涩
但他（她）的到来不是被动的
渴望与欲念朝着具体的指向
他们眼睛盯着的全是实在的东西
哪怕挑选一枚发夹，也注意细节
那些匆忙抓住一件就掏钱的多是外地人②

杨克面对时代变迁的真切书写，突出的是广州人在商品经济或市场经济环境下表现出来的物质欲望和消费意识。这不是传统市井巷陌风情的变体，而是一种新的生活态度与生存方式，是一种细腻的迥异于内地城市乡土文化的都市氛围。如《雅马哈鱼档》表达的是在开放的城市生态景观里，普通市民置身于社会主义市场经济大潮中生存观念的改变，显示出新的人生选择和价值取向。

然而，即使都处于改革开放的前沿区域，作为经济特区的深圳、珠海却又与广州有着显明的区别，具体表现为以下三方面。

第一，特区有特定的功能。特区是中国改革开放的先行地，是工业化社会转型的发轫区，是市场经济体制的试验点，是国家经济贸易、科技、文化等对外交流的窗口。特区可以独具特定使命，独享相关政策，独占区位优势。一言以蔽之，特区为中华民族在21世纪的腾飞提供了独特的物理平台。这是国内其他任何城市都不具有的“特权”。

① 《文学粤军之杨克》，载《广东文坛》2022年2月28日，第4版。

② 杨晓民：《百年白首经典诗歌（1901—2000）》，长江文艺出版社2003年版，第188－189页。

第二，特区有特殊的文化。特区是传统农业文化和现代工业文化的碰撞与交融区。对此，张奥列在 30 多年前就有过较为精当的阐述：

特区文化具有伸缩性，使东西方文化产生对撞与对接，分解与交融。特区文化也具有改良性，既有海洋内陆、东西南北的杂交优势，也有良莠芜杂的存在。较之内地，它有某种超前性；较之世界，则仍有某种滞后性。它对东西方文化都有某种依附性，但同时又在东西方文化的碰撞中显示着自己的活力。可以说，它是一种开放性、兼容性、变异性、多质性的沿海文化形态。①

确切地说，特区文化以民族传统为根基，以工业城市文化为形体。一方面，特区的主体意识、政治形态、社会管理体制等，是民族的、中国化的；另一方面，特区的商品经济形式、消费方式、人际关系、具体的生存观念等，则是西方的、国际化的。最终，二者熔铸成中国化的价值观念、道德标准、思维形式和生活方式，即具有中国特色的现代城市文化。

第三，特区有特别的人口。全国第七次人口普查（2020 年）数据显示，深圳常住人口 1756.01 万人，珠海常住人口 243.96 万人。两个城市常住人口的绝大部分系移民。典型的如深圳，1980 年仅有户籍人口 32.09 万，非户籍人口 1.2 万，常住人口 33.29 万，到 2020 年增长了 52 倍多，95% 属于移居者。② 20 世纪 80 年代初期，当袁庚提出的“时间就是金钱，效率就是生命”③ 口号响彻全国的时候，深圳已经成为“知识精英”、“下海”经商者和农村打工青年最向往的城市。可以说，深圳是一座由外来移民创造的现代工业城市，因而也是中国最完全的一座移民城市。若以全国历次人口普查显示的常住人口数据来看，第三次人口普查（1982 年）：深

---

① 张奥列：《一种新的文学形态——特区文学初论》，载《文学评论》1989 年第 6 期，第 83 页。

② 深圳最初的常住人口数，可参见《2010 年第六次全国人口普查主要数据公报》（国家统计局 2011 年 4 月 28 日发布）。

③ 袁庚（1917—2016）：原名欧阳汝山，广东深圳人，是中国改革开放事业的重要探索者，被誉为“中国改革开放实际运作第一人”。2017 年 4 月 23 日，招商局集团在蛇口海上世界举办了纪念袁庚百年诞辰暨袁庚塑像揭幕仪式。2018 年 12 月 18 日，他作为“改革开放试验田‘蛇口模式’的探索创立者”，被授予“改革先锋”称号。2019 年 9 月 25 日，他被授予“最美奋斗者”称号。“时间就是金钱，效率就是生命”是袁庚于 1979 年提出的口号，体现了他对市场经济的基本理解。

圳 35.19 万人，珠海 37.41 万人；第四次人口普查（1990 年）：深圳 166.74 万人，珠海 63.54 万人；第五次人口普查（2000 年）：深圳 700.84 万人，珠海 123.56 万人；第六次人口普查（2010 年）：深圳 1042.40 万人，珠海 156.02 万人。[①] 到第七次人口普查（2020 年），珠海的常住人口在广东省 21 个地级市中，排在第 20 位，仅比云浮市多出 5.6 万人。[②]

这样对比，并不是说珠海特区的发展不如人意，而是以此说明珠海在地理区位、发展定位方面的特殊性，决定了城市的经济体量和人口规模，也制约了珠海特区外来人口的数量规模。

同属移民城市，深圳自 1980 年以来的移居者可分为两类：一类是“知识精英”群体，包括党政机关与企事业单位的干部、教师、大学毕业生、转业军人、私营业主等，他们是特区的首批移民；另一类是“打工”[③] 群体，主要以“进城务工人员”为主体。20 世纪 80 年代中期后，深圳打工人的数量以百万计，形成了当代中国最早和最大的“打工”群体。随之，这个庞大的群体成为深圳新移民阶层的主体人群。曾有新闻报道，2010 年以后在深圳的常住人口中，外来务工人员占据四分之三，其中绝大部分是打工者。[④] 这样的“打工”群体，随后也大批出现在东莞、佛山、广州、珠海等珠三角地区。而珠海的特殊性在于，“打工”群体的数量占城市人口总量的比例较低，因此体量也小，甚至远不及东莞、佛山。也就是说，按常住人口的规模计，珠海移民阶层的构成以“知识精英”群体为主。

虽然，不论是“知识精英”群体还是“打工”群体，他们既是现代化工业城市的拓荒者和建设者，也是中国工业化社会转型历程的见证人。

① 此处的对比数据分别来自深圳统计局网站和珠海统计局网站的“统计数据”。

② 《广东省第七次全国人口普查公报》，载《南方日报》2021 年 5 月 15 日，第 A07 版。

③ “打工”的“打”意为从事、进行，“工”意为工作，“打工”就是从事工作。“打工”一词最初来自香港，意思是受雇于人、为别人工作，本身没有贬义。若以学术语言概括，“打工”主要指从业人员在某个固定或不固定的利益主体下，获取一定生活资源的劳动手段。“打工”自改革开放之后传入广东，并逐渐流行到全国各地，其含义也发生了变化。在“受雇于人、为别人工作”的基础上，又多了几重寓意：一是指背井离乡到外地、外省，从事劳动强度较大、工作时间较长、经济收入也较低的体力性工作；二是指从事不属于体制内的、不太稳定的工作；三是指寄人篱下、忍气吞声，无奈地忍受低收入、长工时的工作。这些寓意在“打工文学”中，都有形象鲜明的表现。

④ 胡百卉：《共享宝安文学活力 打工文学如何破局》，载《南方日报》2017 年 10 月 13 日，第 BD02 版。

同时，他们在由计划经济向市场经济转轨的过程中，也逐渐完成了以现代意识替代、置换传统农业社会观念的自我转型，实现了现代工业城市新市民的身份转变。对于早期的特区移民者而言，新城市的新目标、新体制与新的发展理念，决定了他们必须建立新的价值观念，产生新的生活体验，形成新的情感表达。可以说，20世纪80年代以来的特区移民，需要的是“参加”和“适应”新体制城市的建设与发展，需要的是“向内”改变旧有的自我。他们是国家期待的“建设者”，既要按已经确定的战略目标建设新城市，也要建立与新城市发展相协调、相一致的自我观念体系。此刻，当特区移民以文学发声时，就产生了迥异于20世纪80年代同期的“伤痕”“改革”“寻根”等样态的特区文学。

在特区文学内部，或者说对比“深圳文学”和“珠海文学”，二者的差异性是明显的。总体上看，二者的数量规模和影响效果不同，主要缘于城市人口基数对文学发声的频率、强度的根本性制约。细辨之，一是“打工”群体文学书写的巨大体量，使得“打工文学”成为深圳城市文化的耀眼名片；而珠海则几乎没有显示出“打工文学”的实绩。二是深圳市政府相关部门有力、有效的组织与引导，成为深圳文学尤其是“打工文学”发展壮大的重要推手①；而珠海则是在某个作家写出名气和影响后，为其组织安排一次研讨会。可见，深圳文学多是整体发力，珠海文学则为散点开花。

于是，就珠海文学而言，其特征十分鲜明。

其一，在创作主体上，移民作家成为主角。在面对和接受珠海特区城市生活这个层面上，移民作家和本土作家没有太大的差别。他们一同感受着现代城市发展过程中生存观念的变化，体会着快速的城市化进程给传统的生活方式与生活节奏带来的巨大冲击，以及由此形成的精神摇撼和心理落差。由此促生了他们对现代都市文明的深切思考与自觉反省，如李逊的中篇小说《同声尖叫》、曾维浩的长篇小说《弑父》、裴蓓的中

---

① 深圳市政府有关部门助力“打工文学”的方式，主要是延请国内著名专家学者召开研讨会、举办论坛等。如1991年10月的“中国经济特区文学研讨会”（又称“特区‘打工文学’座谈会”）、2000年8月的“大写的二十年·打工文学研讨会”、2005年11月的“第一届全国打工文学论坛暨打工文学创作实践与未来发展全国学术研讨会”。深圳市文联、中共深圳市宝安区委宣传部自2005年开始逐年举办“全国打工文学论坛”，到2019年12月已达十五届。此外，深圳还设置了相关的奖励机制，另有引进著名作家落户深圳的做法。

篇小说《我们都是“天上人”》等众多作品的主题指向，都关涉这样的思考与反省。但移民作家的故乡情结，本土作家则不具有。这种情结不仅表现在作品的价值取向、情感层次、艺术风格等方面，还表现在以哪一种视角来看待传统与现代。除了以作者固有的乡土之睛看现代城市，还可以从城市的角度审视乡土和乡土经验。这些因素综合地内生于作品中，就构成了珠海移民作家文学书写的别样特征，甚至能够生发特殊的审美效果。在现代城市与乡土田园的双重视角的观照下，卢卫平诗歌的都市感怀和耿立散文的故乡情愫，都以健朗的格调为那些移居他乡的人们，打造出一种真切可触的情感休憩之所。曾维浩的“故乡农事诗”系列散文，其价值也主要体现为居于现代城市中的“深情回望”。

其二，在创作内容上，从传统乡土向现代城市转变。特区珠海作为工业化社会转型的试水区和实验地，无论是政策优势、地缘优势还是现代生存观念、生活标准、生存方式等，都远不同于其他城市。所以，自20世纪80年代中期以后，“新生活”“淘金”“有机会发展自己以实现价值”等诸多因素，引导着全国各地越来越多的人来到珠海。这样的社会发展实状，就成为曾维浩、王海玲、裴蓓等笔下人物如郝当、吉娜、丽莎、蓝黛、都市、梅沥沥等“进城”的物理性依据。换言之，如果没有珠海特区的文化生态作为艺术支撑的平台，不少珠海作家的作品就无法存在。

其三，在创作风格上，散淡且从容。与深圳文学相比，珠海文学的发展环境平稳、舒缓、轻柔。虽然城市生活中有激烈的商战，却少有商战文学；有现实中打工人群的辛酸无奈，却少有打工小说和诗歌。在珠海特区的独特背景下，珠海文学的创作空间寥廓深远，创作姿态安静从容，创作体式雅逸高蹈。或者说，只有在珠海的文学书写中，才会出现先锋意味十足的韦驰小说、唐不遇诗歌，才会产生渊远的《弑父》、深邃的《七步镇》，才会沿着情侣路走出一条回故乡之路。

当我们在2022年的春天转身回眸时，会发现40多年的珠海文学已经有了诸多变化，显见于主体身份、文化立场、写作心态、审美趣味等各方面。如李更的小说早已变成了“晃晃”式的快意随笔，裴蓓的“天上人”已然成了“制片人”，卢卫平的歌者越来越像真正的城市人，陈继明的文学骅骝跑向了潮汕，还有曾维浩、王海玲……

而在珠海文学的各种样式里，小说的实力最强劲。

珠海小说：边缘的前卫

不同于深圳小说，珠海小说引起文坛的关注，始自20世纪90年代中后期。当深圳的《你不可改变我》（刘西鸿）荣获中国作家协会第八届（1985—1986）全国优秀短篇小说奖的时候，珠海小说距离这种国家级的嘉奖还非常遥远。在1990年之前，珠海也没有出现《小个子马波利》（谭甫成）、《大路上的理想者》（梁大平）、《他们要干什么》（李兰妮）、《深夜，海边有一个人》（林坚）等引起评论界争议或获得赞许的有影响的小说阵容。发表于20世纪80年代中期的这些作品，让深圳小说在彼时的特区小说中一骑绝尘。虽然同期的珠海也有不少小说作品问世，但在各个层面都很难与深圳小说比肩。

如果从自身的发展历程回溯，1995年以前的珠海小说即使保有一些吉光片羽式的作品，也不足以形成规模性的效应。一个显在的例证是，2010年8月珠海作家协会①为庆祝珠海经济特区成立30周年，编辑出版了四卷本的《珠海经济特区三十年文学作品选》②，这是“首次集中梳理了我市诗歌、散文、小说等三种体裁的创作”③。小说占其中两卷，收录39位珠海籍作家的41篇中短篇小说。这套书的序言是这样写的：“三十年来，珠海这块文学沃土上百花齐放，形成了一系列特区风格的文学作

---

① 珠海作家协会成立于1991年2月23日。在第一次会员大会上，谢金雄被推选为主席，杨创基、成平被推选为副主席，见《珠海文艺三十年（1980—2010）》（珠海市文学艺术界联合会编，2011年内部印刷）。

② 珠海市作家协会编：《珠海经济特区三十年文学作品选》，珠海出版社2010年版。此前，在珠海建立经济特区十周年时，出版了《珠海经济特区10年报告文学集》《珠海经济特区10年散文集》（珠海市委宣传部编，解放军文艺出版社1990年版）；二十周年时，出版了《创世纪的报告》（珠海市文学艺术界联合会、珠海作家协会编，珠海出版社2000年版）。这说明前20年对珠海文学的“检阅”，侧重的是纪实类文学书写。

③ 张元章：《见证珠海文坛辉煌 检阅珠海文学力量》，载《珠海特区报》2010年9月12日，第8版。

品，不仅在题材上富于时代性，而且在叙述方式、小说文体方面具有独特的审美价值。在继承了来自内地的传统文学血统的基础上，特区文学又融入了新的思想、新的生活、新的审美经验，在题材上主要反映特区改革开放的新成就、新经验、新变化，形成了一种被文坛称为‘南方文体’的文学样式。”“纵观三十年文学史，珠海特区文学所塑造的形象大体上是特区的淘金者和建设者，这一群体有别于新时期以来所有的文学人物，这是珠海文学最明显的表征。”这样的表述，更像是针对珠海小说的有感而发，宏观上道出了珠海文学在发挥城市文化建设功能方面的基本特点。同时也表明，珠海小说成为珠海文学里最为厚重和最有影响的文体构成。

故此，珠海小说并非一鸣惊人，而是经历了一个循序渐进、厚积薄发的成长过程。依据国家经济社会转型的总体进程和珠海特区发展的实际状态，我们把珠海小说的实绩演进分为先导期、探索期、成熟期三个阶段。

一、先导的姿态

“先导期”应该起于1980年，止于1993年。珠海从成为经济特区开始，到1993年11月十四届三中全会通过《中共中央关于建立社会主义市场经济体制若干问题的决定》，经历了中国社会转型首先是经济形态转变的实验期。先后加入这个民族历史上前所未有的探索实践的珠海人，不管是原住的还是外来移居的，不论是作家还是普通人，或者说创作主体和创作客体一样，都参与、感受、体验到了异于传统的新的事态、物态、情态，都在潜移默化中接纳和因应了新的价值观念、道德标准、思维方式和生活方式。由于身在其中难以识别“庐山真面目”，因此在这一阶段珠海小说家的笔下，这些与“参与”“感受”“体验”“接纳”“因应”等相伴随的心理和情感状态，常常是点滴的、片段的、零散的，甚至是浮于表层的、片面的。但即便如此，珠海文学尤其是珠海小说，仍然是改革开放以来中国当代小说版图上的一个独特存在。1980年至1993

年期间的珠海小说，就成为这种独特存在的开端部分。

所谓“先导的姿态”，是指此期的珠海小说表现出来的不同于其他地区小说的基本风貌。诸如在题材上，多写特区的人、事和特区的生活，也有对乡土的回望；在主题上，多表现因应市场经济初期的人生观和价值观，以及由此引发的多维思考；在情感上，多以认同、肯定、赞许为主调，也夹杂着游移、迷惑、质责的态度；在风格上，多展示正向的、积极的、明朗的韵律，也体现了调侃、嘲讽、谐谑的情致。这些小说的作者既有谢金雄、杨创基、陈伯坚、杨干华、卢观发、黄河清等广东本土作家，也包括杨静仪、成平、象丑牛、李一安、张波、夏克军、常青、杨雪萍等移民作家。

1. 谢金雄

1991 年起连任两届珠海作家协会主席的谢金雄，涉足多种体裁的创作，但还是以小说为主。已出版长篇小说《闹海记》（与唐亢双合作，广东人民出版社 1977 年）、《彼岸情思》（珠海出版社 2002 年），中篇小说《孤岛情缘》《异邦情惑》《特区情结》等。较有代表性的作品《孤岛情缘》写的是青年渔民吕宏的恋情故事。吕宏健壮英俊、豪迈潇洒。为了年迈的母亲和家乡的渔业机械化建设，吕宏没有参加高考，而去渔船机修厂当了一名机修工。一次，吕宏独自出海捕鱼，救了三个掉入海里的人：美国嘉宁电子公司香港分公司经理何杰克和他的美国妻子奥西娜，还有他的秘书潘宁，潘宁是一名台湾大学生。三人从香港驾着游艇去度假旅行，不料船在雾中撞礁沉没。吕宏费尽力气把他们救上无人的三丫岛渔寮。三人苏醒后，认定是落在中国共产党控制的岛上，顿生敌意。吕宏以自己的坦荡和无私渐渐得到三人的尊重，尤其是赢得了潘宁的充分信任。四天后，孤岛上的四个人几经周折，疲惫至极，潘宁对吕宏产生了情愫。吕宏与潘宁的几次对话，让他了解和理解了何杰克的老板生活。潘宁的恋人曲正轩是何杰克的表兄，曲正轩风流倜傥、腰缠万贯，且是台湾黑社会的头头。但在吕宏的映衬下，曲正轩以往的卑劣使潘宁渐生嫌弃。七天后，何杰克为了早日回到香港做生意，带着奥西娜和潘宁偷偷驾着小艇逃跑，却因不会用桨而再次遇险，被吕宏再次搭救。这时候，潘宁彻底爱上了吕宏。而吕宏也受到对方的感染，回之以爱。何杰克夫妻也为吕宏的品行所折服，表现出赞许的态度。这是改革开放前，社会主义和资本主义两个不同阵营的人生活在孤岛上产生的爱情。两种不同的观念、话语规则和思维方式，以歌声和苏曼殊的诗连接起来。无产阶级的吕宏与资产阶级的潘宁，在吕宏说出“我爱你”之际，实现了最高层次的情感融合。

虽然还是延续新中国成立以来“两结合”的写法，但新的主题质素开始出现在谢金雄的小说里，那就是长期以来阶级对垒观念下两大阵营关系的具体松动：彼此之间有了切近的理解与情感的交流甚至认同。这是改革开放和建立经济特区之前思想先声和情感取向的艺术化表达，体现出一种期望的姿态。在《孤岛情缘》里，吕宏形象更近乎一种观念性的符号，可即便如此，小说显在的姿态也展示出一个民族希冀变革的强大自信。

2. 杨干华

杨干华是广东茂名信宜人，他的小说创作始于 20 世纪 50 年代末期。直到 2001 年不幸去世，杨干华写的都是农村题材，因此他的小说也可以称作“乡土小说”。曾有研究者把杨干华的小说创作分为三个阶段：“十七年”间以《冬梅探山》《石头奶奶》为代表的短篇小说创作是第一个阶段，写的是彼时农村的个人与集体、落后与先进、公与私的矛盾冲突；第二个阶段是 1978 年后，以《惊蛰雷》《社会名流》等短篇小说揭示传统因袭与极“左”思潮交互作用下农民的保守、固执、愚昧，以及农民的生存痛苦中内蕴的时代内涵，开始通过心理刻画来表现人物性格；第三个阶段是 1984 年举家迁往珠海特区后，发表中篇小说《山里的太阳》，出版长篇三部曲中的《天堂众生录》《天堂挣扎录》（百花洲文艺出版社 1992 年）等作品，显示出更为深入的主题挖掘。①

若与 1964 年发表的《管水员的故事》相比，杨干华珠海阶段的小说无论是思想深度还是艺术高度都有了长足的进步。置身于市场经济初期

---

① 车永强：《杨干华小说人物塑造艺术初探》，载《当代文坛》2004 年第 2 期，第 9—11 页。

的文化和生活环境中，杨干华得以站在更高的层面上重新审视自己熟悉和一直描写的粤西农村生活，注力在民族传统文化背景下探析农民心理和情感中体现出来的“劣根性”，诸如愚顽、奴性等特征，并深挖其成因。《山里的太阳》中的高大成认真负责、作风正派、忠于职守，但他做事只唯上级是从，只知道“顺应潮流”，凡是来自上面的安排，他“闻风而动”“义无反顾”，认为这样“可以让上级放心”。甚至在落实知识分子政策时，女儿高肖英写信到县委告他“变相糟蹋人才”。杨干华在此揭示和批判的，是不顾事实地把行政权力看得高于一切的传统奴性文化意识。小说里的蔡其坚也是一味盲从的人物。他成长于封闭的农村，父亲曾经“吃过匪饭”，被打入“另册”的他因此非常自卑，动辄就自以为“做错了什么事，露出什么阶级斗争的新动向”。书记说不准他拉二胡，他就砸掉二胡；面对陈芝兰的表白，他“自觉不配”；甚至感觉“不配与高大成并肩走路”。蔡其坚丧失了基本的自尊、自信，仿佛是迂腐与奴性的化身。在《天堂众生录》《天堂挣扎录》中，杨干华刻画了两类人物形象：一类是天堂乡书记钟万年、中农罗可灿等形象；另一类是梁继承、陆梦兰、罗金河等形象。前者是传统文化意识的代表，愚昧、顽固，心智狡黠；后者则清醒、理性，顺应时代。对于钟万年等人物，杨干华怒其不争，同时对梁继承等新一代寄寓了更多希望。

3. 成平

成平下过乡，当过兵，来珠海特区之前在原广州军区政治部从事专业创作，是名副其实的军旅作家。其创作的中篇小说《干杯，女兵们》（解放军文艺出版社 1984 年）于 1985 年被改编为电影，获誉全国。1988 年发表的短篇《禁锚区》（《人民文学》1988 年第 1 期）是其代表作之一。小说写的是通讯哨所战士小刘的故事。汛期江水暴涨，个体户黄老四家的驳船队出了故障，要在禁锚区抛锚。禁锚区内水底有过江的国防电缆，抛锚容易割断电缆。小刘就驾着小船顶着暴风雨去江上阻止他们在禁锚区抛锚，却被黄老四用竹篙捣翻小船。小刘落入湍急的江水后，又靠意志力翻上了小船，并指挥港务局的大船拖着重新聚拢的黄老四驳船队，驶过禁锚区和暗礁区。在 6 小节的篇幅里，成平采用闪回叙事的方式描述了战士小刘的心理：他喜欢美，渴望爱情，对一排长的误解心怀怨愤等。在表现与普通人一样的常情常态的情节里，小说凸显出战士小刘在关键时刻的责任心和勇气，展示了一种蕴含于平凡中的人格力量。

《禁锚区》里肯定和颂扬的主题指向，也体现在成平其他小说如《干杯，女兵们》《白壳》《蓝眼睛》等中。在富于变化的叙事形式里，融汇自己对生活尤其是对军旅生活的深入思考与丰沛情感，注重人物形象的真实性和丰满度，表达和推崇正向积极的人生观与价值观，是成平小说的一个主要特征。

4. 张波

张波是1999年转业到珠海特区的军旅作家。1977年开始创作，有短篇小说集《太阳方队》（昆仑出版社1990年）、中篇小说集《白纸船》（时代文艺出版社1991年）、长篇小说《平常人家》（八一出版社1994年）等出版。张波的小说并不仅限于军事题材，如中篇小说《特区不浪漫》（《特区文学》1994年第3期）就以“我”的视角，写出了闯海南特区的“蜡染”“土匪”“梁祝”等人进退维谷的两难心态。学美术的姑娘“蜡染”相貌出众，在办公室做秘书；曾是大学讲师的“土匪”因为身材魁梧当了保安；乐团小提琴手“梁祝”去了歌舞厅；满脸书卷气的“我”成为门童。这样看似合理的滑稽安排，都出自四人求职的酒店的老板刘总之手。四个带着理想主义和浪漫情怀的知识精英，经历了酒店求职之后才发现特区远不是他们想象的那样求贤若渴。“我们想到的是别人将如何对待我们，却没想到自己能否去适应环境。”“我们骨子里的那种在贫困中成长起来的浪漫和理想，实在是脆弱得不堪一击。”小说的题旨颇似梁大平的《大路上的理想者》，但与梁大平笔下吴为的“逃避”不同，“我”在“理想碰壁”之后选择向内自省，怎样适应新的环境状态是基本的思考路径，尽管“我”依旧要面对浑身散发着浓郁乡土气息的刘总。

当然，张波小说的主要成就还是体现在军事题材的创作上。描写战争与和平相互交织的军旅生活，深入揭示军人丰富的情感世界，一直是他小说书写的主要方向。就像以对越自卫反击战为背景的《圣土》《零公里》《金色黄昏》《岁岁枯荣》《五羊》等中短篇小说，通过描述生与死的直接感受和体验，表现出神圣的军人情怀，进而形成崇高庄严的审美效果。中篇小说《五羊》（《花城》1990 年第 4 期）写夜晚降临时分，转业军官季蒙走在广州越秀公园林间小径上的回忆和思绪。虽然战争的硝烟早已散去，但血与火的烙印却无法从季蒙的心头抹去。战争经历作为刻骨的记忆，已成为季蒙这些老兵人生观、价值观的一种参照尺度，升华了他们的品质与人格。由此，他们对爱情、对生活、对事业有了更深刻的认识和更执着的追求。小说共分 13 节，每节只有一个自然段，都以“季蒙在林间小径上默默独行”起始，形成一种复沓的节奏感，借此呈现季蒙现实与回忆繁复交错的内在情思。《五羊》在表达深厚情感蕴藉的同时，也体现了作者艺术营造的精致匠心，可谓张波小说的代表性作品。

5. 夏克军

夏克军 1993 年入籍珠海特区。可能是职业经历的原因，他的小说多写警察，或者涉及警察。同样因为职业，他写小说似乎更多的是出于业余爱好，尽管已出版了《特区警官》（珠海出版社 2000 年）等长篇及其他一些中短篇。与特区生活关联得较为紧密，是夏克军小说的重要特点，其中某些小说表达了特区环境下一些价值观念的变化，以及某种含蕴新意的精神面貌，如《特区往事》。

中篇小说《特区往事》相对简单的情节，是在两组人物之间展开的。一组是孙翠霞与何濠江，另一组是赵海山与沈力，以孙翠霞和赵海山的夫妻关系组合连接到一起。漂亮的孙翠霞最初借助丈夫的关系到国有商场做售货员，因为活络的商业头脑与嘉利食品有限公司总经理何濠江建立了商业合作，随后承包了糖果柜台组，由于业绩好又被任命为一直亏损的商场家电部主任，后来又到何濠江的公司任职，成了老板的得力助手。后来，何濠江远在加拿大的妻子和儿子死于车祸，孙翠霞陪他去料理后事。孙翠霞的能力、人品和细心、体贴、温情让何濠江好感倍增，于是他决定让孙翠霞移民到温哥华帮自己管理潮州菜馆。孙翠霞对何濠江也有感情，虽然可以带女儿移民，可丈夫怎么办？此时，国内的赵海山也心生困惑，感觉妻子越来越现实，也越来越精明老练，两人的距离正在一点点的拉大。这个有着不凡履历的交警大队队长，在同年轻的报社记者沈力游访他当年从军的海岛时，与她有了亲密关系。待回到家中，才知道女儿被摩托车撞伤住院。赵海山想："翠霞什么时候回来，圆圆被撞的事怎么向翠霞交代哪！"夫妻二人在不同时空里，都陷入了一种两难的境地。

实际上，《特区往事》里的每一个人物都是正向和正常的形象，老板何濠江是正向的，孙翠霞与赵海山各自的"移情"也不是不可以接受的。即便是持假军官证的耿云芳、商万河这样的商人，也是善解人意且充满人情味的。夏克军对人物"身不由己""情有可原"的描述，内里已经隐匿了他留给读者的答案。但就小说以大部分篇幅写赵海山而言，小说还是有意无意地显露出作者内心的某些倾向，也体现了一种积极开放、蓬勃向上的特区韵味。

6. 杨雪萍

杨雪萍1986年调来珠海特区的时候，就已经是贵州小有名气的青年作者。之后她作为珠海市文学艺术界联合会专业作家，先后出版了长篇小说《蛮荒故乡》（江西人民出版社1989年）、中短篇小说集《无处诉说》（花城出版社1990年）与《一天中的四季》（中国青年出版社1995年）、散文集《山那边》（贵州人民出版社1994年）与《人在澳门》（百花文艺出版社1996年）等。《蛮荒故乡》写于移民特区之前，杨雪萍以一个涉世未深的女孩的视角，为读者展现出一幅幅黔北农村的风俗画，在与城市生活的对比中表达了自己独特的人生感受，很有彼时文坛盛行的"寻根"风格。但她小说创作的新突破，是在移居珠海之后。无论是主题意涵还是表现形式，杨雪萍的小说都表现出与以往小说极大的不同。概言之，杨雪萍逐渐放弃自己早期小说浪漫、天真、纯情的格调，开始直面现实和人生，用冷静而独特的眼光审视生活，表现出较高的艺术水准。如在短篇小说《南国五月之夜》（《天涯》1992年第3期）里，杨雪萍写了一个老干部对于特区的心理感受和变化。马学宗本来是特区建设之初T市的领导者，在他任职的五年里虽然兢兢业业、恪尽职守，可由于观念保守落后、思维僵化呆板，还是给特区发展造成了很大损失，最后只好引咎辞职回了内地。五年后也即特区建设十周年时，他受邀回T

市参加会议，在酒店里他触景生情，几乎通宵不眠。马学宗此时开始反思和醒悟，并委托老丁买了3000元的股票。杨雪萍大胆地把马学宗设定为特区T市建设初期的领导者，并在这个人物形象的痛苦反省中，寄寓了新与旧、传统与现代的历史性嬗变的内涵，表达了自己对特区建设与发展的深入体认，这也表明她的小说正在步入一个新的创作阶段。

《南国五月之夜》是中短篇小说集《一天中的四季》中的一篇。这本小说集的副标题“特区移民故事”标明了作品题材的特定范围，也彰显出杨雪萍小说的艺术特色。在小说集中，杨雪萍写了男男女女各类型的特区移民。除了老干部马学宗，还有老管（《宾土域》）、老巩夫妇（《崩溃》）、“老狼”（《欲望桥》）、皮氏兄弟（《诱之惑》）、汪小姐（《一天中的四季》）等人物。但在特区社会转型时期，杨雪萍对时代脉搏的敏锐把握与感受，对中国特色市场经济成长过程中传统文化心理和文化意识变化的描绘，在女性人物身上表现得更细致，也更深入。中篇小说《一天中的四季》里的“我”是一位作家，1982年调来珠海特区。堂妹在电话里跟“我”说她在白藤湖工地和包工头“肥青”谈恋爱，不想再理男友朱富强了，“我”急忙从市区赶来一探究竟。见到堂妹后，听她断断续续地介绍情况，“我”不以为然。“我”与堂妹吃饭时不经意闯入“肥青”的饭局，随后一起去唱卡拉OK。其间，“我”内心对“肥青”一伙人充满轻蔑与鄙视，一边用各种言行掩饰自己衣着的寒酸。随后“我”来到堂妹在工地的简陋住处，听她倾诉孤寂和无奈。堂妹一天下来总说“我”的校友汪小姐跟了牛老板后如何光彩、怎样牛气，言语之间满是艳羡。没有想到，在堂妹宿舍“我”竟遇到了汪小姐。原来她已被牛老板抛弃，连回乡的路费都没有，现在是来跟人借钱的。之前汪小姐隐瞒了身世，她在家乡原来有一个儿子，后来落水身亡。堂妹听后内心震撼不已，不再羡慕汪小姐，也不再觉得牛老板多么了不起。小说以“我”与堂妹的对话贯穿全篇，间叙闪回关涉对话内容的前因后果，话题焦点始终围绕人生价值如何现实化，也即钱的作用到底有多强大。最后，“我”沉痛地对堂妹说：“告诉你一句真话，其实我很失败……”她不语。顿了顿，我又说：“真的，千万别学我。”听见她那边已经起了细微的鼾声，这才想到太阳底下她已在坑坑洼洼的白藤湖奔波一天，这小姑娘实在是太累了。于是我仿佛妥协了一般叹口气，自言自语道：“算了，就跟肥青吧。在珠江三角洲，做个殷殷实实安分守己的土豪，没什么不好……”

“我”居然改变了之前的质疑和反对，转为同意堂妹与“肥青”的婚恋。而“我”沉痛地承认自己“失败”，是对现实的认同还是迫于无奈？杨雪萍虽然没有给出清晰的结论，但显现出十足的自我嘲讽意味。

“特区移民故事”中最具特色的，是中篇小说《跳来跳去的女人》。这个与契诃夫著名短篇小说中译本同名的作品，主题指向却大异其趣。小说用四个故事写了移民特区的四个女人，通过个子矮小、长相猥琐、推着女式自行车的小商人滕二连缀为一个整体。①《琼》：诗人琼为了出国由内地来到特区，嫁了个和她一样想出国、无能且嗜酒的“小丈夫”，有了孩子后家成了囚室，出国无望。滕二答应资助琼出国，在与琼发生关系后借给她4万块钱，但要以住房做抵押。琼就让丈夫先出国，3个月后再接她和孩子去陪读。可丈夫出国后杳无音讯，已经回了老家的琼只好在“七十二行的职业中跳来跳去”，为了养活孩子，“同时同一个作家和一个杀猪的个体户鬼混”。出国梦彻底破碎了的琼，“一直弄不清楚她摆脱的和摆不脱的都是些什么……”②《凯》：凯是琼的表妹。研究生毕业后，凯来特区找琼，却不见踪影。凯在分配就职的机关里是多余的人，后来跳槽去合资工厂当车间主管，又因为解雇工人被追杀，躲在小旅馆里被梅毒患者不停骚扰，她没有办法，只好去找滕二借钱回北方。因为凯的歇斯底里，滕二没有与之上床。凯很想在特区干出一番事业，但环境不允许。③《敏》：薇是凯在小旅馆里躲避追杀时认识的，薇是因为相信了某大老板的话来到特区，但来特区后对方却避而不见她。薇无意间在街上看到了大学室友敏。敏是被当作人才引进特区的，之前她是电影编剧。两人来到敏与人合租的小房间里喝酒，敏说她永远不结婚。敏的孤独无法排解，行将崩溃。④《婵》：50多岁的婵是薇的远房亲戚。丈夫离休后，她觉得家是牢笼。薇怀了滕二的孩子，为此要嫁给这个将生意做到澳门的商人。婵和丈夫大吵要离婚，甚至说要像薇那样嫁给澳门老板。大半生来，婵都是作为官员老鲁的附属物存在着，这一次她一直处于冬眠状态的个体意识苏醒了，她要找回属于自己的生活位置。杨雪萍对这几个“跳来跳去的女人”的特区移民的故事，采用揶揄、调侃甚至近似荒诞的笔调加以呈现，内里则蕴蓄着自己对现实中的“琼”“凯”“敏”“婵”等特区女性移民的真切关注、诚挚同情和深刻思考，由此奠定了作品的基本题旨。小说里的“滕二”看似一个具体人物，实则为体现特定内涵的功能性意象。滕二和不停挖掘的大坑、炙人的阳光一起，一方面运行着联结全篇的结构功能，另一方面又形成了别具意味的象征性意象组合，隐含着杨雪萍对特区早期发展状态的感受和评判。如“滕二”仿若丑陋无良的资本家，黄泥大坑则如无序少规的生活秩序，炙热的骄阳更像特区初建时的生存氛围，三者的合力决定了“琼”这些女性只能“跳来跳去”。所以，杨雪萍才写出了这样的小说结尾：

> 总之这个边陲特区照旧是高温笼罩闷热无比，无数的老板骗子男人女人来去匆匆。那些种在汕头人搭的铁皮棚子旁边的树木，因为无人浇水已枯死了一半；不过不要紧，新的坑挖得更猛了，走在哪儿都能听到疯狂的挖掘声及锄片碰击铁锹发出的脆声。①

二、 探索的形态

受制于文学与时代发展和生活变迁的因果逻辑，珠海小说的探索期适宜标定在1994—2007年。1993年，经过经济特区及周边城市十几年的实践摸索与检视，党的十四届三中全会决定正式实施中国特色社会主义市场经济体制，这标志着国家主导的工业化（现代化）社会转型自上而下地全面开启。此时，特区之“特”渐渐地不再是深圳、珠海等城市所专有，诸如“企业改制”“大学扩容”等改革“阵痛”也扩展到全国，现代化的脚迹开始踏入中国大地的每一个角落。到了2007年，中国的社会转型走出了阵痛期，取得了阶段性的辉煌成就。国际货币基金组织2008年4月公布的《世界经济展望》数据表明，2007年中国国内生产总值（GDP）居世界第四位，对世界经济增长的贡献率为17.1%，居世界之首。此间，伴随着现实生活在物质、知识、制度及价值观念、道德标准等层面的巨大变化，诸如“人文精神大讨论”“弱势群体”一类的思想

① 杨雪萍：《一天中的四季：特区移民故事》，中国青年出版社1995年版，第278页。

文化层面的各种论争、探索、商榷此起彼伏，文学上也产生了“底层写作”“个性化叙事”等多样化的创作潮流。

在这样的时代背景下，与“先导期”的珠海小说相比，1994 年以后的珠海特区小说书写视野更开阔，眼光更深邃，主题意涵更多元，艺术表达更精湛。总体上看，此时期的珠海小说作家已经超越了前期“旧貌换新颜”的正面颂扬情感基调和较为单一的表现方法，在题材、主题、情感、形式、风格等层面进入深入的美学探索。一方面，珠海小说继续描写已然成形的特区现代城市文化对人们精神世界的强力冲击，但特别注重作家个体感受和独特思考的真切表达，进一步强化了“特区小说”的艺术魅力；另一方面，珠海小说又以更高蹈的姿态、更先锋的手法，描绘个人感知里世界文明的现状与未来的图景，展示出人类同呼吸共命运的责任担当。这种多维探索的创作形态，显现于王海玲、唐克雪、李逊、李更、曾维浩、裴蓓、刘鹏凯、唯阿、韦驰、张超山、聂慧霞、梁潜、盛祥兰、陈彦儒、杨利军等作家的笔下，成为 1994 年到 2007 年珠海小说的重要特性。

1. 唐克雪

瑶族作家唐克雪是广西人，1994 年移民珠海。此前，他当过兵，做过中学教师和文化局的专业创作员。到特区后，唐克雪小说写得渐少，散文写得多了起来，还有报告文学。来珠海之前，他已有近 200 万字的小说创作，来珠海之后，他的小说数量虽越来越少，质量却越来越高。尤其是写于千禧年前后的作品，如《陈年旧事》《孤楼》《夜色温柔》《七婆的日子》《盘王歌谣》《悬在岸边的月亮》等中篇小说，堪称其小说代表作。他的小说大多取材于广西家乡的瑶族生活，在浓郁的民族风情描绘中，表现出民族历史和国家现实发展之间纵横交错的多维复杂联系，蕴含着作者对时代脉搏的敏锐把握，也显示出作者对本民族文化的深情回溯和深刻审视。对此，唐克雪说：

我们这一代人对写作的真正觉醒，我个人认为始于 80 年代中期。随着大量外国文学作品的介入，以及由此形成的文化反差，造就了我们这代文化人中写作精英的诞生。文学也从所谓的“伤痕文学”和“改革文学”中应运而生另一文种——寻根文学。这是由湘军为主引发的一场文学改革。连当代文学最为偏僻的广西，也有一批青年作家捣腾开类似的“百越境界”，一种以宁明县境的壮族古岩画为背景的文学借鉴。很显然，这批青年作家阅读以马尔克斯、里维拉、略萨、博尔赫斯等人为代表的南美“爆炸文学”和以福克纳、海明威、索尔贝娄等美国作家为代表的当代欧美文学后产生的写作冲动及其一大批“寻根文学”作品，开创了后来一批青年作家为“寻找”中国文学文种而不懈努力的先河，所谓写实类先锋类，说是其派生并不过分。①

依照唐克雪的感受，因受到20世纪80年代以来大量译介引进的外国小说作品影响，一批青年作家以笔为锄深挖民族文化之根，目的是寻找“中国文学文种”，即所谓的“寻根文学”。这样理解，虽然有些个人化的偏颇，却也不是没有道理。但他显然认为自己的小说就属于寻根文学。“根”是什么？“根”在哪里？这些疑问体现在唐克雪的小说中，就是站在社会发展的现实层面，对民族文化意识和心理进行去浊扬清、积极向上的表达。在20世纪90年代初期的长篇小说《雄枭阴鸷》（中国工人出版社1995年）、《裸性生灵》（漓江出版社1995年）、《情圣》（广西民族出版社1996年）及之前的《南部之冬》（《民族文学》1988年第7期）等中短篇小说里，唐克雪一直把瑶乡人物和瑶族的风土人情作为主要审美对象。到了20世纪和21世纪之交，唐克雪又将现代化社会转型及与之相随相生的新气象、新观念、新的事物和现象融入《盘王歌》旋律的民族生活书写中，展现出新的主题样貌和艺术气质。

《孤楼》（《民族文学》1996年第1期）写的是大松山瑶族小村庄里五松婶的故事。年迈的五松婶，曾是抗战期间大松山威名远扬的游击队员。到了解放战争时，五松婶为了救游击队长肖含的命，被保安团士兵凌辱生下一个男孩。此后，她就活在人们误解和轻蔑的眼光中，直到几十年后这个因脑膜炎瘫痪在床的儿子死去。五松婶与丈夫五松的儿子木材参加过对越自卫反击战并立了功，他退伍回到瑶寨后，到下游的鲤鱼

---

① 唐克雪：《写作的遭遇》，载《民族文学》1997年第9期，第68页。

渡开了一间百货店，还与一个汉族女孩谈感情，因为他不想陪着母亲在枯朽的孤楼里过完一生。“孤楼”在小说里仿佛五松婶一生的象征物，孤楼之“孤”与五松婶孤寂的后半生形成互文。同时，日渐衰败的孤楼之“古”，也是久远民族历史的隐喻。然而，唐克雪并没有让孤楼的“孤”和“古”不可挽回地走向彻底衰亡。于是，五松婶与六太婆和解，或者说六太婆理解了五松婶的苦衷。五松婶也接受了儿子木材开店和找汉族女孩等有违瑶族风俗的行为。五松婶几十年来的坚韧生存，开始焕发生机。五松婶脸上不再有孤苦，她开口唱《盘王歌》了，她还要翻修古楼。她走在山路上的时候，脚步轻盈而有力。

《孤楼》的“续集”是《悬在岸边的月亮》（《民族文学》2004年第10期），五松婶的儿子木材和米粉店店主梅分别为男女主人公。故事的背景之一是《孤楼》里的木材、芭芒等人立了战功退伍后，与县、乡干部因不公待遇而产生矛盾；之二是梅等人与黄志钢和老黄县长、林小军和老林县长的感情恩怨。与《孤楼》里时隐时现的叙事人“我”不同，《悬在岸边的月亮》通篇都由初中生“我”来讲述。仰视的叙事角度让“我”这个米粉店小伙计对梅和木材等人的言行，经历了从不理解到理解、从不明白到明白的过程。同时，小说也写出了“我”对梅产生的青涩懵懂的爱恋。而集纳人物活动的鲤鱼渡作为交通要津，一面连接着山中瑶寨，一面又是通向瑶寨以外更广阔世界的出发地。唐克雪肯定了男女主人公勤勉、坚忍、积极、乐观的品质，也对民族的未来寄寓了美好而广阔的期待。

然而，外面的世界是怎样的？唐克雪通过一位退役军人的见闻和感受告诉了我们。在《夜色温柔》（《民族文学》1998年第4期）中，这个参加过对越自卫反击战、名字叫“天才”的退伍侦察兵，穿着一套旧军装，戴着一枚“色彩黯淡的纪念章”，脸上蒙了块黑纱，在一个夜色温柔的夜晚来到了一座毗邻港澳的海滨城市，在一个称作“丑洲”的地方下了车。心术不正的妹子、色厉内荏的保安、唯利是图的妓女、欠债不还的官员等人物，在这个温柔的夜晚，在天才面前上演了一出出近似荒诞的活报剧。破晓时分，天才有了恐惧感，因为他将淹没在庞大的人流中。可见，外面的世界再怎么多姿多彩，单纯、朴素的瑶乡都是唐克雪心之所系、情之所归。于是，这一次他开始让城里人走进瑶寨，更准确地说，是回到瑶寨。

“来自广东省珠海市的扶贫教师邓三多一到这个称为麻冲的大松山寨子，整个魂灵就被名叫朗月的女孩子拽住了。”《盘王歌谣》（《民族文学》2003年第5期）的首句就点明这个回乡故事中最核心的人物关系，也映衬着作者的感情倾向。邓三多是瑶乡人，而瑶族女孩朗月的妈妈就是十多年前的小阿姐山月，当年她带着孕身嫁给了村主任盘天梗。邓三多没料到会在麻冲遇见山月和自己的孩子。而盘天梗豁达大度，他信任山月，也理解邓三多，邓三多就做了朗月的舅舅。在久别重逢的惊喜与尴尬中，邓三多和淳朴、善良的村民们唱起了《盘天歌》。作者在结尾写道：

> 这就是瑶山！同外面纵有千丝万缕的关联，面对现代化高楼大厦却始终坚持自己小木楼的瑶山！民风犹古，童心未泯，因而也就希望犹在。①

总而言之，唐克雪的所有小说在题材内容、主题指向、情节设置、情感表达等方面，都可以视作一个整体。也就是说，唐克雪的小说具有连续性或系列性，读者能够从中看到山中瑶民历史与现实的不同生活侧面和精神品格，也能感受到作者内蕴在小说叙事中的不变情结，比如军人情结。当然，最主要也最重要的是唐克雪的“爱乡”情结。对瑶乡父老和山川风物深挚的爱与依恋，已成为唐克雪小说书写的情感坐标和基本题旨，因为那里深埋着一个民族生命的“根”。从这个角度看，唐克雪的小说可谓珠海小说中的特殊存在。

2. 刘鹏凯

刘鹏凯似乎总想在自己的小说里写出诗意，一种关乎人生情感的沉重诗意，悲凉，沧桑，冷寂。他的《白太阳》（珠海出版社2009年）是他21世纪前后几年所创作的中短篇小说的结集，里面的篇目大体都是这

① 唐克雪：《盘王歌谣》，载《民族文学》2003年第5期。

种调性。比如《太阳》（《滇池》1998 年第 4 期），讲述的是一个阴差阳错并且夹杂着强烈道德感的三角恋爱情故事。“我”（三子）、毛毛、林丽，两男一女，形成一种三角恋关系。高中时，“我”因为帮助遭到班里同学冷落的林丽解了围，得到对方的“喜欢”。但“我”知道好友毛毛爱恋林丽，就决定疏远她，直到高中毕业。林丽大学毕业后回到城里，“我”则在城里的某个机关工作，毛毛待业。一天，毛毛在酒吧里告诉“我”他已经“侮辱”了林丽，因为林丽和他说她喜欢的是“我”。毛毛很愧疚，说自己因为嫉妒才那样做，并向“我”道歉。后来，毛毛去黄河游泳溺水身亡。“我”极其痛苦，选择去油田工地工作。“我”到了戈壁滩上的工地后，开始给林丽写信，但没有收到一封回信。待“我”因公事回到城里去找林丽时，发现她已经结婚了。林丽结婚是想忘了过去，而“我”的痛苦是忘不了过去。这样的情感好似太阳，让人温暖又不能靠近。在这个略显稚嫩的短篇结尾处，刘鹏凯用崔健的摇滚歌曲《不是我不明白》中的歌词强调题旨：“歌声很渺茫，如一层雾在飘，但始终还是穿越了人生的某一种境界。我滚着热泪在听。”因为，“过去我不知什么是宽阔胸怀……过去的所作所为我分不清好坏……”是自责，是忏悔，也是无奈。

刘鹏凯对错位人生情感的追忆性表达，并非仅限于爱情。就像“我”与林丽的爱情关系中，也纠缠着我与毛毛从小学开始的友情。爱情和友情编织而成的生活经纬，成为人生无法逃避的一个基本事实，其中的纷乱芜杂足以生出无数个体化的苍茫悲壮之感。在短篇小说《就是要恶心你一回》（以《别人的城市》为题再刊于《六盘山》2017 年第 6 期）里，大马和飞飞的广告公司 3 个月没有生意，马上要破产了。黄昏时分，两个人晃晃悠悠地走在马路上，去“妈妈酒吧”喝酒，北京来的女老板虫子是飞飞的相好。大马和飞飞是大学舍友，一起来到一个南方城市创业。和他们一起来的还有大马的大学女友诗芬，诗芬后来甩掉大马与一个台湾老板去了珠海。公司关门后，两人一无所有。大马想起以前有过生意往来的女老板李子怡，就约对方吃饭，然后两人顺理成章地开了房，但他羞于开口求这个大他七八岁的女人。半年后，大马融入李子怡的家庭，李子怡的儿子典典也非常喜欢他。飞飞要回老家石家庄，大马知道他不会再回来。大马撮合李子怡和前夫复了婚，自己也要去珠海找诗芬。随后诗芬在电话里说台湾老板又有了别的女人，求大马原谅她。李子怡给了大马 50 万元，“自己就轻快地走了”。这天晚上大马去酒吧找虫子喝酒，虫子为他唱了田震的那首《执著》。

几乎所有的人都是为了钱活着。大马和飞飞自从进入这个城市，就严重地意识到了这一点。理想和爱情随着日子的不断深入，都统统见鬼去了。

所以，这是“别人的城市”，虽然诗芬、李子怡他们没有什么不对。失意、孤独、漂泊都是暂时的，因为还有对未来的执着的期望。就像歌曲唱的那样，茫然之际的大马，对自己依然有信心。但随着歌曲的结尾，苍凉的旋律还是氤氲而生。

又如《城市的门》（再刊于《青年作家》2021 年第 3 期）中的“我”（三子）是萨克斯演奏员，来到特区后一直在酒吧演出。一次偶然，“我”与朋友墨墨在一家大排档吃饭时认识了从北京来的摇滚歌手小妮。“我”帮助小妮在特区站稳了脚跟，随后我们同居。有一天墨墨请“我”和小妮参加一个饭局，我们认识了做东的胡老板。胡老板晚上来酒吧看演出，还悄悄让服务小姐转交给“我”一万元小费。不料小妮突然失踪，这让“我”半年来了无生趣。墨墨贩毒被抓，“我”去拘留所看他，才得知小妮在胡老板那里。“我”赶忙去寻找胡老板，结果却是杳无音讯、人去楼空。一个月后，“我”离开特区回到北方家乡。再以后，“我”已经彻底忘了小妮是谁。小说通篇都在强调萨克斯的声音，沉郁、忧伤、平静，浸彻柔情。胡老板曾问：“这么忙能找着钱吗?”“我”回答：“不完全是为了找钱，而是为了找感觉。”随之作者写道：

在特区，金钱是不可割舍的东西，它伴随着人们的欲望和文明，当然，这东西对于别人是无可厚非的，同样对于我，我也需要钱，可是，我精神的深处隐隐约约还藏有一个不能与人言说的秘密，这个秘密从我起程的那一天起我就怀有了，我把它悄悄地装在心间，整整三年，如同我倾听我的萨克斯的声音，我不想离断，也不想舍弃。我经常用这样的回答回答着几乎同一个问题，他们不曾理解一种声音对于一个人的影响。

我怀念过去和即将发生的声音。

……

我不想再光顾城市。

我背起那个落满尘埃的装着萨克斯管的黑皮箱上路了。

我倾听着一种忧伤的声音一直走向自己的心脏。

我终于又回到了原来的地方。①

"我"对未来的坚定期望依然存在，只是不再像大马那样茫然。"我"又"上路了"，追随着一种声音，也许真正的远方就在自己的心里，只是大多数人不知道而已。

这一次，刘鹏凯写的还是诗意。或许，情感世界里的疼痛，本身就是一首沉郁、苍凉的诗，并且会成为人生的恒常旋律。

3. 李更

杂文家李更 14 岁开始写小说，18 岁正式发表小说。2002 年 4 月，他出版了呈现自己不同时段小说创作轨迹的中短篇集《特区女人素描》（珠海出版社 2002 年）。此后，李更就基本告别了小说，虽然也写诗和散文，但最终还是彻底转向杂文。② 即便如此，珠海小说的版图上仍然有李更小说不可替代的位置。因为，李更的小说很特别。

"特别"发生在 1990 年前后。1987 年，李更迁居珠海特区做了一名报社记者。在这之前，他写小说的章法还是"循规蹈矩"的，情节设计、人物塑造之类都很符合文学概论课本里的种种规范，很难说有什么个人特色，或者是属于自己小说创作的独有标志。比如《寻觅》《老师早》《大气压》《太阳升起的地方》《十八的姑娘一朵花》《雪花飘呀飘》《从终点出发》《一段罗曼史》《新闻的缘起》《文章甘苦事》等收入《特区女人素描》里的中短篇小说，读者不用看篇后标注的写作时间，就可以在题材、主题、形式、手法等方面有大体相似且了无新意的阅读感觉。从现在往回看，也许只能得出李更曾写过小说或李更会写小说的结论。

---

① 刘鹏凯：《城市的门》，载《青年作家》2021 年第 3 期。

② 朱建国：《"精神晃晃"李更的故事》，载《文学自由谈》2003 年第 2 期，第 67—81 页。

幸好，李更随后实现了个人化的艺术突破。

事实上，李更小说的主题时常含有婉讽或讥嘲的意味，只不过常规形态的叙事极大限制了主题指向的有效展现，如《文学老杨的故事》《酒水乡游》。李更1990年之后的小说，开始以宽阔的视界和深邃的目光洞悉世事人情，悲悯的姿态克制了较为显在的讥讽锋芒，代之以含而不露、引而不发的蕴藉风格，逐渐显示出个性十足的艺术特色。有评论者指出，"李更小说的特别之处在于李更是以杂文的笔调来叙事建构他的小说故事、小说人物，这使他的故事简单，人物鲜明，结构紧致，语言精妙，这种粗放的叙事风格让李更的小说显得干净利落而不拖泥带水"。"他无拘无束、无定无规地即兴咏叹式的书写使他似乎游离在主流小说的创作之外，这可能是李更在你方唱罢我登台的小说圈里至今依然是个边缘人物的缘由吧。"① 意思是说，李更不遵守小说的常规写法，在自己的作品中写出了"杂文味"或"杂文风格"。这个特色主要体现在中篇小说《特区女人素描》中。

《特区女人素描》写了26个移民特区的女人，漫画般地浮现和凸显出她们各自的生存状态与内心世界，笔致活泼，叙事幽默。例如，范惠惠怎么也没有想到，一向对自己嘘寒问暖的老公竟然会和自己离婚，而且娶了自己一直在帮助的表妹（《不咸不淡》）。按摩女何了了嫁给老汕后才知道对方是四个孩子的父亲，他的丑老婆就住在离她上班不到1000米的地方。已经做到一家酒店总经理的何了了坚决要离婚，老汕以不露面来拖延（《糊里糊涂》）。陈晓长相中性但勤快能干，36岁还是孤身一人。后来一个迷恋东方文化的德国帅哥娶了她，因为她符合西方人心目中的东方美人的标准：面饼脸、单眼皮小眼、塌鼻子、厚嘴唇，关键是心眼儿好（《萝卜青菜》）。35岁的女诗人小金天生一副苦相，从广西闯特区后，她发现特区的人不把诗当回事。在婚姻方面，她始终遭遇滑铁卢，一怒之下回了家乡，45岁死于肝癌（《只能回味》）。40岁的冯晓楠原是单位中层，参加机构改革竞争上岗的考试，却因为辅导书印错了内容没过关，于是选择内退出去做了书商，而且还因此成了女强人（《不破不立》）。华音音在重庆时找不到工作无奈去车站看厕所，同学都不理解这

---

① 刘晓闽：《闲话李更》，载《散文百家》2006年第8期，第29页。

么漂亮的女孩为什么做这样的事，只有她自己知道每个月的收入是别的工作的十倍。承包权被收回后，她来到特区看厕所，得到一中年老板的青睐被聘请到别墅做保姆，环境优雅，待遇优厚，十分令人满意（《不好不坏》）。在小说《特区女人素描》中，26 个来自天南海北的女人都不是出身农村的打工妹，她们都有文化，但无一例外地都是为了生活和生存得更好。在特区，她们每个人都很努力，环境的影响和观念的制约使她们的选择各不相同，遭际和结局也都忧喜有别。李更总是以简约谐趣的笔调描述人物的言语行为，进而映射她们的内心世界，勾画出一幅幅个性鲜明的特区移民女性的生存图谱。而内蕴其中的情感基调，则是作者宽和的理解与同情，以及温煦的悲悯和些许无奈。当然，还有隐伏于字里行间的对人、对事、对环境的揶揄、调侃和讥嘲。这种综合一体的表达效果，就形成了所谓的“杂文味”或“杂文风格”。

但李更小说的代表作，当属中篇小说《俘虏》。在长达 50 多年的广阔历史背景下，主人公董巴子经历了常人难以想象的人生际遇，结局令人心酸又心痛。这个善良、朴实又很有头脑的河南农民，在 1943 年与父亲闹翻后便当了伪军，因为救过伪军大队长的命还当上了副官。他说服大队长帮忙，救了落在日本人手上的父亲和游击队员长根，与动不动就投降的王黑蛋成了队友，也和善于变通逢迎的张庄村维持会会长张保德关系熟络。日本人投降后，董巴子与大队长向长根带领的游击队投降。张保德主动让出大片好地，被村民选为村主任。长根被因犯错误而被撤职的原游击队长诬告，之前就有预感的长根为了保护董巴子几个人，就写介绍信让他们去东北加入四野的队伍。董巴子、王黑蛋、大队长三人为此北上。途中他们被国民党溃逃的伤兵抓做脚夫，逃跑时大队长中枪死去，董巴子被抓去当壮丁，王黑蛋借机投诚到解放军那一边。辽沈战役打响后，饿得头昏眼花的董巴子成了解放军班长王黑蛋的俘虏，两人一同随四野部队解放了海南岛，回到张庄村后两人被选为正、副村主任。1951 年，董巴子和王黑蛋随志愿军去了朝鲜，到了第三次战役的时候，两人已经见过了太多的生死。由于腹泻掉队两人被俘虏，逃跑后两人俘虏了美国和韩国士兵。可在患天花发烧昏倒后，两人被美军俘虏，进了巨济岛战俘营。交换战俘时，两人都选择回大陆。但因王黑蛋旧病复发，昏睡时与另一个重名的战俘错位去了台湾。董巴子回国后却不被信任，

1954 年被判历史反革命罪入狱十年，“文革”中与张保德一起挨批斗。1993 年，在台湾的王黑蛋回到大陆见到了头发花白、孤身一人的“五保户”董巴子，他和张保德都认不出戴着眼镜的儒雅的王黑蛋了。王黑蛋投资了不少项目，“董巴子马上被县里任命为政协委员”，“张保德在极度兴奋中笑死，终年九十三岁”。李更在此涉笔的都是 20 世纪中国历史进程中的重大场景，如抗日战争、解放战争、抗美援朝、“文革”、改革开放等，时代风云的急剧变幻和社会生活的巨大变迁尽显其内。但这篇写于 1994 年的小说，显然蕴含了李更自己独有的创作目的与艺术追求。

1991 年，刘震云发表长篇小说《故乡天下黄花》（《钟山》1991 年第 1—2 期）；次年，余华发表长篇小说《活着》（《收获》1992 年第 6 期）。不论评论家们怎样为这两部小说及其所代表的相近作品归位，其中蕴含的历史纵深感都与《俘虏》相似。另一个相似点，即从作品的历史深处走出来的都是普通的小人物：孙屎根、福贵、董巴子等。彼时的“新写实”“新历史”等诸多命名，想要界定的无外乎作家看待和书写历史人事的标准、角度与手法。《故乡天下黄花》主要写“权欲”，《活着》主要写“苦难”，《俘虏》应该志不在此。虽然都是大事件与小人物的格局，也都有意模糊、混淆正反、善恶两类人物的二元对立界限，表现多元的人物关系，但《俘虏》尤其注重表达在强大的历史惯性与沉重的文化因袭合力作用之下，普通人的软弱无力和命运的乖谬。其间也有权力的争夺，有苦难的呈现，还有作者悲悯情怀的无痕融入。然而李更似乎无意鞭挞历史和现实，也没想突出“干预”“介入”之类的主题意蕴。《俘虏》要展示的，应是作者对叙事艺术的探索。因而，读者依然可以从中体会到《特区女人素描》似的“杂文味”，只不过《俘虏》更精熟、更纯粹。具体地说，李更以洞察人生世相的姿态，轻松幽默地还原生活的本真，却不做道德提示或导引；同时，生存的荒诞和宿命又蕴含其中，尽显悲悯意味，获得了从较高艺术境界上对现实生存的观照。如马克思所说：“黑格尔说过，一切伟大的世界历史事变和人物，可以说都出现两次。他忘记补充一点，第一次是作为悲剧出现，第二次是作为喜剧出现。”[①] 李更在《俘虏》中表现的是“第二次”，即第一次是人事本身的

---

① ［德］马克思：《路易·波拿巴的雾月十八日》，人民出版社 2016 年版，第 5 页。

发生发展变化，第二次则是艺术的再现形式。采用喜剧的形态描述“既有”，需要作者的思想智慧和超拔的人生态度，也离不了高妙的文学笔力。为此，读者有理由佩服李更和他的《俘虏》。

4. 李逊

1987 年，李逊从广西桂林来到广东珠海。这次人生迁移对于李逊其他方面的影响不便考证，对他写小说的影响还是显明的。也就是说，此前与此后，促成了李逊小说的两个阶段。短篇集《坐在门槛上的巫女》（漓江出版社 1992 年）可作为前一阶段的代表，后一阶段以中篇集《在黑暗中狂奔》（珠海出版社 2000 年）为代表。对此，李逊自己曾说过：

> 目前为止我的写作大致上分为两个阶段：八十年代和九十年代。前一阶段我的作品近乎在写现代寓言，有意识地塑造了一组中国文坛尚未有过的文化群落，他们包括道公、歌师、巫女、傩婆、圆梦师、放蛊者等。……在后一阶段，我的作品开始部分地趋向写实，这种改变首先是与我的生活境遇的改变有关。①

李逊 1982 年开始写小说，几年后小有文名，标志就是他总有小说发在《上海文学》《青年文学》《花城》《钟山》等有全国声誉的文学期刊上。譬如《河妖》（《上海文学》1985 年第 11 期），写的是到乡下学校教学实习的两个大学生的情感经历。“绳子”和小崴是恋人，但两人各有积年心结。“绳子”9 岁时因为被冤枉失手伤害了捡破烂的老头，小崴插队时有过一次屈辱遭遇，这成了两人梦魇般无法摆脱且难以言说的痛苦。夜晚来临时，小崴看见河面弥漫的烟岚中升起了一个女子，那是全身赤裸美丽惊人的“河妖”，“绳子”却看不见，还以为小崴在发神经。待小崴对“绳子”说出自己早年的心结后，并没有得到理解和原谅，但她终于能够说出来并正视自己的过去，精神的解脱使她变得坚强。“绳子”因不能面对过往，反而看见了“河妖”。在此，“河妖”成为作者刻意设置

---

① 李逊：《秘境与写作》，见《在黑暗中狂奔》，珠海出版社 2000 年版，第 382 页。

的象征性或隐喻性装置，有着特殊的意义，似乎是在引导和提醒现实中有“心病”的人要敢于面对赤裸的自己，坦荡无私地面对真我。艺术表现上,《河妖》写得很僵硬，人物语言和情节安排都显稚嫩，叙事欠缺成熟。在一年后创作的《蓝蚂蚁》（《上海文学》1986 年第 11 期）中，“我”被蓝蚂蚁咬过的身体肿痛难挨，药力几乎无效。这时“我”看见窗外头上长着两只犄角的女孩在大口吞食蓝蚂蚁，蓝蚂蚁爬上她的全身，把她变成了蓝色女孩。人们开山烧荒，蓝蚂蚁在泥塘里集体自杀，那个女孩也筋疲力尽、瑟瑟发抖。第二天，“我”身上的肿痛全部消失。类似的篇目还有《沼地里的蛇》《坐在门槛上的巫女》《伏羲怪猫》等。这些小说中的“河妖”“蓝蚂蚁”“蛇”“巫女”“怪猫”等，都成为具有一定象征意义的中心形象，蕴蓄着李逊想要表达的题旨。譬如，“蓝蚂蚁”似乎是某种文化的象征物，有着本土性和排他性的特点；“巫女”或可视作某种富于激情与活力的地域文化的象征体，与现实处于隔膜状态；“河妖”“蛇”“怪猫”等均可如是理解。

究其实，李逊彼时显然受到文坛上正在流行的“寻根文学”的影响。他曾在一篇诗歌评论中写道:“他（杨克）为某种精神所震慑了，脑子里固有的经验立刻支离破碎，百越文化的独特魅力与这块地上正在发生的急遽变革的现实进程之间潜藏着的悲剧性冲突一下组合成一个新的意象群。”[①]“花山壁画群”所体现的“百越灵境”或“百越文化”，不但“震慑”了杨克，也震慑了包括李逊在内的一批青年作家。一时间，展现历史与现实之间“悲剧性冲突”、表达特定时代情绪的各种题材的创作纷纷面世,《坐在门槛上的巫女》就是其中之一。

问题在于，小说若要借助一些近似原始的意象来演绎某种观念性认知，一个必备的前提是要体现出内在逻辑的艺术自足性。也就是说，不管采用详略手法还是隐显手法，在历史与现实、古老意象与现实人物之间，都需要建立起一种令人信服的因果关系。否则，就会引发既有审美意识的强烈质疑和无情拒绝。李逊可能意识到了这一点，于是他的小说创作开始进入第二个阶段。

如果把李逊第一阶段的小说比作古老山歌，那么他第二阶段的小说

---

① 李逊:《赭红色的记忆——记杨克》，载《诗刊》1987 年第 10 期，第 62 页。

就像摇滚乐曲。换言之，李逊始终在避免甚至挑战同一时期其他小说的通常写法，也在修正和改变自己既往的小说模式。这种针对自我的小说革命，发生于1990年前后。短篇小说《冷梦》等作品，显在地体现了李逊两个阶段小说之间的过渡。在《冷梦》（《上海文学》1989年第11期）中，法官带着妻子和儿子来到南海之滨的城市工作。原因是他在内地城市判了抢劫杀人案的两个主犯死刑，受到罪犯所在“黑组织”的死亡威胁。随行的还有警察腾格，他要保护法官一家一路南下，到了新地方确保法官安全后再把安保工作移交当地警方。没有想到，腾格的加入使这个本来和谐的三口之家出现了波澜。一是上小学二年级的儿子蛐蛐与腾格相处融洽，越来越疏远法官父亲；二是妻子越来越多地抱怨和指责法官丈夫，反而对腾格越来越依恋，甚至在游乐场主动亲吻他。妻子的内心十分矛盾，情感处于撕裂状态。法官也意识到一些微妙的变化正在发生，于是他直接提出要腾格返回内地。《冷梦》已经远离了“巫女”“蓝蚂蚁”那种空渺虚幻的“寻根”表达，转而在现实的烟火人生里关注和描述人心深处的情感褶皱，细小、锐利，真切可感。

但是，李逊并没有沿着《冷梦》这样的写实之路往下走，而是继续发挥自己超凡的想象力，把现代西方哲学和文学的观念与本土的现实生存经验融汇在一起，写出了摇滚乐般的先锋小说，即中篇小说集《在黑暗中狂奔》里的作品。例如《图画展览会》（《青年文学》1995年第3期），里面的“我”（东城）已经是珠海特区的一个作家。1988年，珠海的画家要到北京中国美术馆办“特区油画展”，“我”受邀一起去帮忙处理媒体宣传事宜。在画展期间，“我”见到了羿、老莫、马爷等京城著名的诗人、画家，在一次诗歌朗诵会上见到了顾城夫妇，还被真正的古北口长城所震撼。最主要的是，“我”不经意间认识了京城少妇杨朗。在对浮夸、矫情的京城文化生态调侃、揶揄的叙事背景下，“我”与杨朗的激情邂逅才是小说的聚光之处。在街上闲逛时，“我”认识了替人卖皮鞋的工艺美术厂彩绘师杨朗。杨朗“喜欢看画”，“我”便邀请她来画展开幕式酒会帮忙。“我”与杨朗互生好感，次日酒会之后一起漫游故宫，“我”了解到杨朗的身世和婚姻情况，才知道她结了婚。“我”与吴鸣去杨朗家吃饺子，见到了她平庸的丈夫，为她抱屈。“我”建议杨朗去珠海开间饺子店，不然这样下去会毁了自己。杨朗有些心动，让“我”打听一下租门面的价钱和怎么办理执照，然后给她写封信。3 个月后，“我”给杨朗回信说门面和执照的事都解决了，但没有回音。三年后，“我”又去了一趟北京，杨朗已经搬离了当年的住处，那个卖鞋的小店铺也早换了主人。

李逊讲述给读者的是一个并不很特别的激情故事。现代城市里的男女情感，早已褪去了传统爱情海枯石烂和坚定忠贞的魅人色彩。时代变了，生存环境变了，价值观念与道德标准也相应地有所变化，但一些基本的伦理元素永远不会改变，因为那是人类得以存在的精神基石，诸如勇敢、正义、同情、爱、信任、理解等。《图画展览会》似乎主要想呈现东城和杨朗以及其他人物的精神和情感状态，进而聚焦于特定环境下特定人群的生存面貌。故此，李逊在怎样讲述上煞费苦心。他设置了两个“我”来做叙事人，也就是用“我”来讲东城的故事。“我”既是叙事人，也是故事中的具体人物。“我”讲述自身的见闻、体验和感受以及由此而来的沉思和感悟，实质上是“呈现”一个人物的精神与情感世界：“我”看待世界与人生有自己的价值标准，对感情也不太认真，因为不太相信所谓的爱情，所以萍水相逢之下的逢场作戏是常态。但“我”相信感觉和感受，故而“我”既对杨朗有激情，也会不很认真地邀请对方去珠海开店。但“我”又信仰本质上的真实，“我”追求内在而真切的存在感，渴望一种穿透浮躁和虚伪世情的坚实情感。

我说我想知道你爱不爱我？

我感到她和面的速度慢了下来。后来她干脆停住，抓着我的手说，这对你其实并不重要。你也别把我想象成一个轻浮的女孩子，我从来没想到过自己会有外遇，以后也不会再有了。

为什么？

不为什么，跟爱一点关系也没有。①

杨朗的回答看似超乎常情，又在情理之中，让“我”心有戚戚，开始认真起来。同时，“我”在结尾处也表达了对北京画展之行的思考，即展厅是留白亦是岛屿的议论。这时候，与开头呼应，第二个“我”也即

① 李逊：《在黑暗中狂奔》，珠海出版社 2000 年版，第 185 页。

小说的真正叙事者出现了。“我”在小说的开头就介绍：“古典的虚无主义者东城”认为“整个二十世纪都是真正意义上的文化荒原”，但1988年“就像一条无形的隧道，一端连着梦境而另一端连着现实”。在东城对于1988年的回忆结束时，“我”又出来告诉读者：从北京回到珠海3个月后，东城给杨朗寄去了一封信但没有回音。1991年，东城又去了一趟北京，可那时已经找不到杨朗了。小说的最后一句“好女孩今在何方”是“我”在替东城发问，也仿佛在问读者。

于是，两个“我”在小说里形成一种“双声部叙事”的复调式旋律。“我”（东城）讲述的是人物的切身感受和思考，作为叙事人的“我”则呈现出“我”（东城）的来龙去脉和具体状态，有些与李逊本人的情况极其相似。“我”的全知视角拉开了“我”（东城）与读者的距离，使之处于被审视的位置，形成“间离”效果。营造一种类似于“叙述圈套”①的叙事效应，应该是李逊最想要实现的艺术目的之一。

这样的“双声部叙事”也出现在《同声尖叫》《与偶像同眠》等篇目中。在《同声尖叫》（《花城》1997年第6期）中，李逊交替使用第一人称和第三人称。第一人称“我”讲述的是在北京与雕刻家甘爷的交往及其言行和生活状态。“我”在一本美术杂志上无意间看到甘爷开车撞树的死讯，便开始了“我”的回忆。第三人称“东城”排练话剧的过程则由不出场的叙事人来讲述。由东城担任编剧和导演的先锋话剧《自由人布鲁斯》，排练与演出都在特区。一段“我”回忆甘爷，接着一段叙事人讲东城排演，起伏交错的叙事结构创造了一种奇特的叙事时空。即“我”回忆甘爷是过去时，地点在北京；叙事人讲东城排练是现在时，地点在特区。现在时态的话剧排练过程与剧情一样真实得近乎荒诞，令人啼笑皆非；过去时态回忆中的甘爷则疲惫、穷困，真诚且满心焦虑。现在时里的话剧

---

① “叙述圈套”主要用于评价和界定20世纪80年代中期以后“先锋小说”的叙事方式，现已成为晚近30年来当代小说批评的重要概念之一。其大意是指小说中的叙事人在讲述中表现出来的似真似假、亦实亦幻的叙事效果。最早使用这种叙事手法的是马原，1984—1986年，他创作了《拉萨河女神》《冈底斯的诱惑》《虚构》等小说，开启了“以形式为内容”的先锋小说源头，把“怎么写”推到极致。最早提出这个概念的是批评家吴亮，他在《马原的叙述圈套》（《当代作家评论》1987年第3期第45—51页）中写道：“写小说的马原似乎一直在乐此不疲地寻找他的叙述方式，或者说一直在乐此不疲地寻找他的讲故事方式。他实在是一个玩弄叙述圈套的老手，一个小说中偏执的方法论者。”

演出很成功，过去时中甘爷死去后由朋友为他捐办了木雕遗作展。“我”没能到北京的展览现场，却被一幅印在画册上的甘爷的木雕作品《纠夫》真正吸引。小说的主题指向，显然也在这个对比性的结尾中得到强调。

我不知道这幅作品为什么叫做“纠夫”，我想了很久也没想明白。但我总觉得那个男人就是几十年后的我（也许还用不了几十年）。我相信自己以后肯定会变成那副样子，这是甘爷为我安排好的，就像我在那部电视剧里为他的命运做了个拙劣的安排一样。

我与自己未来的影子久久对视，心中生出无限快意。

《自由人布鲁斯》原计划演七场，后来应观众的要求又加演了两场。每场的观众大约是300人，这样九场下来合计是2700名观众。

这个成绩还算不俗。

最后两个自然段是第三人称的叙事内容。现在时态里的人和事虽然“不俗”，可“我”还是在过去时态中感受和思考。

除了上述三篇，李逊以“我”（东城）或“东城”为主要人物的小说，还有《在黑暗中狂奔》《中生代通道》等。在《在黑暗中狂奔》（《钟山》1999年第3期）中，“我”（东城）是个作家，小说通过“我”来回溯上中学以来的往事。对于这篇小说的叙事设计，曾有博士专门撰文分析过①，但显然不及《同声尖叫》精致。《中生代通道》（《上海文学》1999年第3期）则以第三人称写“东城”奇特的恋爱过程。关于“东城”，李逊说：

我写的作品，凡是涉及东城其人的，都与我的生活有某些类似之处。他占去的篇幅非常多。有的时候我会把他虚拟化，拉远他与现实的距离。还有的时候我会让他成为一个拒绝与社会合作者，做我想做而不敢做的事。②

当然，除东城这一人物之外，小说集《在黑暗中狂奔》里还有许一

① 王进进：《〈在黑暗中狂奔〉的叙事时间布局的意义剖析》，载《鲁行经院学报》2002年第2期，第116—117页。

② 李逊：《秘境与写作》，见《在黑暗中狂奔》，珠海出版社2000年版，第383页。

鸣（《羽人》）、老歪（《半截身子穿过墙体的老歪》）、小兮（《侧身》）、叶子（《柔软体操》）、小孟（《该你出牌了》）等人物，这些人物一起合力演绎了“我”眼中和心里的生存故事。诚挚与虚伪、荒诞与真实、爱与恨、泪与笑，所有的一切都是李逊小说里的必然。

也许是由于能够更准确地认识和把握世事人心，因此李逊得以放弃小说转向散文，由虚构移位写实。但对于小说读者而言，他们在面对《戴着口罩听巴赫》（广西师范大学出版社 2015 年）的时候，可能还是会想起《在黑暗中狂奔》里的东城等人。

5. 唯阿

一个姓牛的“70 后”西安人，到南京的大学学了文学后去珠海当警察，利用业余时间写小说，笔名唯阿。按照唯阿在他小说里的表达习惯解析这句话，其中的内蕴有四：一是“西安”“南京”“珠海”三个地名的排列顺序，含有从古都到特区也即从传统到现代、从古典到时尚流动的意味。两者之间怎样融合，或许是唯阿的写作重心。二是警察工作之余写小说，表明时断时续、数量不会太多，但不会时好时坏而是越写越好。三是由于警察的工作性质等职业特点，可能会使小说的选材、写作角度和题旨之类异于其他小说。四是笔名“唯阿”极有可能想喻指作者自己对文学的谦顺恭敬之心。据说唯阿的古典文学底子好，《老子》第二十章说：“唯之与阿，相去几何？善之与恶，相去若何？”凡热爱必虔敬，进而能持续不断。事实上，唯阿的小说也在相当程度上印证了这四点。

从短篇《酒吧夜谈》开始，唯阿陆陆续续地正式发表他的小说，并出版了中短篇小说集《不可能有蝴蝶》（东方出版社 2013 年）和《嘘，大海》（线装书局 2014 年）。其实，唯阿大部分小说写于 21 世纪最初的十年里。比如《酒吧夜谈》，通篇采用破折号接续人物语言的形式，其中偶尔有一些说明段落，且没有个体特征的人物对话里夹杂着大量咬文嚼字式的文理科知识，足以考验读者的耐心与接受能力。这样的形式创新，正是唯阿写小说的一个主要目标。

唯阿说：“我其实是一个保守和念旧的人，我怀念小说的写作和阅读同处在那种传统的完美的范畴之内的境界。但是时代变了，当一个写作者睁开眼发现已经无美可审或者说只能审丑的时候，小说就只能追求‘独特’而非‘完美’了。至于说到文体，从文之初我就认识到，小说必须是文体主义的。”① 因为“审丑”，所以“独特”。也就是说，由于面对的生活现实不同，需要表达的思想感受自然也和过去的文学有区别，新的内容必须使用新的形式。对此，唯阿进一步强调：“当代中国的优秀小说家，无不在小说传统的基础之上，探索新的小说技巧，因为他们明白，同一个现实，有无穷无尽的表达方式。……没有技术含量的小说，是小说的本体论的堕落。”② 故而，收入《不可能有蝴蝶》中的8篇小说的形式都不循规蹈矩。这些写于2001年到2003年的中短篇，体现了唯阿当初在小说形制上不遗余力的探索，显示出十足的先锋意味。如短篇小说《谋乱》写“我”在“洗脚”时似乎接到了前女友的电话，“我”恍惚间不敢确定，内心百感交集，开始回忆此前与前女友同居时的各种细节，比如“洗脚”这种既日常又琐碎又无聊、无趣的事情。对于她要回来与“我”共度元旦这件事，“我”有些期望，但也“有些恐惧”，因为“我怕漫长的一生中总会有那么一两个白天或夜晚，她与我相对而坐，两颗心都陷入无药可救的极度紊乱之中。就那么坐着，却没有话可说”。“谋乱”的意思，“是烦躁、乱了方寸，约等于东北话的‘闹心’”③。小说的主题指向，是揭示现代都市里男女情感的窘迫与困顿。在短篇小说《不可能有蝴蝶》中，“我”这个作家先讲了一些给小说人物取名的体会，然后用5节的篇幅依次写了不明职业者奚帅、公司职员屈曲和黄崇、“我”的警察朋友唯阿、毒贩子尤葫芦的故事。在尤葫芦欲做交易的书店内外，5个人物聚到了一起，但彼此并不知道对方。“我”改写了一篇获奖小说的开头做结尾，里面18岁的小伙子想变成一只飞在城市上空的蝴蝶。唯阿似乎想说：城市里没有喻示生活向往的蝴蝶，有的只是书店内外如奚帅、黄崇、尤葫芦和警察唯阿置身其中的日常。一切都在进行中，但结果还没有出现。短篇小说《民工》以“&——”作为连接符号，将民工的多种具体生活场景、报纸消息、民工诗歌和办案记录等连缀到一起，

---

① 唯阿：《十二生肖问答——by 常立 vs 唯阿》，见《不可能有蝴蝶》，东方出版社2013年版，第299页。

② 唯阿：《我在海岛写小说（创作谈）》，载《西湖》2007年第3期，第23页。

③ 唯阿：《十二生肖问答——by 常立 vs 唯阿》，见《不可能有蝴蝶》，东方出版社2013年版，第299页。

形成一幅幅闪回画面般的底层普通人的生存图像，到民工跳立交桥讨薪达成高潮，在不动声色的纪实性笔调中呈现了作者对冷酷现实的深切关怀。

就《不可能有蝴蝶》里的作品而言，唯阿的先锋小说形式中蕴含的“审丑”，更多地体现为对特区一类现代城市日常生存状态的揭示和呈现。笔下的众生相无所谓美或丑，他们本来就是这样想和做，就是这样思考和感受的。唯阿持据的写作姿态中正，喜欢用先锋的形式和手法传递出一种冷峻的情感态度，也隐含了不妥协和拒斥的意味。就像短篇小说《轻取》（《小说界》2005 年第 6 期）中，在参加酒吧老板娘召集的一场名为迎圣诞的聚会时，写小说的“我”对一个独坐的“冷艳”女人产生了兴趣，与其跳了一曲舞后又觉得无聊，因为感觉对方并不“冷艳”。于是“我”怂恿男青年“段子”去“进攻”那个女人，这样“我”就可以寻找写小说需要的“某种细节或者感觉”。过了一会儿，“段子”回来对“我”说“轻取!”“我”对这场癫狂的世俗快乐丧失兴趣，提前回家写小说的结尾。凌晨 4 点后“我”被警察叫到刑警队，原来那个“冷艳”的女人被“段子”在室外的草地上“轻取”后，就死在了现场。死因是草地上一根长钉在她躺下时从后背插入她的心脏，而“段子”不知情，还觉得她很“没意思”。“我”的小说于是又有了新的结尾，那就是描述“我”想象中“冷艳”的女人在长钉刺入心脏后挣扎的情状。当然，这个结尾也有帮助读者解开疑惑的作用。这是一篇有穆时英新感觉派风格的作品，但题旨远比穆氏小说冷酷严苛。唯阿已经在其中寄寓了深厚的悲悯和严苛的鞭笞，包括对写小说的“我”。只不过，他要尽量把所“寄寓”的写得不着痕迹。

可见，唯阿并不是一味单纯地专注于小说形式的探索。确切地说，他是在追求一种唯阿式的文与质并重的小说表达。按照唯阿自己的说法，1992 年到 2012 年的 20 年间，他已写作长篇一部、中短篇 48 篇，只是“发表如同过年吃饺子，出书则如同无期徒刑盼大赦”[1]。即便如此，就已逐渐发表出来的篇目来看，唯阿小说的形式探索越来越稳健，内涵也越来越丰沛隽永。《嘘，大海》收入的作品大多借助儒释道文化的形象性阐

① 唯阿：《不可能没有小说》，见《不可能有蝴蝶》，东方出版社 2013 年版，第 2 页。

发，对现实景况和作者的独特生活感受做出寓言式的表达。如《民间道》写“她”要“他”一起去方寸山度蜜月。“方寸山的奇秀和道士的荒唐几乎是人尽皆知的，当然也包括她。”到了山上后，老道士和两人的一番谈话及老道士施展的法术让“她”痴迷不已且不能自拔，为此“她”坚决拒绝“他”的世俗要求。“她”似乎已经难以回到现实中来，而“我”也觉得自己今后很难再有情欲。唯阿写出了“道”与“俗”、“出世”与“入世”、“真”与“假”的矛盾冲突，并向读者进行引导性的发问：“果真如此吗？主张禁欲主义的道士们又一次得手了吗？”《雄牝城》中的男人们在一个不寻常的春天，用各种借口来城东的玄都观看开得不寻常的桃花。男人们被道士告诫不能开口说话，否则就看不到“神迹”。男人们在道士制造的幻象中清醒过来，是由于有人吼了一句“就看这个吗？”这时，“我看到身边好几个人的眼圈呈现出火在燃烧时的那种可怕的红色”。在道士的法术面前，男人们的欲望赤裸裸地展示出来了。而《瘸子舞》里的小男孩，在上课的时候用中指和食指在自己的大腿上跳“瘸子舞”，因为前一天晚上在城墙上有七个大男孩要跳“迪斯科”，邀请小男孩学跳舞的男孩是个瘸子。小男孩并没有看到七个大男孩怎样跳舞，但他觉得应该是这样跳，就像他用两根手指在自己腿上跳那样。显然，小男孩关于“迪斯科”的想象中，有一个舞者应该是他自己。这是唯阿对另一种生活意趣的感受，可以与成人世界形成别样的对照。

总体上看，最能展现唯阿个性化艺术特色的小说，还是那些融合了他的职业经验与体会，揭示社会边缘人群生存状态与人性深度的作品。譬如发表时间较晚的《婷婷，或菁菁、芳芳、苗苗……》（《作品》2013年第 10 期），写 19 岁的打工妹婷婷在下夜班的路上被抢走了钱包和手机，于是去派出所报案做笔录。由于已经是深夜，婷婷的房门钥匙和银行卡在钱包里，也无法联系其他人，因而她无处可去。婷婷并不漂亮，但在做笔录时有位中年警察有些别有用心，与同事撒谎说有事，然后出来请婷婷吃夜宵，然后让她跟自己去小旅馆开房睡觉。可这时，刚刚也在中年警察办公室里报案做笔录的“老一点的中年男人”也踱到这家排档吃饭，无奈中年警察只好请这个“老一点的中年男人”坐到一起。看这个中年男人没有离开的意思，中年警察在所里同事的催促下，起身离开的同时在桌下递给婷婷 200 块钱，但她会错了意，脱口拒绝，中年警察就头也不回地走了。至此，关于婷婷的故事“我”讲完一半。而接下来婷婷没了警察的护持，更加孤独无助，只好随中年男人去了中年警察说的那家小旅馆。中年男人因为喝了一大杯啤酒，醉得根本没有注意到婷婷。婷婷趁中年男人熟睡时伪造了被强奸的证据，准备第二天他醒来时向他索要赔偿。但她旋即又改了主意，直接拿走中年男人钱包里的五六百块钱，因为她觉得他不一定能注意到少了钱，何况她还有内裤上的证据。婷婷唯一的一点遗憾是中年男人叫她“菁菁”，那是她妹妹的名字。小说里“我”对中年警察的“别有用心”采用了调侃的口吻，对婷婷的“偷窃”描述则冷静持中。叙事人“我”似乎就是为了完成一次细腻的人性呈现，把如何判断留给了读者。《扁担蹦了十年》（《安徽文学》2013年第12期）写的是一种生存情态的变化。“我”和同事们便衣装束，在板樟山公园侧门等着抓捕一名犯罪嫌疑人。“我”看见一个八九岁的小男孩扮成小学生卖草编蚂蚱，游客对他的态度各异。又发现十年前“我”刚做警察时就认识的小刚，他现在成了小男孩的“爸爸”，即这些小乞丐、小偷的管理者。当年小刚也在卖草编蚂蚱，那时“我”对他充满同情和怜惜。此刻“我”在等待犯罪嫌疑人出现的空当，逗着小男孩玩，最终买了一个“蚂蚱”。十年前“我”就想买小刚编的蚂蚱，直到十年后才如愿。“我”细看了一下，才确定他们做的蚂蚱应该叫“扁担”。犯罪嫌疑人没有露面，我和同事们去喝酒。三天后才想起来“我”放在公文包夹层里准备带回家给儿子的“扁担”，这时“扁担”早已干枯脱色不成样子了。唯阿在准确描述各类人物心理情状的同时，以“蹦”了十年的“扁担”（草编蚂蚱）来隐喻“我”作为警察日积月累不知不觉间发生的心理与情感变化。十年来，心里的一些东西慢慢地就没有了。

可见，唯阿小说的笔调一直冷峻，有一种内敛的犀利和不动声色的力量，但也并不排斥温婉与柔情的表达方式。例如，“我”被调到海岛派出所后，和一只名叫“小桶”的小狗产生了扯不断的亲情般的关系，这是短篇小说《狗儿子》的基本情节。结尾写“小桶”与远处一条船的甲板上的狗“隔水相望，它在岸上看风景，看风景的狗在船上看它。我和‘小桶’坐在另一块岩石上，看着它们，看着零丁岛，看着一望无际的太平洋……”这时候，小说里的温煦情怀有了苍茫的意味。

6. 韦驰

发表小说处女作《猎人与森林》(《漓江》1990 年秋冬季号合刊)那一年，韦驰 20 岁，还是一名大学生。新闻专业毕业后，韦驰就到珠海特区做了一名报社记者，业余时间继续写小说。在表现形式上，中篇小说《猎人与森林》迥异于同时期的中国当代小说。用传统的小说标准来衡量，它既没有清晰的人物形象，也少见具体的情节设置，繁复的叙事及其意涵需要读者专心、耐心、细心地读解品味。韦驰自己说《猎人与森林》“是一部诗性小说，我试图在历史与现实、人与自然、理想与欲望等多个层面，以繁云流转般的语言描述自己对民族、社会和人生的内在性思考”。这篇小说“总是显得神秘，既让人感觉陌生，又让人感到熟悉，将令人惊奇的独一无二性和某种程度的可预见性集于一身，既具有可读性，又挑战阅读，令人困惑，形成阻碍，这就是它的策略。它召唤着阅读与重读，同时又永远给人以陌生化的感觉，抵制阅读、解释和翻译”。它“创造出新的时间和空间，它不是在一个确定的空间和时间中讲述一个故事，而是节奏、光线和时空本身必须构建出真实的人物。它提出与我们相关的问题而不是提供答案。它是一种新的句法，它比词汇更重要，并能在语言中发掘一种陌生的语言”。[①] 很少有作者对自己的小说做出如此学者化的阐释性定位，其中的一个缘由或许就是绝大多数读者的“不解”和“不懂”。

2014 年，韦驰把自己 1990 年至 1994 年写的且已发表的中短篇小说代表作结集为《生命事件》(线装书局)出版。除收入《猎人与森林》以外，小说集还收入了《南方高速公路》《没有头脑的世界》《风之语轻轻听》三部中篇小说。在后记里，学识广博的韦驰较为详细地阐述了自己“短篇小说”的“审美观”，主要题旨之一就是要说明“我的短篇小说与众不同”的原因与理由。总体上看，《生命事件》重在表达建立在现实人事与社会现象之上的关于人类生存、民族发展的个人感受和思考，涉及历史回顾、现实情思和未来展望三个维度，这就促成韦驰在安排情

---

① 韦驰:《生命意识及其洞察力背后——探寻短篇小说的一种新的审美观》，见《生命事件》，线装书局 2014 年版，第 208—209 页。

节元素、设计结构形式、选择语言方式等方面的特别与特殊。显然，韦驰早期的中短篇作品深受外国小说创作理论的影响，这不仅体现在通篇的翻译式的语言风格上，更主要的是其对现代西方小说形式观念的高度认同，以及其在小说写作中的倾力实践。为此，青年作家韦驰写出了晚近30年来中国当代文学中的另类小说，但距离成功还有一段路程。

在这期间，韦驰大概意识到《猎人与森林》《没有头脑的世界》等小说的不足，诸如意象多重、语言艰涩、叙事繁杂等意识流式的表达给读者造成阅读困难。于是，在《狗眼看人》（《红豆》2006年第9期）等篇目里，韦驰试图通过一种浅显的拟人化视角，借助一只宠物狗的视角向读者传递某种讥嘲和愤慨，但他似乎并不满意。千禧年到来之前，韦驰突然“觉得长篇小说是传播思想的最佳工具。中短篇小说不是传达思想的好工具，它们更适合传达情感、直觉，展示某种状况。而长篇小说是一个实验车间，也更能减弱语言的紧张程度。就像一条河，慢悠悠地向前流”[①]。2005年之前，韦驰完成了“存在三部曲”——《无冕之王》（珠海出版社2007年）、《矛盾症漫记》（珠海出版社2010年）、《对另一种存在的烦恼》（珠海出版社2011年）。在《无冕之王》的“后记”里，韦驰阐述了自己创作这三部长篇的初衷：试图“在形式、技巧、风格的探索与创新方面，在题材的挖掘与出新上，在对人类的历史、现状和未来的把握与认识上，能够对文学创作本身的发展起到积极的推动作用，写出自己独具个性又具有人类普遍认识意义的作品。从文本上与国内时下所有作家的作品有标志性的区别，注重寻求难以置信的东西，使之成为文学表现的可能性”。“学习、吸收了从现实主义、现代主义到后现代主义的各种各样的文学创作形式、流派、表现手法，但从来不拘囿于任何一隅，而是在写作中根据需要借鉴采纳的同时，不断探索，进行自己的实验和创新，因而它们呈现出了非凡的多样性和复杂性”。

韦驰首部长篇小说《无冕之王》的主人公是国家新闻报社记者小普利策。他从山村一个普通的农民家庭走出来，来到城里读完大学当了记者。小说以小普利策的采访经历为情节主线，呈现出城市与乡村之间一个个光怪陆离、荒诞不经的场景。对舞女受害案、房地产买卖骗局、矿

---

① 韦驰：《拼贴未来的文学》，见《无冕之王》，珠海出版社2007年版，第360页。

难事故的调查报道，让小普利策声名鹊起。然而，他难以融入城市中上层社会，便选择回到故乡。两年后，报社又聘请他回来工作。隐喻、象征与写实的结合，叙事结构的独特设置，叙事语言的刻意创新，使得小说呈现出浓郁的后现代主义风格。《矛盾症漫记》讲的是一种来历不明的“矛盾症”突然袭击了这座城市，人们相继神经错乱。围绕着全城人对抗“矛盾症”的主线，又延展出多条副线，从而将众多人物编织到故事的经纬中。在科幻元素铺展的背景下，韦驰以带有多重实验性的现代文本表达，写出了对当代社会人们内心深处正在形成的某种“缺失”的深切不安和忧虑。《对另一种存在的烦恼》讲的是美得耀眼的外省姑娘阿芭芭来到东部沿海城市后经历了古战场裸奔、与亡灵结婚等许多匪夷所思的事情，最后她不得不回到故乡。小说打乱了叙事时空上的逻辑衔接，把过去、现在和未来的诸多场景交错地编织到一起，力求揭示和批判真假错乱、善恶颠倒、美丑易位的“另一种存在”。近 130 万字的“存在三部曲”，“不太像纯文学，也不像畅销小说，是一种无限的混合物……它们没有特定的走向，只与当下整个的世界息息相关”[①]。可以说，“存在三部曲”奠定了韦驰在 21 世纪当代长篇小说版图上的位置，从此，韦驰告别中短篇小说，乐此不疲地开始写作后现代主义长篇小说。

对于“后现代主义”，国内学术界迄今为止还没有较为一致的界定，此中的歧义也延伸到“后现代主义艺术”“后现代主义文学”等相关概念。德国学者维尔士认为：“后现代最突出的特点是对世界知觉方式的改变。世界不再是统一的，意义单一明晰的，而是破碎的，混乱的，无法认知的。因此，要表现这个世界，便不能像过去那样使用表征性手段，而只能采取无客体关联、非表征、单纯能指的话语。”[②] 这样的说法在马原、孙甘露等人的“先锋小说”实践中得到印证，也适用于从“先锋小说”的终点起步的韦驰小说。表层叙事是对既有和已在的、熟视无睹和习焉不察的、几近成规和定则的人与事、观念与标准的调侃、揶揄、讥嘲，而潜层叙事则是质疑、解构，乃至否定，可以说是韦驰长篇小说的基本主题指向。而要充分完满地展现这种指向，就必须创造与之深度契

---

① ［美］苏珊·兰瑟：《文学王国的雄狮》，见《矛盾症漫记》，珠海出版社 2010 年版，第 2 页。

② 转引自章国锋《从“现代”到“后现代”——小说观念的变化》，见柳鸣九主编《从现代主义到后现代主义》，中国社会科学出版社 1994 年版，第 15 页。

合的后现代形式。

韦驰信奉“大海呈现太阳”的文学理念，强调“我制造问题，让人们发问”。[①] 对于大多数读者来说，韦驰制造的“问题”，大都集中在形式表达方面。比如他对传统小说的结构、情节、语言等各方面的颠覆性改造与运用，近乎构成对读者已知和熟稔的小说审美规范的挑战，甚至是挑衅。所以曾有评论者对韦驰小说的形式提出疑问：“我的一点阅读困惑是韦驰是以一种类似先锋姿态的后现代写作的艺术，后现代的姿态出现的，而且这种思想的拼贴和装置艺术，如何能够更好地完成艺术表达的任务？如果阅读是一件非常难以完成的事情的话，那么思想的传达怎么才能完成？这种带有先锋气质的艺术探索，如何在海量的思想和反思中接通地气？”[②] 这段在肯定基础上的委婉提醒，可能也是很多人的阅读感受。

相比“存在三部曲”，韦驰后来的“南方三部曲”（《制造脸，制造灵魂》《梦碎之地》《来日方长》）、《土地上的生活》《街区之歌》等长篇小说的形式表达渐趋平和，在后现代主义的浓墨重彩中，也开始越来越多地融入琐碎的日常人生。但韦驰对现代小说艺术探索的坚持和坚定始终未变，也不会为了迎合与取悦他人而改变自己的写作初衷。就像《来日方长》（羊城晚报出版社 2016 年）的最后一章，韦驰只分了两个自然段，第一自然段接近 3 万字。韦驰在这样的叙事节奏里蕴含的艺术考量，仍然需要读者细心品味。

三、 成熟的状态

2008 年是改革开放 30 周年，社会转型度过了艰难的“阵痛”期，社会发展层面大幅度的调整和改变业已完成。2008 年 1 月 1 日，《中华人民

---

① 韦驰：《生命意识及其洞察力背后——探寻短篇小说的一种新的审美观》，见《生命事件》，线装书局 2014 年版，第 206 页。

② 刘颋：《是收获更是挑战——读〈对另一种存在的烦恼〉》，载《文艺报》2012 年 5 月 7 日，第 7 版。

共和国劳动合同法》（简称《劳动合同法》）与《中华人民共和国就业促进法》正式实施。随后，《中华人民共和国劳动争议调解仲裁法》于同年5月1日实施。《劳动合同法》在劳动保障法律体系中处于基础地位，它以保护劳动者合法权益为立法宗旨，强调保护劳动过程中劳动者的人身权和财产权。这部法律的实施，标志着我国工业社会转型进程中一个重大节点的到来，即国家法治已经实实在在地惠及具体民生层面，数量庞大的普通劳动者的基本权利得到了切实的保障。

对于经济特区和珠三角其他城市而言，《劳动合同法》极大地改善了以进城务工人员为主体的打工人群和各类企业普通工人群体的工作境况，"打工文学"和"底层写作"的部分题材与主题在现实生活的源头处被改变。就像曾维浩写于20世纪80年代末期的短篇小说《强台风明天登陆》，里面的外资工厂女工阿倩因工伤与姚老板产生劳资纠纷，总经理助理辛吉弗只能组织罢工来寻求厂方的赔偿。此时，道德成为唯一的标尺，衡量出勇敢无私、冷酷狡猾、圆滑世故、奴性妥协等不同人品，而问题并未获得解决。这种特定阶段的发展之痛，到了2008年已不存在。再如深圳作家曹征路发表于2004年的中篇小说《那儿》，这篇"底层写作"代表作表现的是国企改制过程中"小舅"的悲剧，只能出现在2008年以前。也就是说，因为《劳动合同法》实施后，普通劳动者的生存状态发生了变化，作为其艺术化反映的"打工文学""底层写作"等相关文学形态也相应地出现变化。

不仅如此，2008年还是中国人饱经忧患的一年，也是让中国人深感自豪的一年。一方面，这一年的1月，南方14个省份发生罕见雪灾；3月，西藏拉萨发生打砸抢烧等恐怖事件；5月，四川汶川发生7.8级大地震，伤亡程度仅次于1976年的唐山大地震；9月，发生山西襄汾尾矿库溃坝事故和"三鹿"奶粉案；还有全年的中国股市大跌与世界金融危机。天灾人祸，对于中华民族的生存和发展来说是一次重大考验。另一方面，8月8日，第29届夏季奥林匹克运动会在北京开幕，极大提升了中国的国际声望，强化了民族认同感，增强了社会凝聚力。媒体人梁文道曾就"5·12"汶川大地震撰文，认为灾难使国人得以重新肯定自我的良知与能力，肯定群体的相互信任和协助，感慨"2008年之后，中国永远地被改变了”。[1] 的确，2008 年之后，不论是在物质层面还是精神层面，人们都有了一种新的生活状态和精神面貌。

基于此，珠海小说的成熟期应该始于 2008 年，并延续到当下。从社会发展的宏观背景来看，中国文学与时代的关系或者说中国文学应该占有的意识形态位置越来越清晰和趋于固定，即“文学的边缘化”既是理所当然，也是势所必然。“诗，可以兴，可以观，可以群，可以怨。迩之事父，远之事君；多识于鸟兽草木之名。”（《论语·阳货》）孔子所强调的文学功能，正在被伴随着互联网技术兴起而逐渐增多的其他表达方式分散、转移和替代。所谓的“边缘化”，只是相对于 20 世纪 70 年代末百废待兴之际文学持续产生的热度而言。2008 年以后，随着社会主义市场经济的基本成形，商品消费时代的文学尤其是“纯文学”已然退出意识形态话语的中心位置，回归到它的本体。换言之，文学的“兴、观、群、怨”功用依然存在，但需要作家笔下的文本蕴涵强大的精神和情感力量，展现出独特的审美感召力与艺术吸引力，而不是简单地写出面对社会问题的新闻报道或读后感式的作品。

因而，与以往计划经济体制下的作家阵容相比，21 世纪第一个十年以来的文学创作队伍变化明显。一是作家的非职业化特征越来越显明，文学写作逐渐趋向“业余化”，不再是保障生存的必要条件。即除了体制内保留的专司创作的一些著名作家以外，绝大多数作家都有一份与文学关联不大的职业，例如教师、公务员、记者、公司职员等。二是作家越来越受制于个人爱好和个人的生存现实，文学写作的阶段性特点比较突出。即一段时间里作品频频发表，另一段时间内则不见踪影。三是作家越来越追求个性化的文学写作，但也愿意让自己的作品响应社会和时代的需要。即相当多的作家能够统一和协调个体艺术探索与社会相关诉求之间的关系，并写出成功的作品。

具体到珠海小说创作领域，由于上述写作主体的变化，以及时代发展氛围和特区文化环境的影响，2008 年以来的珠海小说进入成熟时期，形成多元并存、各擅胜场的局面。评论家李建军曾针对改革开放之后的中国当代小说提出意见：“自 20 世纪 80 年代初期开始，中国当代小说写

---

① 梁文道：《2008 年，中国永远地被改变了》，新浪网 http：//news. sina. com. cn/o/2008 – 05 – 24/103113919731s. shtml，2008 年 5 月 24 日。

作进入文学观念变革和写作方法探索的‘新时期’。小说家新的经验建构面临着三个路向选择：一是中国固有的文学经验，一是欧洲19世纪的现实主义文学经验，一是西方20世纪的现代主义经验。现在回头看，在最近30多年里，虽然从文学意识上看，中国的文学传统和文学经验也曾受到‘寻根派’重视，受到孙犁、汪曾祺等前辈作家的推激，但真正植根于中国文学之沃土，且能卓然树立乎其上者，惜焉罕觏。在年轻一代小说家的作品中，像阿城的《棋王》那样在语言和情味方面都具有中国格调的小说，实在太少见了。同样，19世纪现实主义文学传统的境遇，也好不了多少。除了路遥和陈忠实等为数不多的成熟的现实主义作家，依然对伟大的现实主义文学传统心怀敬意，也能够清醒地认识到现实主义的经验对当代中国文学的意义，更多的求新求变的作家都不由分说质疑和排斥这一文学资源，将之视为一种业已过时和失效的文学陈规。”[①] 李建军推崇汪曾祺“回到现实主义，回到民族传统”[②] 的文学主张，对晚近30年来不少作家在小说形式方面疏远固有的汉语文学经验、排斥现实主义文学传统深感遗憾。但在珠海小说这里，李建军概括的三种路向却都有不俗的表现。而且，现实主义还是主流的写作路向，并取得了骄人的创作实绩。

简言之，在继承和发扬民族文学传统经验方面，杨干华、唐克雪、李更、曾维浩、唯阿、陈继明等作家均在不同程度上有所实践，其中，李更的中篇小说《俘虏》、曾维浩的短篇小说《枪毙》和长篇小说《离骚》、陈继明的短篇小说《浮生六记》等篇目表现尤佳。在现实主义文学经验的承继方面，几乎绝大多数珠海小说作家一直坚定地走在这条写作道路上，且成就耀眼。在借鉴西方现代主义、后现代主义文学经验方面，李逊、唯阿、韦驰的小说堪称代表。

实际上，不管是纵向继承还是横向吸收，写作者都需要切实面对时代与社会，进而表达新的生活和新的人生感受。故此，1994年以来的珠海小说作家立足特区的现代城市文化发展实状，力图打破本土文学观念

---

① 李建军：《作者形象与积极写作——论中国当代小说的主体性与文化自觉》，载《中国社会科学》2017年第11期，第154页。

② 汪曾祺认为：“传统的文艺理论是很高明的，年轻人只从翻译小说、现代小说学习写小说，忽视中国传统的文艺理论，是太可惜了。”见汪曾祺《晚翠文谈新编》，生活·读书·新知三联书店2002年版，第24页。

和西方现实主义、现代主义认知的壁垒，融通传统与现代，在不懈的探索中努力写出自己理想的小说。也就是说，在现实主义或现代主义（包括所谓的后现代主义）小说的基本框架内，保持汉语文学书写的特性，再借助“他山之石”，在体式、结构、人物、语言、技巧等诸方面加以融会创新，以此表达具有中国特色的思想情感，创造具有中国特色的语言形式，展现具有中国特色的艺术风格。显然，这已经不是常规意义上的现实主义和现代主义小说了，而只能以“类型”来区别。

例如，在现代主义类型的珠海小说中，李逊、唯阿、韦驰三人的小说就具有很强的区分度。李逊小说的叙事形式在世纪之交的中国小说界依然前卫时尚，但内里却是对现代化进程中某种“存在”的怀疑和厌弃，而应该坚守的那种情怀又无从寻觅，于是人生的茫然感便漫漶于纸面。唯阿把现代小说形式与民族文化感受调制到一处，尽力隐匿自己的价值判断和情感态度，意在引导读者感受、感觉、感悟，然后自己得出结论。2008 年以后，这一“路向”的小说写作只有韦驰还在坚定地持续着。他以令人惊讶的、近乎快于常人阅读的写作速度，不断推出新的长篇。[①] 韦驰式的现代主义小说因为“另类”，所以常常处于“孤独”的景况。孤独的韦驰 30 年来，一直以自己的小说形式向这个世界发出真实而独特的声音。

在现实主义类型的珠海小说里，有众多作者各显其长。曾维浩写完西式的现代长篇小说《弑父》后，2008 年又出版中式的古典长篇小说《离骚》。这部赤裸裸展现人性欲望和生存窘状的小说，可能在主题指向上存有争议，但从传统汉语文学抒情的形式效果来看，则完全称得上佳作。在 2008 年之后逐渐搁笔或转向其他体裁写作的珠海小说作者中，王海玲、裴蓓的现实主义“特区小说”独具一格，为珠海特区前 30 年的发展路程留下了珍贵的艺术化情感标本。2018 年，裴蓓又发表中篇小说《水击三千里》，意图表达对特区从一个小渔村发展为现代化都市的由衷赞许。2020 年，王海玲沉寂 10 年后发表中篇小说《学妹，我们之间曾有

① 韦驰有的长篇小说由港澳的一些出版社出版。他在微信日记里时常写自己的小说写作讯息。如：“这几天心血来潮写了一部 7 万字的中篇小说《美国人和 K》。这是我时隔 28 年正式写的第一个中篇小说。”（2022 年 1 月 7 日）“今天，终于写完 175 万字长篇小说《奥密克戎逃遁太阳系的边境》。”（2022 年 1 月 15 日）“今天，历经七七四十九天，我写完 76 万字长篇小说《季风吹拂的土地》。”（2022 年 4 月 28 日）

过公园之约》，把现实的笔触深入一群退休知识分子的内心情感，由此开辟了一个新的小说世界。陈彦儒利用写散文的空闲时间写小说，他的长篇小说《白天失踪的少女》，短篇小说《死不瞑目的小偷》《河畔的男孩》等都在直面现实的基础上，通过鲜明的人物和曲折的情节表现出批判性的主题，以此发出强劲的道德诘问。

还有一个让人无法忽略的珠海小说家，那就是陈继明。

2007年，陈继明调到珠海的大学。此前，陈继明是宁夏著名的作家，在小说界已经很有名气。到珠海后，他写的第一篇短篇小说《蝴蝶》曾引起坊间热议。随后，陈继明陆续发表了短篇小说《陈万水名单》《圣地》《空荡荡的正午》《有握手楼的镇子》，中篇小说《每一个下午》《北京和尚》《灰汉》《芳邻》《母亲在世时》，长篇小说《百鸟苏醒》《堕落诗》《七步镇》《0.25秒的静止》《平安批》等诸多作品，形成他小说创作的又一个高潮。继颇受好评的《七步镇》之后，2021年10月出版的《平安批》，是陈继明应广东省委宣传部推出的“作家‘深扎’创作计划”要求而完成的作品，获得了出版界、评论家以及广大读者的一致赞誉。小说通过描述主人公郑梦梅一生的挣扎、奋斗和坚守，以沉静的现实主义手法写出了近代以来潮汕人在生活、事功、革命等层面的实践，蕴含着潮汕人一个多世纪的奋斗史、家族史与革命史，展现了中华民族浓郁的家风民俗与国族意识。[①] 事实上，《平安批》之前的许多陈氏小说表达的都是“心理现实主义”，就如《0.25秒的静止》被称作“科幻现实主义”一样。

在陈继明最近的一篇短篇小说《奔马图》（《朔方》2021年第10期）里，“我”在珠海“世界上最长的跨海大桥”的桥边看到了一匹老马，一匹至少有60岁的退役军马，它的右眼是瞎的。由此“我”结识了马的主人——一位与老马相伴半个世纪的80岁老人，还有他在上贵族中学的孙子小可。“我”还认识了一个叫“疯子”的创意公司老板，她觉得哭也应该有创意。“我”从老人和有强烈倾诉欲望的小可那里了解到老马的来历，知道了小可的一些情况，老人和马才从西北家乡来到珠海淇澳岛定居。小可的爸爸是做假发生意的富豪，小可5岁时妈妈因为爸爸“花心”

① 曾攀：《历史激荡中的家国情怀——陈继明长篇小说〈平安批〉读解》，载《长江文艺评论》2022年第1期，第71页。

而离开家，再也没有回来。有一天，小可骑着老马飞速奔跑在珠海的大街上，因为他听说他妈妈就在这座城市。小可说："梦里，我骑着马向市中心一路飞奔，是为了让妈妈看见我，起码让她知道我长大了，会骑马了。果然，大街上，有个女人大声喊着我的名字。"后来，小海湾经过整修，成为看海和看大桥的绝佳位置。老马和老人"依旧可以来小海湾，不是来吃草，而是每天下午专门候在此处，不收一分钱，义务供四方游客骑玩拍照"。"我"这个大学教授，看见老马瞎了的"右眼黑乌乌，像卧着一只黑鸟。我心跳怦怦，觉得同时被它的右眼所谛视"。从西北乡村到特区珠海，从老马到大桥，从传统到现代，在长达50多年的时空跨度里，以大桥为背景，一匹马、一个老人和一个少年仿佛就是岁月的剪影，于小说意味悠长的叙事深处隐约地形成某种昭示，促使读者安静地体悟。陈继明用他一贯沉静而节制的叙事语言和不着痕迹的结构设计，再灌注个体心智与人生感触为小说的精神内核，从而写出了迄今为止水平最高的短篇小说。不夸张地说，《奔马图》也是2008年以来珠海短篇小说中最好的一篇。

裴蓓：质询与应然

2018 年，已经是编剧、导演、制片人和公司董事长的裴蓓发表了中篇小说《水击三千里》。此时，与她创作上一篇小说相隔 5 年。从 2002 年裴蓓第一篇小说面世至今，她的产量并不高，但每一篇都有一定的反响，诸如名刊发表，被《小说月报》《小说选刊》等转载，进入多种小说排行榜，获得省级以上奖项，版权被影视公司购买乃至入围鲁迅文学奖提名，等等。一般小说家很难企求的荣耀，对裴蓓来说似乎并不困难。这一次，裴蓓以庄子《逍遥游》里的名句“水击三千里”为题，通过赵以水的生活遭际，隐现特区从一个小渔村到现代化城市的巨大变迁，由此展示改革开放 40 年的辉煌伟绩。

裴蓓在“创作谈”中说：“我设计了一个绰号叫‘根号 2’的人物，他个子矮小，天赋异禀。我希望他像经典电影《阿甘正传》中的阿甘一样，身上有一种传奇，看似异常却又有着相当的可信度、相当的震撼力，他与他身边大部分的人都真挚善良、执着向上。”[①] “根号 2”就是赵以水，因为他身高只有 1.414 米。赵以水 5 岁时就能把学者父亲书斋里的书看完一半，且过目不忘；13 岁考上大学，大学一年级就自学完四年电子机械系的专业教材；大学期间成绩总是第一名，还能在实验室里给专业老师做指导；毕业后与同宿舍的曹正昌合作，在特区成立公司，用诸多创新发明催生和壮大了“正昌集团”。他品质纯正，还有超出常人的情怀、眼光和境界。正昌集团濒临破产，他力挽狂澜挽回集团，还清了债务，保护了知识产权和专利，并成立“环球设计中心”。他帮助鹊喜解开心结，再创事业。多年后，他迎娶鹊喜，有了儿子，身高也增长到 1.58 米。1966 年出生的赵以水仿若一种精神象征，串联起改革开放 40 年的全

---

① 裴蓓：《我为什么要写“根号 2”》，载《小说选刊》2018 年第 9 期，第 36 页。

过程。小说立意宏阔，构思别致，灌注着裴蓓对国家发展与社会进步的由衷关切和感受，充盈着满满的“正能量”。

可是，如果和裴蓓之前的小说比较，《水击三千里》的艺术水准显然有所不及。一是人物形象的丰满度不够。无论是主人公赵以水还是曹正昌、鹊喜、奶油哥哥，由于缺少足够的且因果逻辑充分的行动细节和心理细节，因此人物骨架虽完整，却欠缺血肉，不免有概念化之嫌。小说以参与视角，用赵以水作第一人称叙事人，虽然一定程度上弥补了上述不足，但“根号2”（“我”）“天赋异禀”的正向人设，本身就是一个想象性的假设形象，似乎不太具备“阿甘”式的现实逻辑。在晚近20年众多表现人物改革开放实绩的小说里，除身高和天赋特别以外，赵以水与曹正昌、鹊喜等人物在性格、思想、命运遭际等方面，都没有太多的新意。二是小说叙事稍显滞涩僵硬。裴蓓小说既有的叙事流畅感和圆润性，在“天赋异禀”的“我”的口中，变得有些干枯呆板，缺乏生趣。裴蓓自己也在《我为什么要写“根号2”》一文中承认：“可能是手生了，也可能是我的文字受到影像化的干扰，更可能是本身才华就捉襟见肘，这篇小说写得艰难，是我写作以来写得最艰难的一篇。”这样的表述似乎不全是裴蓓自谦，因为她还强调：“小说中的每一点几乎都可以在现实和历史中找到痕迹。”是的，裴蓓想要表现和表达的太多了，她要赞美一种时间长度为40年的“成长”：人物思想的成长，人物情感的成长，特区城市的成长，以及由此而来的国家的成长。当一个艺术自足体要承载的内容过多时，就会产生滞重感。

当然，《水击三千里》的“瑕疵”，需与裴蓓2002年以来的小说文本进行对比，才能显现出来。同是经济特区题材，裴蓓2013年以前的小说尤其能展示其特有的艺术风采和写作才能。

一、 独具只眼看特区

与珠海的另一位小说家王海玲一样，因为专注特区生活的表达，所以裴蓓的小说也被称作“特区小说①”。两人都从事报社记者的职业②，都是女性，这也许在一定程度上影响了她们小说写作的对象与角度，形成了她们书写社会发展状态的现实性、即时性特征，决定了她们挖掘人物内在世界的细腻和深入。而且，两个人基于和时代的紧密关联，都以写特区女性人物见长。在小说的主题指向上，两人都对特区城市的快速成长表现出整体的肯定和赞扬，显示出一种明亮、温润、积极、正向的情感质地，从而成为彼时较为别致的艺术存在。因而，才有了2008年12月中国作家协会、广东省作家协会、珠海市委宣传部在北京联合召开的“王海玲、裴蓓特区题材作品研讨会”。这是珠海作家第二次“进军”北京，引起文坛热烈关注。第一次是在1998年，珠海作家曾维浩的长篇小说《弑父》在北京举办研讨会。与会的专家学者盛赞了两位珠海女作家的小说，认为“王海玲和裴蓓以女性特有的细腻情感和温润的笔调，给我们展现了中国南方和珠海特区的崭新世界和文学气象，人们从中既听到了时代前进的足音，也触摸到了人心深处的幽微”。她们的小说为人们打开了一扇了解特区的窗口，创造了一种新的南方文体。评论家贺绍俊还表示，如果说深圳作家是更直接地面对改革开放的话，那么珠海作家包括王海玲、裴蓓，却不满足于直接呈现这种现实生活，他们能够以一种冷静和理性的目光去看待现实生活，能够从欲望化的叙事中间升华出对灵魂的追问。③

这里需要注意的是“这一刻”与“那时候”的区别，也即“只缘身在此山中”和清醒了然地回望之间的差异。除了“溢美之词”，2008年的专家学者们与王海玲、裴蓓一样都属于“当局者”，很难从10年后的改革开放成就和特区发展实绩审视“此时此刻”。所以，他们当时的评价显然不能全面反映王海玲、裴蓓小说的实际艺术状态。原因在于，同是

---

① “特区小说”是对“特区文学”范围内一个体裁分支的习惯性命名。随着这一类小说从数量到质量的不断扩大和提升，2000年后它开始出现在相关的研讨会和评论文章中，大抵属于较随意的民间性概念。其基本内涵由写特区的人和事，逐渐延伸为特区作家写特区人的特区生活。而且，写作者一般被习惯性地认定为知识分子作家，而非打工作家。截至目前，还未见有人对“特区小说”的概念做出专门的学术考察，但其显然比“特区题材小说”“特区系列小说”“特区小说创作”等表述更准确，也更简洁。

② 王海玲是《珠海特区报》的资深记者，曾获广东省新闻界的最高奖项。裴蓓在《珠江晚报》做了十年记者。

③ 张元章：《南方：一片文学的沃土》，载《珠海特区报》2008年12月21日，第9版。

特区的深圳与珠海，由于发展定位、城市体量、地理区位等的不同，自然就会形成各自的人文生态或文化环境。其间的显在差别，决定了小说家们表现对象的不同。更重要的是，如果我们今天从 40 多年改革开放的视角回看深圳、珠海的发展历程，就能发现两个特区之间的差别，只能是相同中的不同，是同中之异。由此，看待特区小说应该更适宜采用纵向缕析的方式。换言之，特区小说都是正面关切和表现特区发展的结果，彼此在人物塑造、主题表达、形式设计等方面的差异，是因为作家们身处特区发展的不同时段，关注和描述的是不同时段特区人的生存现实和内在情感。

若以 2008 年 12 月的“王海玲、裴蓓特区题材作品研讨会”为节点，那么改革开放前 30 年的特区小说可以分为三个时段。

第一个时段是 20 世纪 80 年代，代表性作品主要出现在深圳。如石涛的《午后的等待》(1984)、谭甫成的《小个子马波利》(1985)、刘西鸿的《你不可改变我》(1986)、李兰妮的《他们要干什么》和《深圳，深圳》(1986)、梁大平的《大路上的理想者》(1987) 等具有全国影响力的篇目。如《小个子马波利》以“我”的视角写研究生毕业后当了报社记者的马波利，面对深圳特区在发展过程中出现的种种社会问题深感疑虑和不解。他“博览群书，思想深刻，具有远超乎常人的智慧；然而他一个月只能挣到二百多元工资，在深圳这个高消费的地方算是困难户”。而“我不过高中毕业，却在一家大公司当一个部门经理，钱挣得我都有些花腻了”。为了生存，马波利最后改行做杂志广告的业务。在小说里，马波利是一个在难以抵御物质诱惑的同时，又备受精神煎熬的传统知识分子形象。一方面，马波利是清醒的观察者和批判者；另一方面，马波利批判、质疑现实的声音又显得苍白无力、言不由衷，乃至其所作所为走向自己所思所言的对立面。最后，他因为婚姻而与城市和解，屈从于物质主义的生存现实。《大路上的理想者》写知识分子吴为“渴望新天地”，舍弃已有的舒适和安闲“闯进”特区成了“无证游民”。然而一番闯荡后，吴为还是拎着皮箱回到老家去了。“大路上的理想者”是梁大平给吴为的形象定位。在特区深圳初创期的现实场景中，吴为敏锐地觉察到了新的社会形态萌芽中存有的依然强大的旧体制、旧思维和旧的生活方式。吴为最终的选择是拒绝世俗和平庸，继续走在自己理想的大路上。

《你不可改变我》写了三个人物，两组关系。职业是药剂师的“我”与亦东的恋爱关系表现为包容、理解、独立，展示出异于传统的全新爱情观。而“我”在和16岁少女孔令凯的关系中，开始时很“老派”，“我”总想以“经验者”或“人生启蒙者”自居。随着交往的深入，“我”却被孔令凯改变，逐渐接受并赞赏她辍学当模特的选择，感觉“人应该及时展示并且发挥自己的长处”。小说在形式上具有探索性和先锋性，更重要的是，在主题指向上也为当时的人们提出了生活的多种可能性，即革除旧有的思维定式，消除传统的观念壁垒，以开放的、融合的心态吸纳、创新生存观念与生活方式，进而创造新的人生价值。这在1986年的中国，尤其引人注目。如果说谭甫成、梁大平等作家表达的还是面对正在萌芽的特区人文生态的情感纠结，那么刘西鸿则是正面接受和正向肯定、认同。但不论是犹疑、质询甚至否定，还是接受、认可、肯定，这一时期的特区小说总体上仍停留在“进”与“退”、“融入”与“拒斥”的观念冲突范畴里，对人物价值观念、情感态度、内在心理等的描写，还处于简单的浅表层次，缺少合情合理的深入与精微。

第二个时段是20世纪90年代。王海玲的“特区小说”属于此列。1995年，王海玲开始描绘珠海特区的青年女性形象。她通过笔下女性人物内心世界中物欲和情欲的激烈挣扎、交锋，展示了社会转型“阵痛期”人与特区城市的成长与成熟，表达出与时代发展和社会进步同频共振的责任感与宽和情怀，也内蕴着一种接续传统的现代性探索。

裴蓓是继王海玲之后第二个正面表现特区的珠海作家。2002年，裴蓓发表了她的第一篇小说《曾经沧海》。此时，国家的社会转型正在走出“阵痛期”的最后一段路途上，改革开放的巨大成果越来越明晰。王海玲小说中某些可能被质疑的观念和感受，业已渐次成为特区人们精神世界中的有机构成。20世纪最后十年中，诸多让中国人疑惧惊诧的特区的人和事，也开始在21世纪初的中国人的生活里变得习以为常。可见，裴蓓写的是第三时段的“特区小说”，而且出手就不一般。

裴蓓于20世纪90年代中期移居珠海，2002年发表处女作时36岁，是真正在特区成长起来的小说家。她曾在一次访谈中说：“正因为自己的创作年龄小于我作为珠海人的‘珠龄’，所以，我所写的人和事都关乎珠海，或者，关乎类似珠海的南方生活。”① 在裴蓓的特区小说里，虽然也多以女性人物为主体形象，但已经没有了第一时段对特区拒斥还是融入的心理纠结和情感矛盾，也没有出现第二时段王海玲式的通过解决物欲和情欲危机的个体奋斗，来突出女性独立自强的主题观念。裴蓓只是把人物置于特区城市快速发展的大背景下，让人物浑然于业已成形的特区城市文化环境中，着力表现人物既有的生存心理、情感取向、伦理标准等，在遭遇到特区生存过程中灵与肉、情与理、思与行的人性磨砺后，得到的应然人生状态。

在中篇小说《曾经沧海》里，裴蓓写出了女主人公肖晓近乎一辈子起伏坎坷的情爱历程。1992 年，肖晓来到 C 城的翠珠公司售楼。她原来在一内地城市的市委机关上班，因与身为副市长儿子的男友康建赌气来到特区。在特区遭遇的一切让肖晓既惊诧又无奈，如隔壁精致的女孩竟是“大人物”的情妇，单位里的人肆无忌惮地谈“性”，同事小宁以前做过妓女，老板王林花 5 万元每月想包养她，等等。在业务往来中，肖晓随王林认识了另一个房地产老板李海山。几次接触后，她和李海山越走越近。李海山被王林使用假手续欺骗，损失了几千万，肖晓心生愧疚，觉得自己也有责任。她回了一次老家，才知康建为实现“梦想”移情副省长女儿，这让她彻底移情李海山，并成为李海山的助手。李海山靠银行贷款把小区建到三分之一时，因政策变化被套牢资产。他去了趟美国见妻子，回国后离了婚。肖晓陪伴李海山经历了法庭诉讼、债主追讨、炒股巨亏700 万、心梗住院等坎坷后，两人结婚，日子变得平静安详。李海山突发心梗去世后，肖晓被迫当老板，去收拾李海山留下来的烂摊子。随着事业渐渐有了起色，肖晓遭遇来自内心阴狠的下属罗列的情感困扰，以及前老板王林的财产纠缠。李海山的儿子李小山从美国回来后，肖晓把已经做大做强的公司移交给了他，认为他会“青出于蓝而胜于蓝”。她“平和”的人格力量，让李小山叹服。肖晓不再是成功的老板，她要去读书、去旅游……表面上看，《曾经沧海》写的是一个女人的情感成长史。肖晓来到特区之初是惊诧与不解，然后是愤怒、质疑、无奈，接着是欣喜、宽容、痛苦，最后是清醒、理智、毅然、平和。在“曾经沧海难为

① 张元章：《南方：一片文学的沃土》，载《珠海特区报》2008 年 12 月 21 日，第 9 版。

水”的沧桑、淡然里，不止有“独立自强”的简单意涵，还应该有寥落孤寂和海阔天空。此时，小说的主旨已然超越了单纯的情爱边界，蕴蓄着更深广、更悠长的人生况味。可以说，《曾经沧海》为裴蓓接下来的小说奠定了基调：侧重书写人生过程的纵深感，人物在“过程”中遭遇事件、受到磨砺，进而开始蜕变。特区的环境、观念及由此生成的各种欲望等，只是促使人物蜕变的必然要素或事件“装置”。而“蜕变”则是人物“曾经沧海”之后的丰满和成熟，就此成就了裴蓓小说表达的人生“应然”主题。

二、 时代变迁与人物蜕变

1978 年以后的中国，改革开放带来的政治、经济、文化、科技等多层面的变化，对当代中国人秉持的传统价值观念、道德标准、思维方式等，形成了由沿海到内地的渐进式冲击。在这个过程中，没有人能在汹涌澎湃的时代大潮中独善其身，尤其是来到改革开放的前沿——特区城市淘金寻梦的人们。裴蓓对此深有感触，她在长篇小说《南漂》的“后记”里写道：

在南方多年，目睹和亲历了这里的很多沧桑变迁，这些变迁有很强的地域性和时间性。南方沿海城市大多是移民，移民的出处没有地域性，他们来自全国不同的城市和乡村。移民的形态万千铸就了他们所在城市的形态万千。但在移民们的骨子里有一点很相似，就是，在内心深处都有那么一些向往和不甘。这些冲破原来的生活格局依然南漂的人大多不甘寂寞，热切向往财富与辉煌。也有部分人更乌托邦一些，他们梦想“适彼乐土”。

南方真的是“乐土”吗？“热土”肯定是，“乐土”倒未必。这块热土，曾掀起多少人的万丈豪情，又给这些怀万丈豪情的人们极大的刺激和满足。但多年以后蓦然回首，大多是满心的沧桑。

这块热土，给人极大的空间，无论是客观环境还是人文环境。人与人之间的松散和包容，使得你可以在很大程度上随意地选择自己的生活。很多人在这个空间中，舒展自己，张扬自己，有的舒展张扬到恣意放纵。我一直很留意身边林林总总的人，留意到身边的人大多是一些百折不挠的主儿，也留意到身边笑容很多，笑声很多，但真正的快乐不多——我说的那种由衷的快乐，或者说是幸福。

……当人超越了生存的基本底线，金钱和快乐的关系，就不再是决定性的，不再成正比，甚至很疏离。

这篇小说写的是大都市里的人和事，但无论是写作手法还是价值观都透着一些传统和乡土。

或许，我们是否可以这样理解，幸福和快乐是很本真的，如果幸福和快乐有太多的附加物，那可能就不是真正的幸福快乐，至少不那么地道，不那么彻底。现代人的幸福和快乐有太多的负荷，这大概就是现代人活得很累的原因吧。

好在，早期南漂的那拨人，无论在世人眼里成功与否，都有些看尽繁华后的理性与平和。人们从原来搏命厮杀的情境中逐渐淡定下来，更加关注自己的内心，寻求纯粹一些的生活。①

这是《曾经沧海》发表两年后，裴蓓对特区、对来特区的移民、对这些移民的生存状态与情感世界得出的进一步感受和认识，并融会于中篇小说《南方，爱你我说不出》（后又增扩为长篇小说《南漂》）中，也体现在她接下来的其他小说里，可以作为裴蓓“特区小说”主旨意涵的解读指南。小说里的康嘉薇和陈珊是邻居也是大学同学，毕业工作后又辞职一同来到特区新海，在同一家期货公司上班。但康嘉薇长相一般，自幼家贫，陈珊则容貌美丽，家境优渥，这让康嘉薇始终怀有与陈珊比拼的心思，想得到“本该有却一直没有的东西”。公司老板苏齐对若即若离的陈珊情有独钟，康嘉薇十分妒忌。裴蓓采用双线交叉叙事，以康嘉薇对陈珊既羡慕又嫉妒的幽暗心理和隐秘言行勾连情节。一边是康嘉薇心思缜密，稳扎稳打。她先是通过接触老板陈起恒取得业绩，开阔了眼界；接着发现苏齐的商业骗局，却引而不发；施展心机使陈珊知晓苏齐

① 裴蓓：《快乐随心》，见《南漂》，花城出版社 2008 年版，第 221—222 页。

的秘密而离开公司，去新海杂志社做编辑；展示才能帮苏齐转让公司，趁房地产业萧条囤积居奇，并得到了苏齐；以孩子和备份的违法资料要挟苏齐和她结婚；做副市长郑克章的情妇借其力当上工业区副主任，成为政府官员；又借助省里高官朱进民摆脱负面舆论纠缠，当上了副市长。另一边是陈珊恪守真诚、善感重情。她对苏齐情感诚挚，但不能容忍他做违法的事情；把郑克章当作知己，倾情付出，但在得知康嘉薇与郑克章的关系后，又遭到郑克章的冷酷抛弃；跳楼轻生之际，一直暗恋她的杨刚救下了她，最后她嫁给了杨刚。去探望因车祸住院的康嘉薇时，陈珊看到闪烁在康嘉薇眼睛里的“不屈”。陈珊一直都很佩服康嘉薇的坚强，她觉得“康嘉薇就是康嘉薇，永远是”。在这篇小说里，裴蓓的叙事焦点显然以康嘉薇为主，但两条叙事线的交错缠绕，形成的人物对比也很清晰。康嘉薇和陈珊在出身、成长环境、性格、容貌等方面的差异，只是小说情节进展的前置因素，两个人不同的心路历程和行为结果的对比，才是裴蓓想要读者看清楚的。虽然康嘉薇是主角，但裴蓓在对比中肯定的是陈珊，并通过陈珊的视角给予了康嘉薇最大限度的理解和宽容。康嘉薇当上副市长后，在电话里问陈珊是不是恨自己，陈珊回答说“是，很恨”，可实际上她并不记恨。

陈珊反倒认为康嘉薇有很多可取之处。社会是需要康嘉薇们的，她们奋力拼搏，勇往直前。在客观上，她们改变了这个世界，她们给了这个世界向上的动力，给了这个世界蓬勃的生机。这个世界是需要精英，需要王者的，尽管王者经常会视吞噬弱小为儿戏，但这是整个自然界的生存定律。[①]

可见，在工于心计与胸无城府、焦虑与坦然、迷于欲望与顺从本心之间，裴蓓认同的是后者，虽然前者也是生活中的人性本然。经过一系列的人生磨砺，陈珊“不再是那种嫦娥般的高远的、清冷的美，而是属于人间的，是邻家少妇般的。这种美，让人亲近，让人踏实”。而康嘉薇看起来虽然很成功，却满心沧桑与无奈。人物的内在蜕变，显示出爱和

① 裴蓓：《南方，爱你我说不出》，见《女制片人》，作家出版社2014年版，第305页。

欲望的辩证法，人生再怎么复杂也本该如此，这就是“应然”状态，体现的是裴蓓自谦的“透着一些传统和乡土”的价值观。

在短篇小说《李大富这十年》中，裴蓓写的是一个男人的蜕变。李大富的风云十年，经历了《曾经沧海》中李海山从富有到贫穷的过程。这个粤北乡镇的小老板，来到特区新海将信将疑地用10万元订金买了块地皮，几天后卖给港商净赚250万元，于是他马上去国土局订购了另一块地。看到港商只卖楼花就可以赚到几千万甚至上亿，李大富十分惊诧。“这两个月时间，李大富已经好几个晚上彻夜合不了眼了。第一夜是因为懵懵懂懂买了地，第二夜是因为怕港商不买他的地，第三夜是他后悔卖了地，白白丢了几百万。而这晚，他才明白，他白白丢掉的，是成为千万富翁的机会，是千万富翁！才两个月时间！这是什么鬼地方啊?!”他立即租了半层楼成立公司，请专家设计图纸，招人，策划广告，组织施工队装模作样地进场施工。几步下来，散户趋之若鹜，东北一家国有公司的老总张细毛竟然买了一栋楼。李大富有钱了，一时间风光无两。他买了500万的别墅，开上了奔驰车，组织声势浩大的同乡聚会，甚至包养了一直对他有意思的手下员工杨叶子。按着政策要求必须动工建楼，李大富贷款7000万，此后他的人生开始暗淡下来。妻子阿秋发现他和杨叶子的事后，家里起了“战火”；银行依政策收回贷款导致楼市一夜萧条；资金链断裂，工地停工烂尾；借不到钱，银行、张细毛等各方要账的接踵而至；杨叶子翻脸无情截留广告费，几乎所有人都与他反目成仇。李大富信用卡透支，甚至没钱给车加油。最后别墅被法院查封，他还发现老乡罗三的施工队偷工减料，建起来的竟是危房。他愤怒之下，将罗三刺成重伤被判七年。出狱后，李大富一贫如洗。阿秋和他离了婚，儿子当了保安，每月工资900元，女儿做了别人的情妇。裴蓓通过李大富的十年，再现了特区特定发展阶段的一个片段。在个人生存与时代发展密切关联的必然过程中，裴蓓叙写的是一种近乎荒诞而又真实的个体悲喜情态。所有的“劫波”都源于自我的欲念和内心自持力的缺失，金钱和财富在此是中性的，并没有成为裴蓓谴责和鞭挞的对象。李大富的蜕变，体现在小说篇末。他要女儿小秋能独立生活时再来见他，还想送孙子出国读书。“儿子小富笑着质疑：‘我们哪有那个实力啦。’李大富瞪了李小富一眼，亲了亲孙子，说：‘爷爷挣钱送你去!’”此刻的“挣钱”不是调侃，李大富的话亲切、踏实，未来可期。

显然，裴蓓在《曾经沧海》之后，又借李大富这个“放大镜”将特区的“房地产热”真切地演绎了一遍，随后用刘天明的坎坷心路更细腻地“复盘”了曾经的“股市热”。但不论是哪种“热”，裴蓓要突出的都是人物的心理和情感的蜕变，区别只在于表达的角度是正面还是侧面。短篇小说《站在窗前的刘天明》采用倒叙的方式，讲述了刘天明与股市的牵绊纠缠。老板刘天明因为炒股巨亏，“从富裕的中产阶级摇身一变为负债累累的债务人”，无奈只好给别人打工。当时大户室里的同伴“眼镜”在他眼前跳楼的情形，成为他挥之不去的梦魇。三年后，妻子小眉和他离婚，跟别人走了。又过了两年，刘天明以为所在公司的老板要跳楼，就不顾一切地冲上去救他，因此被任命为业务部经理。十年后，已嫁给富翁侯孝天的前妻小眉拿了350 万元让刘天明炒股，他犹豫再三，最后还是进入了大户室。刘天明赚了200 万元，接着又赚了近千万。于是他辞了职全力炒股，正逢牛市赚到几千万。再次富起来的刘天明发现前妻小眉衰老了，也答应和相处几年的女友谢菁菁结婚，还想着约侯孝天的情妇小白。小眉极其伤心，因为刘天明又回到十年前的状态，没有了平常心。此刻，刘天明想不起破窗而出的“眼镜”了，他人生的起落浮沉，已与获得财富的刺激和满足息息相关。

刘天明在小说中看似主角，实际上只是一个鲜活地演绎物欲魔力的人性符号，裴蓓要表现的应该是小眉的痛苦和绝望。小眉很爱刘天明，与刘天明离婚含有替他还债的原因。改嫁给侯孝天后育有一女，渐渐地钱对她来说只是一个数字，夫妻感情也日益淡漠。丈夫包养了好几位情妇，她却不能安排自己的生活。她给刘天明十年前的股民证上打进350 万元，帮他疗治曾经的股票创伤，但事与愿违，因为她发现刘天明和侯孝天没有什么区别。

小眉说：“我现在没什么遗憾了。知道我为什么要给你投资吗？想帮你是肯定的。此外，我也想探究探究，男人和男人之间是不是不一样。现在我明白了，没什么区别，如果你当初不遇上股灾，你一路走好红红火火。那我现在的命运也好不到哪去。大老婆的位置是稳固的，但外面的事情就由不得我了。人和人都是一样的，关键是处境。”

刘天明说："小眉，我不知道怎么说。可我是真的谢谢你。"

小眉说："要谢的是我。以后，我会快乐地活着。快乐是自己给的。"

小眉走的时候，眼里有泪水。[1]

小眉很悲愤，那是源于内心深处的痛苦和绝望。在经历情感的遍体鳞伤之后，小眉懂得了"快乐是自己给的"，这是一个人精神深处的成长和蜕变。裴蓓在小说中并没有流露丝毫的嘲讽、批判、斥责、鞭挞之类的情绪，每个人物都不是坏人，都有自己如此生活的理由。但快乐生活的根本，似乎只有小眉理解和懂得。这可能是裴蓓最想让读者明白的小说主旨。换句话说，裴蓓表达的依然是一种"传统和乡土"的价值观：不管是"房地产热"还是"股市热"，现象浮夸以及由此而来的人心浮躁都不是社会发展和民族进步的必备因素，生活真正的价值仍体现于是否活在"应然"的人生里。

三、关于人生的冷峻探寻

与《站在窗前的刘天明》有基本相似的叙事结构的，是中篇小说《我们都是"天上人"》。两篇都采用男女情感交集推进情节的方式，区别在于前者是男主女辅的爱情视角，后者是女主男辅的友情视角。在叙事结构近乎相同的基础上，两篇小说形成了一种自然而然且显而易见的对比或映衬效果。《站在窗前的刘天明》的叙事聚焦于刘天明，与之对比的是次要人物小眉。刘天明的状态是亢奋、狂热甚至糊涂的，小眉则处于理智、冷静、清醒的状态。因为两人是前夫和前妻的关系，小眉经过从期待到失望的情感过程后，确定了自己要走的人生路径，完成了一种心理蜕变。《我们都是"天上人"》的对比式叙事结构，则是在一种友情关系中延展开来的。小说的焦点看似是"都市"（原名都梅林），实则为李子蕾。随着情节的进展，读者是从李子蕾的视角看待都市的，并随着她

① 裴蓓：《站在窗前的刘天明》，载《作品》2007年第8期，第25页。

的所思所行完成对都市的形象界定。

在小说里，都市多年前辞去高校教师职务，在北京和新海之间飞来飞去，做的都是大生意，比如大块买地、收购上市公司、卖银行等。这一次，都市要在新海推销一艘美国SIMJ公司的旧航空母舰。若交易成功，他能得到3000万元。但此时的都市早已身无分文，只剩下精瘦的身体和一只装着全部家当的行李箱，可他在好友李子蕾面前还是装得很富有。李子蕾看破不说破，她清楚都市住不起酒店，就很自然地让都市住进自己的空闲住房。都市几经周折，得以和新海的副市长及旅游局局长谈成生意，并拿到100万订金中的20万回佣。在都市又成为有钱人开始铺张消费的时候，却被查出患了胃癌。所幸是早期可治，因此都市又恢复了“天上人”的本性。此时，都市并不知道自己陷入了一场商业骗局，所谓的航空母舰纯属噱头。李子蕾用自己的钱补齐了都市要退回的20万，还支付了他住院所有的费用。而实际上，富太太李子蕾生活乏味无趣，也有诸多无奈。丈夫周京每天打电话回来说加班，语气温柔，其实他加班的内容就是深夜12点前与女秘书在一起。最后，她坚定地拒绝了周京貌似诚恳的请求并与之离了婚，还捐出了分得的财产。李子蕾走出医院时，感觉“到处都是病人，或许，她病得最重?!”

显然，李子蕾的疑问表面上是对自己，实则是裴蓓对人生和人性的冷峻追问。在这篇小说的叙事结构中，主角都市的所有“表演”都呈现于李子蕾冷静、淡漠甚至近乎从容的视界内，读者也由此感受到都市言行的可笑和可怜。“天上人”处于一种离开大地、漂浮虚悬的生活状态，结局必然是要摔落到现实的地面。而“天上人”之所以活在幻梦之中，并非用一句“金钱使人性异化”就可以解释得清楚。裴蓓将“天上人”命名为“都市”，或许蕴含着些许对现代工业城市某一发展阶段的个体化感受，但更主要的是在都市“贫穷”和李子蕾“富有”的对比或映衬中显现自己的写作意图。具体言之，随着小说情节的进展，读者会发现都市在物质层面和精神层面都很贫瘠，与之形成对比的则是李子蕾物质与精神上的丰盈。都市追求的是建立在聚敛财富基础上的生命价值，因为时代变迁为他提供了满足物欲的可能和机会；李子蕾向往的则是精神的怡然与情感的祥和，并不认为钱财有很大的作用。裴蓓没有为读者设置判别人物品性的标准，即她不想对人物做出善恶优劣的道德评价。在时代发展的洪流中，每个人都能找到身不由己的充分理由，就像都市还有善良、激情与单纯的一面，周京对李子蕾表现出一定的诚挚。所以，《我们都是“天上人”》的主题依然指向人物“曾经沧海”蜕变之后才到来的“应然”人生，尽管裴蓓还有一些犹疑。由此可见，李子蕾才是这篇小说的核心人物，这个形象承载的是裴蓓在21世纪最初几年里的生活思考与人生感受。

然而，李子蕾的形象质地有些偏于冷硬，使得小说在叙事风格和整体情调上趋向冷峻。自处女作《曾经沧海》开始，裴蓓就把对比或映衬作为自己小说的基本叙事结构。细辨之，“对比”一是指处于对立两端如好坏、优劣、强弱、大小、高低、远近等事物之间的比较，即通常所说的横向比较；二是指同一事物前后状态变化的比较，即纵向比较。无论哪一种对比，都是人类认识和把握事物情状的常态思维形式。“映衬”即映照、衬托，是用一事物的存在突出另一事物，鲜明与清晰的程度远不及对比产生的结果，所以常被当作一种书面表达的修辞手段。从读者的角度看，裴蓓小说多采用两个人物之间所思、所想、所言、所行的对比，或者说呈现出来的表达效果更倾向于对比，诸如康嘉薇与陈珊（《南方，爱你我说不出》）、刘天明与小眉（《站在窗前的刘天明》）、都市与李子蕾（《我们都是“天上人”》）、洪乎与李汉明（《天债》）、素琴与艳艳（《女制片人》）等。体现映衬效果的作品，有《曾经沧海》《李大富这十年》《单位》《妈妈不是我杀的》《水击三千里》等篇什。但不管是“对比”还是“映衬”，在此都是小说书写的形式与手法，读者不会也没必要对其做出十分准确的逻辑界定。因为作家艺术表达的真正目标，是让读者感知到文本中蕴蓄的情感态度和价值倾向，即主题指向。

裴蓓小说的主题指向是冷色调的。评论家郭小东说：“裴蓓看取生存的目光是温暖的，诸如陈珊。她阴冷地写出了康嘉薇，自然也悲悯了康嘉薇。那是因为她看出了生存的沉重，以及这沉重下人生的灰暗与艰难。她终究还是宽恕了康嘉薇，这个在她笔下有虎狼之狠的女人。”[①] 的确，在长篇小说《南方，爱你我说不出》里，裴蓓通过陈珊展示出了温煦的暖色，但那是人物历经情感的几重磨难后痛苦的回归。裴蓓还把这种温

---

① 《文学粤军：裴蓓》，《新世纪文坛报》，载广东作家网 http：//www. gdzuoxie. com/v/201902/10222. html，2019 年 2 月 26 日。

暖延续到了李大富身上，可这种温暖的根本还是饱含沧桑的悲悯。所以，“生存的沉重”“人生的灰暗与艰难”才是陈珊、康嘉薇、李大富等人物人生的主旋律，裴蓓让他们“渡尽劫波”然后“曾经沧海”，最终促成人生蜕变，进而为自己的生存定位。到了《站在窗前的刘天明》和《我们都是“天上人”》这里，那一抹暖色不见了，裴蓓的笔调变得越来越冷峻。诚如贺绍俊所言：“裴蓓面对南方的躁动不安和人性裸露，不是满足于呈现，而是以一种冷静和理性的目光去看待作品主人公的精神变异，能从欲望化的叙事中升华出精神的追问。”① 的确，裴蓓小说的冷峻来自她的“冷静和理性”，是基于对人物精神世界的纵深性挖掘，由此去探寻经过生存磨砺或淬炼后才能到来的“应然”人生。而“追问”，则是对非常态生存欲望的质询和否定。

在中篇小说《天债》里，洪孚与好朋友李汉明对比鲜明。洪孚和李汉明是儿时玩伴，洪孚曾救过溺水濒死的李汉明。后来洪孚在珠海这个沿海城市做酒店生意，费尽心思帮助因在部队犯错而提前转业的李汉明找到工作。李汉明能力强很快得到升迁，后又窃取单位技术机密自己开公司当老板。洪孚的酒店因一场火灾导致破产被银行收回，李汉明到法院起诉洪孚欠他25万元，事实上洪孚已经还了这笔钱，只是没有拿回借条。洪孚只好让寡居的母亲以30万元卖掉家乡祖屋，其中10万元抵偿员工的欠薪，20万元还给李汉明，但5万元的利息还不上了。李汉明忘恩负义的原因是他内心始终认为当年被救是一种耻辱，总感觉洪孚的“蔫吧”是对他的一种抗衡，所以总想从心理上压服对方。住房被法院查封，家乡的母亲病逝，一连串的打击让洪孚决定复仇。他找到李汉明原来公司的老板陈春，整理好足以把李汉明送进监狱的证据材料，然后到法院起诉。李汉明无奈请求庭外和解，陈春把李汉明汇来的每一笔补偿款都给洪孚一半。李汉明生意垮了，美丽的妻子得了精神病自杀了。又成了老板的洪孚，在汶川地震灾区遇见李汉明，对方说：“商场认契约，讲感情就不是合格的商人。”洪孚救灾时面对满目的死亡，他想到了写诗，他觉得：“未谙世事，可能便是诗吧？长大了，诗便塞进了心的旮旯里，很少人，会让那劳什子在血液里流。”

---

① 见裴蓓《女制片人》（作家出版社2014年版）封四。

关于这篇小说，裴蓓自己说出了想要表达的主旨：

如果这篇小说真要说出什么大道理的话，那就姑且说，我想表达出60后、70后的所谓的知识分子在商品大潮中遭遇的心灵冲撞。他们在物质的诱惑和精神的向往之间挣扎，不矫情地抵触物欲，又渴望能在物欲的追逐中获得物质之外的精神实现。物质本身不能让他们快乐，他们追求的是在物欲实现的过程中的被重视、自我肯定以及成就感。因为他们的奢望在商场的规则之外，于是，他们容易失败，或者，即使成功，也会因为很多的自扰而不够快乐。

所以，我想说，所谓的文化人从商是有很多问题的。我说的文化人是指那些有着游离于物质之上的唯美情结的人。

故事中的人物洪孚就属于这种。洪孚有很多气质不属于商人，重感觉轻结果，敏感自省，动辄拷问灵魂。这类人物应该去当哲学家或者诗人，而不是经商。可洪孚偏偏是一个商人。于是，洪孚的惨败是注定的，洪孚后来的成功是因为受伤过重后的报复，而这种报复加重了他精神的沉重，使他在获得很多金钱的时候，内心更加的困惑。

……

故事的另一人物李汉明似乎更符合当今的现实规则。这个因家庭暴力失去很多童真的男人，自幼便练就了一副刀枪不入的钢筋铁骨，不轻易为情所动，对人间的冷漠和倾轧毫不费力地接纳并泰然行之，时时处处把游戏规则玩得纯熟，在规则之上，又在规则之内。

按现实的话说，李汉明是一个“拎得清”的人，而洪孚正好相反，拎不清，自寻烦恼，作茧自缚。①

在小说的对比结构里，裴蓓对洪孚寄寓了充分的情思。就如她在创作谈里所述的，会写诗的洪孚沉浮在商海中的痛苦远远多于快乐。小说的结尾写出洪孚关于成长的思索，是在他经历愤怒、屈辱、无奈、悲痛、绝望、无情、忏悔等不同心理和情感的持续煎熬之后，生成的人生感悟。这样的感悟是人物发生蜕变才会有的切肤之痛，从此洪孚对自己的生活

① 裴蓓：《忏悔，是很累的》，载《作品》2009年第4期，第58页。

或许还会多愁善感和犹豫不决，但更多的应该是沉稳、坚忍、刚毅。对于这个人物，裴蓓既同情又期待，冷峻的笔调里隐含着对社会发展特定阶段“下海”知识分子生存遭际的深切思索，也显示出一定程度的自况意味。

中篇小说《女制片人》的人物对比，则是在“我”的参与视角中展开的。“我”用全部家当拍文艺片《幻影》，担任制片人和副导演。因导演发高烧，“我”只好临时做导演。拍摄过程中，没想到女主角素琴顺应剧情，真的跳楼摔成重伤。后来才知道她是孤儿，患有抑郁症，曾与名导演李堡恋爱。这时，“我”遇到了一系列麻烦，如素琴后妈来剧组索要巨额赔偿，合作的投资人后续 350 万元不能到账，艳艳想从女二号上位，担任制片主任的本家亲戚吴一根虚报大额开销等，剧组几近解散。“我”无奈之下孤注一掷，典当自家住房拿到 500 万元。电影拍完了，所关联的人和事似乎都可以理解，但发行却出了问题。院线不愿意排文艺片，因为没人喜欢看，这导致投入的资金无法回笼。典当行发来律师函，“我”即将无立足之地。最后一刻，素琴与无情的李堡争吵时，突发脑出血去世。于是和素琴有关的一切都成了噱头，“我”的电影也随之大热。

对于读者来说，拍电影是一个既时尚又陌生的领域。裴蓓把自己跨界拍片的真实感受和体验写成小说，作者和题材本身的特殊性就能吸引一批读者的注意。我们在《女制片人》里了解到电影从拍摄到发行的基本流程，也看到了摄制组各方利益相互纠缠形成的复杂情态，但这只是小说故事本身的表层事实。裴蓓写作这篇小说的目标，体现在具有递进关系的两个意义层次上，即世情和真情。在世情层面，是人的精神世界的委顿和荒芜。虽然“我”拍《幻影》是追求理想，然而在追求理想的过程中一直被各种“利”与“名”的诉求牵绊阻碍。尤其是费尽心力和财力拍完电影以后，得到的却是观众的冷遇。电影后来的热映，只因女主角的绯闻和去世成为“新闻”，才“撞击”了上千万人的眼球。“我都成了素琴之死的既得利益者。”可见精神世界的萧疏，正演变为时代的一种荒诞与疾患。在这样的现实背景下，裴蓓用冷峻的笔调凸显了女主人公素琴对情感的执着，使文本的主旨表达上升到第二个意义层次——真情难觅，形成小说的核心意涵。

素琴曾在孤儿院住了四年，在舞蹈学校住了十年，从小就有演艺天赋。18 岁认识电影导演李堡，拍完戏对方也成了她的初恋。后来李堡视爱情为游戏不断移情，但素琴即使被抛弃也始终不渝。所以当现实遭际与剧情重合时，她就真跳楼了。素琴在感情上较真、执拗、只认死理，与之形成对照的女二号艳艳则随俗、开放、比较随便。由此，素琴便成为前一个意义层面上的特殊之“点”。因为在文本中“我”的视角里，除铁仔心存良善外，就只有被人看作病人的素琴不为物欲所动，还在追索真心和真情。尽管这个人物的设定略显羸弱，但依然表现出裴蓓对“应然”生活的探寻意味，突出的是关于人生价值的冷峻追问。而羸弱，应该来自作者面对现实的无力之感。就像裴蓓自己的感慨：“我们记录的世情和爱情，其实就是在记录现实与理想之间痛彻心扉的无奈。”①

若就切入现实的广度和深度来看，2008 年发表的中篇小说《单位》当属裴蓓小说中的上乘之作。故事的背景是梅沥沥等人物面对的特区城市发展过程中特殊的人文环境，即新的社会形态萌芽之时依然存在的强大的旧体制、旧观念、旧思维和旧的生活方式。梅沥沥大学毕业后，从内地一家令人羡慕的单位辞职，来到特区城市的某家证券公司上班。在业绩很不错的情况下，她又应聘到一家新闻单位的周刊做美编。因为顶撞了孙主编，试用期到期后她一直没有转正。梅沥沥不明白，为什么部门负责人章新会说“有些事说得做不得，有些事做得说不得”。她在聚餐喝酒时顺嘴说出自己开服装店并设计服装的事，被讥讽不务正业；她附和要好的同事议论了几句部门负责人，间接得罪了顶头上司。所以三年半后，梅沥沥还是一个临时工。“老总换了，主编就要换，主编换了，编辑方针就要改。”梅沥沥变得越来越能忍，再也不像以前那样乱发议论和不满，反而对各种不公逆来顺受。新任社长是个海归博士，想大刀阔斧地改革，打破铁饭碗，推行全员聘任制，梅沥沥看到了希望。没想到新社长的改革几乎遭到了章新、老沉、魏红等所有员工的强烈抵制。章新甚至煞费苦心地暗自以造“车祸”、开“天窗”、写“檄文”、“炸弹威胁”等手段强烈阻挠，新社长悻悻辞职。单纯的梅沥沥去找比自己晚来的临时工小黄，相约周日去新社长家里送礼。可小黄自己去送了礼并转正了，还骗她说没去送。梅沥沥彻底死心了，开始在单位混日子，下班

---

① 裴蓓：《女制片人 · 自序》，作家出版社 2014 年版，第 2 页。

后坚持画油画。又一年过去，梅沥沥画的《野菊》被偶遇的大学同学林海拿去参加画展，卖了 25 万元。第六年，梅沥沥的新画作《眸子》在国际画展上获得更大赞誉，但她坚决不卖。她辞掉了单位的美编职务，成了收入不菲的业余画家，还嫁给了林海。后来，这家新闻单位改革成功，单位里的章新、老沉、魏红这些有文化、有才能的“庸众”，都找到了发挥自己能力的位置。梅沥沥也找到了，只是不再属于“单位”。

我们不能把“单位”看作桎梏人的发展的象征性形象，即使作者裴蓓很可能有类似的感受。“单位”作为社会组织结构里不可或缺的细小要件，在其较为单一且相对固定的功能属性中，可以变化的是实践效能的部分。譬如“单位”应该具有激励的、包容的、和谐的、辅助的、关爱的效能，而不是相反。梅沥沥精神上的痛苦来自“单位”的管理者和从业者，并非“单位”本身。更确切地说，“单位”的生存环境首先受制于观念和制度，就像改革后的“单位”生机和活力毕现，章新、老沉、魏红等人得以各擅其长，这让已经辞职的梅沥沥非常羡慕。但裴蓓显然并不想以小说诠释一种社会学和管理学方面的道理，而意在引领读者关注梅沥沥的生存性情和生活姿态。在章新等人物及“单位”具体环境的映衬下，梅沥沥宽和，随性，不功利，了无心机。在“单位”里，她是“平庸”的；在自己的“袖珍型套房”里，她是充满创造力的。梅沥沥作画时，采用了异于他人的目光和手法来看待和表现世间万物，故此她才要珍藏自己的画作《眸子》。裴蓓在冷峻不失温婉的叙事语调和从容不失紧密的叙事节奏里，展示的是梅沥沥在面对人生选择时选择追求精神的丰盈，进而完成人生蜕变的过程。她的选择之一，是离开内地不错的单位来特区；选择之二，是离开收入很高的证券公司来新闻单位做临时工；选择之三，是从新闻单位辞职专司绘画。而本质上梅沥沥只做了一个选择，即不受物欲困扰，不为名利所累，只求精神世界的丰饶和宽阔。只有经过磨砺和蜕变，才能进入到自己的“应然”人生状态，似乎这就是裴蓓想要告诉读者的基本题旨。就如小说结尾林海对梅沥沥所说：“每个人都有自己最适合的位置。”

事实上，在所谓“特区小说”的界定范围里，裴蓓的小说特色显明。与王海玲的特区小说相比，若从问题意识的表达上看，裴蓓注重外部条件因素对人物的淬炼和磨砺功能，王海玲则强调人物自身的观念和价值作用。若从叙事情调上看，裴蓓冷静，王海玲则热烈。若从叙事姿态上看，裴蓓是保持距离冷峻地审视，王海玲则为向前一步的热切接纳。若从选材上看，裴蓓喜欢聚焦于特区发展过程中的“股票热”“房地产热”等现象级大事件，王海玲则更多关注特区人物的日常生存状态。若从主题倾向上看，裴蓓表现出某种程度的否定和质疑意味，王海玲则更多地展示了认可与肯定的态度。此外，还有一个所有读者都能够注意得到的特点：在裴蓓数量不多的中短篇小说里，从来没有出现过“珠海”或“珠海特区”的称谓。

具体而言，裴蓓在首篇小说《曾经沧海》里，写肖晓来到的是南方的“C城”；在《南方，爱你我说不出》（《南漂》）、《我们都是“天上人”》《李大富这十年》等篇目中，写的是“新海”，一个比较接近“珠海”的地名；在《站在窗前的刘天明》《单位》《天债》里，写的是“南方沿海城市”；在《女制片人》里，写的是更为模糊的“华南”。不同称谓统合起来，应该就是指代地处改革开放前沿的南方沿海城市。我们无法准确猜测裴蓓如此表述的真实想法和具体感受，但似乎可以这样理解：裴蓓基于问题意识，关注的是经济特区城市的共通性问题，所以才使用泛指性的称谓。而这些共通性问题，已经成为中国社会转型过程中新的城市生态和生存文化的表征，并且足以改变甚至颠覆中国人传统的价值观念、道德标准、思维方式和生存方式。对此，裴蓓的关注姿态是有距离的、谨慎的、审视的、质疑的，所以她才冷静地思考和冷峻地叙事，才要写出个人视域中的理性探寻，即人物经过时代的炉火淬炼之后的“应然”人生。这是一种蜕变之后的生活姿态，融合了新的社会质素。

《妈妈不是我杀的》是一篇与特区生活没有关联的小说，但依然保持了裴蓓对人物的生存境遇和精神世界的深度观察和细致体悟。小说写的是“我”妈妈的邻居刘香梅凌晨4点被杀，她11岁的儿子王曲曲是嫌疑人。“我”作为一名心理工作者，被邀请参与案件的侦破。刘香梅是大款王大曲第二个没有领证的老婆，因为儿子不求上进，几近被遗弃。她内心孤苦无依，对儿子总是训斥和不耐烦，打麻将是她每天最重要的事。王曲曲渴望父爱、讨厌母亲，整日沉浸在网络游戏中不能自拔。在“我”的帮助下，被关在少管所的王曲曲打开心结，还原了与母亲冲突的实情和母亲死亡的真相，并找到相关物证。王大曲从少管所接走儿子，用自己的方式为他安排了新的生活。小说终篇处，父子两人都有了正向的改变。像《女制片人》一样，裴蓓采用第一人称的有限视角，描述的仍旧是普遍存在的共通性的社会问题。只不过这一篇不再冷峻，而是在温煦的笔调中显示出裴蓓转向普通人日常人生的目光。

总的来说，不论是写特区的还是写特区以外的人与事，裴蓓小说经磨砺而蜕变的形象塑造模式是一贯的，冷峻的叙事风格是一贯的，探寻“应然”抑或理想人生的主题指向是一贯的。这并不是说裴蓓小说没有变化、缺少创新，而是彰显了作者十年间始终秉持的问题意识和探索精神。因为具有小说家的社会责任感与生活良知，所以在没有找到令自己满意的答案之前，就需要锲而不舍。评论家程永新认为：“小说家的最高任务就是呈现一个时代的精神世界。”[①] 以此尺度量之，裴蓓的小说值得我们特别瞩目。

① 罗昕、刘寅：《程永新：小说的最高任务是呈现人的精神世界》，载澎湃新闻网 https：//www. thepaper. cn/newsDetail_forward_17240436，2022 年 3 月 22 日。

附：裴蓓主要小说目录

(1)《曾经沧海》，《中国作家》2002 年第 7 期。

(2)《南方，爱你我说不出》，《小说月报》（原创版）2005 年第 4 期。

(3)《李大富这十年》，《中国作家》2006 年第 3 期。

(4)《站在窗前的刘天明》，《作品》2007 年第 8 期。

(5)《单位》，《当代》2008 年第 2 期。

(6)《我们都是“天上人”》，《特区文学》2008 年第 3 期。

(7)《南漂》，花城出版社，2008 年 4 月。

(8)《天债》，《作品》2009 年第 4 期。

(9)《妈妈不是我杀的》，《作品》2011 年第 4 期。

(10)《制片人》，《人民文学》2012 年第 10 期。

(11)《女制片人》，作家出版社，2014 年 12 月。

(12)《水击三千里》，《芒种》2018 年第 9 期。

王海玲：抵牾与认同

1996年，王海玲发表长篇小说《热屋顶上的猫》。由此，王海玲开始因写特区小说而闻名于国内文坛。在这之前，王海玲已经有了一定的创作积累，《星火》杂志在1980年7月刊登她的短篇小说《筷子巷琐事》，这是她的处女作。接着她又有《海蓝色的连衫裙》《寒妮》等短篇问世并获奖，这使她成为小有名气的小说作者。只不过那时王海玲的身份还是江西作家。1985年，王海玲从江西调到珠海工作，变成特区新移民。此后，她在小说创作上沉寂十年，直到1995年再度执笔，才确立了珠海特区作家的身份。

王海玲的小说创作从初显才情到卓有文名，其实绩始于珠海。在1995年至2009年，王海玲连续发表中短篇小说30余篇，出版长篇小说4部。这些作品以中国改革开放以后的特区生活为背景，揭示了现代都市人在面对新的生存立场、伦理观念和生活方式时追求、进取、困惑、迷惘、坚韧进而探索、寻找精神定位的心路历程。从这个角度看，1995年之后，王海玲因她的小说成为特区人生活发展和精神变迁的见证者和描述人。同时，她以自己独有的人物刻画与主题表达，成就了别样的特区叙事风采。

一、叙事：以特区之名

事实上，王海玲1995年以来的小说成就已经掩盖了她30岁之前的创作，并且在之后的十年里夯实了其“特区小说”的内涵属性。2008年12月，由中国作家协会、广东省作家协会、珠海市委宣传部联合组织的

"王海玲、裴蓓特区题材作品研讨会"在北京召开。彭学明、李敬泽、吴秉杰、阎晶明等与会评论家对王海玲小说的评价带有权威"定音"的意味。

王海玲早在1980年就开始小说创作，成为当时江西文坛最活跃的青年女作家之一。1985年调入珠海工作后，身为记者的王海玲开始把目光转向火热的特区生活，经过长达十年的厚实生活积淀，她的创作进入喷薄期，迄今发表了《在特区叹世界》等大量特区题材作品，在文坛引起强烈反响。她所创作的特区题材小说，视角独特，人物形象生动，对小人物洋溢着一种温暖的深情，为文坛增添了一条富有时代特色的"特区人物画廊"。[①]

2010年，王海玲停止关于经济特区的小说写作，直到2020年发表新作。王海玲的小说与时代既紧密联系，也有显明的即时性或阶段性。回溯地看，第一阶段即1985年之前的小说，只是显示出王海玲比较出众的写作才能，表达的是改革开放初期特定人文时空内的共性主题。第二阶段即1995年后的小说才真正展现出王海玲小说的个性风貌——"增添了一条富有时代特色的'特区人物画廊'"。自中篇小说《学妹，我们之间曾有过公园之约》[②] 开始，应该算作王海玲小说的第三阶段，如果她还继续写的话。纵向来看，读者可能会对王海玲41年里没有小说发表的两个十年产生疑惑和不解，但我们可以从其已发表的作品面貌窥见内在理由与显明特点，即王海玲在随着世情变化主动调整自己写作的立场、视角、格局，树立挑战既往的勇气与信心，以期达到重构写作个体和时代发展的恰当关联。而之所以"重构"，是因为时代在改变。

对于这样的变化，小说家李洱曾经有过深刻的感受："20世纪90年代以后，中国社会发生了一系列深刻的变革。这些变革远远超出了人们的文化想象和知识积累。"[③] 但对于王海玲来说，这种变化是从1985年之

---

① 《"王海玲、裴蓓特区题材作品研讨会"在京召开》，载中国作家网 http：//www. chinawriter. com. cn/2008/2008 - 12 - 12/36949. html，2008年12月12日。

② 见《作品》2020年第11期，第75—91页。

③ 李洱：《问答录》，上海文艺出版社2013年版，第372页。

后开始的。那一年，她的户籍地变为珠海经济特区，一个中国社会开始“一系列深刻的变革”的地方。王海玲彼时所处的珠海，是国家由农业经济形态向工业经济形态转型的先行探索区域，所面对的一切都“远远超出”她已有的生活经验和理性认知。在文学创作方面，她需要重构一个新的现实坐标。而“经济特区”就成为这个坐标的基座。

在近代以来中国历史发展的大背景下审视，从 1978 年改革开放到 1980 年国家设立“经济特区”，表层上是中华民族由“站起来”到“富起来”的开端，其实质则是中国社会形态真正转变的先导和前奏。这是一个农业社会向工业社会的改变，也是传统文化向现代文化的转型。本质上，这也是人类社会向前发展的必然规律。正如马克思所言：“人的依赖性关系（起初完全是自然发生的），是最初的社会形态，在这种社会形态下，人的生产能力只是在狭窄的范围内和孤立的地点上发展着。以物的依赖性为基础的人的独立性，是第二大形态，在这种社会形态下，才形成普遍的社会物质交换、全面的关系、多方面的需要以及全面的能力的体系。建立在个人全面发展和他们共同的社会生产能力成为他们的社会财富这一基础上的自由个性，是第三个阶段。第二个阶段为第三个阶段创造条件。因此，家长制的，古代的（以及封建的）状态随着商业、奢侈、货币、交换价值的发展而没落下去，现代社会则随着这些东西一道发展起来。”① 马克思的经典论断表明，人类只有从对人的依赖阶段（农业社会形态）发展到对物的依赖阶段（工业社会形态），才可能抵达更好的生存境地。然而，对于怎样顺应规律完成社会形态转型，中国与西方国家则一直处于失衡状态。18 世纪下半叶以后，英美等国借助第一次工业革命和第二次工业革命，在人类历史上率先完成工业社会转型，逐渐发展成为现代化国家。而同期的中国，却还在农业社会的时空里踟蹰徘徊，综合国力较落后，因此才遭受到西方列强自鸦片战争开始的一系列降维打击。

问题的另一面在于，工业化的坚船利炮欺辱农业形态的锄头镰刀之时，“被转型”也悄然来临。农业社会向工业社会转型，表面上是经济、政治、军事、科技等的现代化过程，本质上是文化形态的转变。按照梁

---

① 《政治经济学批判（1857—1858 年草稿）》，见《马克思恩格斯全集》第 46 卷（上册），人民出版社 1979 年版，第 104 页。

启超的有关表述，建立在物质和知识、制度现代化基础上的文化现代化最为重要。[①] 就文化结构来说，任何文化的构成都包括物质文化、制度文化、思想文化等基本要素。其中，思想文化处于核心位置，反映着文化最本质的特征——文化的灵魂和精髓。在中国，千百年来延续的超稳定的农业经济形态（物质形态）决定了中国人的思维方式、价值观念和生活方式（精神形态），由此生成、繁衍了中华传统文化。且在经过历史长河的淘洗之后，中华传统文化业已成为适应不同时代中国人生活的心理规约。虽然中华传统文化一直处于不断丰富和完善的过程中，但这种丰富和完善依然是在农耕社会环境中的自我叠加式发展，并没有根本性的创新。所以，19 世纪中叶中国人所面对的“被转型”，实际上面对的是怎样强健民族本体的生命力以解富民强国的难题，面对的是如何避免亡国灭种的重大紧迫问题。鸦片战争后，中国思想界出现的洋务运动中的“中体西用”之争、“五四”新文化运动时期的“中西古今”之争、改革开放以来直到近年的“传统文化热”“国学热”等[②]，都是中国社会如何现代化、中国传统文化如何适应社会发展与时代变迁在思想文化领域的具体表现。至于对待传统文化的“取精华，去糟粕”“批判性继承”“扬弃”等，与对待西方文化的“拿来主义”等基本方法论原则，也都是源自中国人面对中西社会发展失衡现状思考的结果。故此，中华传统文化若想实现创造性转化和创新性发展，进而完成现代转型，只有在与世界文化或者说异质文化发生直接碰撞、互鉴、交融的情况下才能够实现。

中华传统文化和西方文化的真正交锋有两个时间节点：一是 1840 年；二是 1979 年。古老中国在 1840 年被动地与世界（外部）发生了有史以来的第一次联系，被迫接受的强悍的外力撞击造成了李鸿章所言的 3000 年未有之巨变。尽管这种联系是以屈辱签订城下之盟的方式发生的，但也带来了外部世界的、异质的物质文化形态、制度文化形态和思想文化形态。由此，中华传统文化处于被审视、被对比和被否定的状态中，中国人从内部发动了带有自我省思意义的戊戌变法、辛亥革命、五四运动等，经历了从西方物质文化到制度文化再到思想文化的一次深刻洗礼。晚清以降的所谓“启蒙”，本质上是在借用西方的某些文化观念来“开启

① 梁启超：《五十年中国进化概论》，见《梁启超文集》，北京燕山出版社 2009 年版，第 226 页。
② 李宗桂：《试论中国优秀传统文化的内涵》，载《学术研究》2013 年 11 期，第 35—38 页。

民智”，以追求立人以强国的理想。但当年精英先贤们断头洒血式的努力，并没有达到事实上的富民强国目标。他们的贡献在于以爱国主义的强大心理动力，在实践层面撼动了传统的中国思想文化并为之补充了新的质素，为完成他们当时根本无法完成的强国理想做了理论上和文化上的准备。

到了 1979 年，中华民族则是主动地借鉴与吸收。1978 年年末的改革开放政策，使中国人首次对照西方先进国家，在物质、制度、思想等不同层面主动反省、查找不足。经过十几年的理论酝酿和实践探索，到 1993 年建立社会主义市场经济体制，中国开始全面走上由农业社会进入工业社会的转型之路。而 1980 年设立的深圳、珠海等经济特区作为中国工业化转型的先驱和示范，带动了珠江三角洲地区经济社会的高速发展和繁荣，也吸引了机关干部、教师、退伍军人、大学毕业生、进城务工人员等大批人移居特区。王海玲本人与她小说里的众多人物一样，进入了手持“特区通行证”才能进入的特区移民之列。

具体言之，在国家自上而下推动社会转型的大趋势下，在政府划定的行政区域内，深圳、珠海等经济特区最先成为传统农业文化与现代工业文化接轨、融合的实验地。在 21 世纪到来之际，经济特区已经于既定范围的发展实践中，大跨度地生成和培育出了全新的特区文化，同时影响了特区人的现实生存方式，既体现在物质生活层面，也体现在精神生活层面。我们今天可以想象，王海玲彼时移居珠海，除了“东南西北中，发财到广东”的共性原因以外，应该还有追求宽松的人文氛围的因素。可王海玲当时具体面对的特区文化环境，让她在兴奋的同时产生了困惑和疑虑，就如同她笔下的丽莎（《热屋顶上的猫》）、蓝黛（《在特区掘第一桶金》）、鱼脊（《在特区叹世界》）等人物初到特区一样。因为，王海玲和她的小说人物处于特区建设的初期阶段，感受到的还是处于萌芽状态的特区文化。面对迥异于传统精神世界的物质化现实，这一时期王海玲的小说创作显然经过了细密的观察与审慎的思考。只不过，这一次她的小说里没有牧女或蚕娘。

二、人物：在特区叹人生

王海玲在1989年出版了《情有独钟》，这是她第一阶段的小说结集。此后，直到1995年发表中篇小说《东扑西扑》，王海玲的小说创作进入第二阶段，也由此真正引起文坛注目。《东扑西扑》写的是特区四个人物之间的故事。“我”（欧小姐）、巩老板、纪小姐、刘小姐常一起打麻将。“我”在特区开了几家连锁商场，存款达七位数，物质方面虽富有，但精神却很空虚，与巩老板等人打麻将只是为了摆脱无聊。可热闹之后，“我”感受到的却是更深的寂寥。纪小姐一直傍着巩老板，巩老板因被骗600万而一蹶不振，得癌症死去。巩老板死后纪小姐又傍上马老板。刘小姐爱上港商康先生，却在生下女儿后被甩，最后自食其力到“我”的商场做店员。王海玲在这篇小说里描述的重心是“我”和巩老板，并借助第一人称叙事揭示财富拥有者的内心世界：狭隘、空茫、虚寂，身心俱疲而没有寄托，乃至于鄙视自己。

《东扑西扑》展示的是王海玲移居特区近十年后的观察和感受。面对特区发展过程中芜杂缤纷的世相，王海玲主要选取了两个特殊的表现视角来描写特区人。首先是财富获得者或成功者的视角。在《东扑西扑》（欧小姐、巩老板）之后，还有《寻找一个叫藕的女孩》（闹钟）、《遭遇恒》（眉）、《亦真亦幻》（唐岁由、大奔）、《四季不断的柔风》（侯七）、《B省人谭小谈》（谭小谈与刘甲楚、蓝朗图、冯新疆）、《翠花，上酸菜》（刘总、张君娜）、《描述欧荔》（欧荔）等篇什。《遭遇恒》里的眉是一只“金丝雀”。她因为手表日期出现了差误，没有在约定的时间见到好友三郎，却遇到冒充三郎朋友的男妓恒。三郎拆穿了恒的隐秘，眉却“心里嘎嘣一下仿佛什么东西碎了”，难以相信真情可以表演出来。《亦真亦幻》里随着唐岁由的贫穷与富裕，连冯阿婆都判若两人。《四季不断的柔风》里的老板侯七在十五层大楼被拍卖后，竟茫然地跟着街上的一个胖女人走，而忘了开自己的奔驰车。《B省人谭小谈》写谭小谈在21世纪的第一天约同是千万富豪的刘甲楚等三人吃饭，想说服大家聚拢资金做更大的生意。虽然谭小谈得到的回复令人无奈与失望，但也从侧面凸现了他进取的人生态度。《翠花，上酸菜》以刘总与秘书张君娜之间的欲望游戏，揭示了财富拥有者的自私、阴冷和无情。《描述欧荔》中 30 岁的欧荔是一个成功的老板，她常常因为情感孤寂而心生波澜。但真情难得，她只好用浓妆掩盖自己，到酒吧里寻求情欲的释放。可见，在这一类描述特区财富“成功者”的小说里，王海玲一方面写出了金钱对人物肉体与精神的强有力的主宰和制约，另一方面也写出了他们的心理痛苦和精神困境。

王海玲写特区人的另一个视角，是描述只身闯特区的外省人尤其是外省青年知识女性的命运遭际和人生选择。这是王海玲“特区小说”最具特色的作品类型，始自发表于 1995 年的中篇小说《在特区掘第一桶金》。研究生毕业的美女蓝黛放弃“铁饭碗”，带着 5000 元千里迢迢来到特区，并很快适应了环境。为使自己看起来像一个白领，蓝黛去买衣服时几乎花光了所有的积蓄，这让她深切体会到财富的意义。所以，她决定“搏出自己的公司，搏出一套自己的房，搏出一辆自己的车……要让一面面大镜子永远映出我的自信，我的光彩和我的优雅”。为此蓝黛冷静地瞄准有着几千万资产的老板麦开宏，以初夜的代价换取了进口净水器的代理销售权，然后凭借自己的聪慧与努力打开市场，一步步接近致富的目标。在《伤心美容院之歌》里，“南下”的思瑜最初在某家美容院做美容小姐，但她并不满意较低的收入，想开一家自己的美容院。当这种欲望“在幽静的夜晚悄没声儿地焚烧”的时候，她认识了老板乐会朋。她一点也不喜欢这个“走路肥硕的肚皮仿佛稠油一般起伏”的男人，可这个男人愿意出 50 万元给她开美容院，于是两人达成了金钱与肉体的交易。1996 年刊于《花城》的《热屋顶上的猫》，只是一部长篇小说的三分之一篇幅。如果把已发表的前 5 章看作一个中篇，则其显示的意蕴与《伤心美容院之歌》没有什么差别。所以，如果读者在 1998 年看到这部长篇的全貌，就会真切感受到作品主角丽莎的商业成功和精神成长。丽莎来珠海特区的原因是大学恋人白雨桐经受不住她富豪母亲的金钱诱惑而与之发生关系。丽莎在特区找到工作的第一天就抛弃传统的贞操观念，把自己的“初夜”献给老板潘起明，由此有了一份令人艳羡的财产。之后她离开潘起明用已有资金炒股获得 200 万元，又联合姜栋良、燕子一起回北方A市报复妈妈和白雨桐。短篇小说《本小姐A城揾食》用六个章节标题提炼出“我”在A城（特区）的心路历程。对于闯特区的年轻知识女性来说，“我”的经历仿佛一个人生指南。“我”是一名厅级干部的女儿，却放弃深爱自己的男友和优越的家庭条件来特区寻找人生“目标和梦想”，因为“我渴望认识人生，渴望找到自己的存在价值，渴望占有金钱，渴望被一个强有力的男人所爱”。“我”最后做了一名一流宾馆的英语导游。即使男友工伤死在家乡，我也只能在工作中为他哀哭。在中篇小说《踽踽》中，大学教师蘅为了画家丈夫朗从北京来到珠海特区做中学教师，没想到朗却在蓝玛丽金钱等手段的诱惑下与她离婚。朗经过蓝玛丽一系列的包装，画作越来越有名气。但物欲的满足，掩盖不了朗内心的伤痛，他的先锋前卫只是故作姿态。而蘅在好友郁蓝的劝导下，不再为朗的叛离感到痛苦，找到了新的生活姿态。中篇小说《关于桑娅》写桑娅离婚后，来到特区做保险推销员。老板邱维稼包养了她，她因此过上了锦衣玉食的日子。但桑娅不想为邱维稼生孩子，就不辞而别到京城B大学进修。桑娅和博士生杨新黎成为“性伴侣”。直到认识好友的表哥司小朋，桑娅才觉得找到了真情。回到特区后，杨新黎来看她并留宿。没想到次日早晨，司小朋上门求婚，三人相见的场面十分尴尬。司小朋抱恨而回，杨新黎也无奈离去。最后邱维稼回来，同意桑娅不生孩子，但桑娅还是怀孕了。当看到司小朋塞在床垫下面的钻石戒指和耳环时，桑娅泪流满面。她渴望真情，但在物欲的洪流中不知所措，即便心里始终有一片净土。在长篇小说《所有子弹都有归宿》（可以视为中篇小说《“四张”女人》的扩展版）里，人到中年的赵雅莉来特区后因丈夫梁纬民外遇主动离婚，在经历了与前领导朗亚洲、前夫孙小建、好友白雨雯和李姿虹、同事张惠佳的聚散离合后，重新和梁纬民走向婚姻。小说通过对赵雅莉爱恨喜怒的细腻抒写，印证了几次提到的苏格拉底名言——“年龄使我摆脱了激情的鞭笞，我感到了幸福”，表达出人物个性化的人生思忖。

除了写青年知识女性，王海玲也专门写到了闯特区的男性。在《在特区叹世界》里，鱼脊和老扁都是特区单位从内地招聘的干部，两人一贫一富。原是作家的老扁来到特区后辞掉公职开了一家广告公司，这让鱼脊羡慕不已。鱼脊为赚钱，接受老扁分派给他去啤酒厂拉广告的任务。

几经周折，鱼脊最后用猴票打动总经理拿到广告，获得提成8000多元。可老扁的饮料评比会却因弄虚作假而怨声四起，想收手之际又被骗60万元，剩余19万元被工商局退赔给饮料厂商。最后，两人两手空空，相对无语。中篇小说《亲爱乡党孙喜桐》写的是山西老乡孙喜桐和张树桠在大学毕业后来到特区工作，两人在股市上都赚了钱，张树桠的股票随后被套牢，孙喜桐及时卖出股票买了别墅，却没想到不久房价因房地产泡沫大幅缩水。孙喜桐的工作单位音乐剧团找不到他，张树桠于是带团长来到孤立在旷野之中、连路都不通的别墅，发现孙喜桐因突发心脏病已去世多天。王海玲以张树桠的视角，对“温顺的小人物”[1] 孙喜桐倾注了极大的同情。《承蒙错爱》里的进城务工人员倪家福，是王海玲特区人物中一个非常特别的形象。倪家福的孪生子大双、小双得了“骨巨细胞瘤”，被记者写报道登在报纸上。特区一家外企老板张米高看到报道后，就去倪家福家探望，又介绍他到鞋厂做夜班保安，每月工资1500元。一年以后，倪家福的工资降到800元，因为张米高已经忘记了之前的承诺。副总胡鸿生是倪家福同乡，认为倪家福是“承蒙错爱”。倪家福的无助、无奈令人感慨，张米高的冷酷虚伪也让读者齿冷。

除了特区小说，王海玲同样引起关注的还有一批延续第一阶段创作轨迹，细腻描写女性情爱世界的作品，可以概略分为迷茫困窘、激情抗击、理性自持三种表达路径。

“迷茫困窘”一类，如短篇小说《麦穗随风起伏》写21岁的宫旗在北大荒插队时，被醉酒的下乡知青蓝育鸿强奸，随后她开拖拉机轧死并埋掉蓝育鸿。宫旗回到连里才发觉好友高裳如是蓝育鸿的女朋友，且已为他生下女儿。这个事实让宫旗心生愧悔，也成为她日后挥之不去的记忆。回城后宫旗上了大学，也有了女儿，但愧疚和不安20年来一直纠缠着她，以至于洗澡时总感觉胸上有蓝育鸿当年抓的两个黑手印。小说在历史与现实的交错闪回中表现人物因道德梦魇造成的精神苦痛。在中篇小说《永远像要下雨》中，桑娅爱上了路建成，但为求被推荐读大学，她抛弃了路建成，用身体贿赂党办主任冯同来。大学毕业前，桑娅又为留省城而离开恋人高杨丰，嫁给方羽域。后来她又与方羽域离婚，在多

---

① 王海玲：《温顺的小人物，孙喜桐》，载《中篇小说选刊》2002年第5期，第94页。

个男人之间周旋。最后她放弃工作，被台湾老板邱世戎包养，来到特区过起金丝雀般的日子。感到真爱难觅，37 岁的桑娅真正拥有的只是空虚与寂寞。

“激情抗击”一类，如中篇小说《香气浓郁的花园》里 20 岁的护士苏珊娜，在病房里与 35 岁的老板张力维激情爱恋，又迫使对方娶了她。张力维的原配白丽梅对她说：“以后你也会被别人取代的。”十年后，20 多岁的杨晓杨也要和张力维结婚，30 岁的苏珊娜用哑铃砸死了她。因为最不能让苏珊娜忍受的，是张力维颠倒事实地告诉杨晓杨：苏珊娜在病房里勾引了他。小说以倒叙的方式写死囚苏珊娜在监狱中回忆过往，她已经毫无留恋地准备赴死。长篇小说《命运的面孔》也采用倒叙手法，但更加细微地描述了戏剧演员冯晓枫的爱情历程。冯晓枫大学毕业后回到家乡剧团，一戏成名。某次演出结束时，到后台献花的当地民营企业家张宏敏“面相英武而目光柔情”，让冯晓枫顿生情愫。母亲张又莲的“矜持冷傲洁癖以及对于任何事物的吹毛求疵”，使父亲冯金昌无法忍受与之日渐疏远。冯晓枫离家和张宏敏同居后，父母便离婚了。由于筱玉蝉的“推波助澜”，张宏敏开始厌弃冯晓枫。冯晓枫爱而不得最终生恨，诓骗张宏敏 5 岁的女儿到珠海，然后在酒店捂死了她，被法院判死刑。小说写出了冯晓枫的自私、偏执和残忍，筱玉蝉的阴冷，以及张宏敏的无德。

“理性自持”一类，如短篇小说《黑夜摇翅而去》写的是研究生融与导师陆的婚外恋故事。陆自私、懦弱、没有担当，对融只有情欲。融最终把握住自己，赶走了陆。《激情不再》中的雪在 1990 年的一次笔会上激情邂逅作家 Z。然而雪的真心实意，换来的只是对方的自私、无耻。Z 对雪的态度是敷衍的，不负责任的。他对雪只有情欲，没有爱。雪最后醒悟过来，决然且欣喜地离开了 Z。

可是，女性若只做到“理性自持”，显然不能解决男女情感上的根本问题，毕竟这是人类精神旅程中的复杂迷宫。中篇小说《宿命色彩》里年过 40 的李思毓在出版社工作，这一年，她与在北方城市的高级工程师何晖结束了 18 年的婚外恋。两年后，已经中断联系的何晖给她打电话，告诉她他的儿子小吾出了车祸，在医院等待开颅手术。而小吾之所以在李思毓在的这座南方城市工作，是何晖为了每年来看她预设的“伏笔”。

何晖请李思毓找专家看小吾是否需要开颅，这一刻李思毓又一次重新燃起对何晖的爱。次日去医院，何晖却不让李思毓上楼看小吾，怕儿子认出她来。这让李思毓彻底死心，不再接何晖的电话。两个月后，李思毓才从朋友那里得知小吾在手术当天就已离世，她也被告知怀孕。小说围绕李思毓反复思索何晖对自己的情感来展开情节：到底是爱还是欲？同时，也在引领读者解答疑问。小说名“宿命色彩”似乎也显示出王海玲对于男女情爱本质的深层探究，以及难以确定的迷茫感受。所以，在中篇小说《邂逅酒吧》里，王海玲开始让处于情爱迷阵中的男人用“第一人称”自述。62 岁的“我”是北方著名作家，在妻子和儿子、女儿车祸辞世后倍感寥落。于是“我”来到南方城市，试图寻找 20 年没有联系的情人。在酒吧里，“我”遇到一个 18 岁的小伙子，他和“我”一样很孤独。于是“我”请小伙子喝酒，向他讲述自己一生的情感历程：少年时被表姐诱惑，青年时被大批判组的副组长勾引，写作成名后驰骋于情场。现在老了，“我”想找回被自己遗弃的女人和私生子。可“我”不知道，此刻在酒吧里邂逅的年轻人，正是“我”未曾谋面的私生子。“我”叙说的语气中有怀念、自得，也有痛悔、无奈，可见王海玲谴责与同情等交织缠绕的矛盾心态。及至在四年后发表的中篇小说《无法闪避》中，韩晓佳的“激情抗击”成为小说情节进展的动力性事件，作者的写作题旨已聚焦在柳敏江的“爱情厌倦症”上。

除了上述三类，王海玲还把写作的触须延伸到更大范围的人生界面。短篇小说《好你个鬈发的老洪》里的资深知识分子洪复济长相帅气，却不会来事儿，在单位里抓不住能够改变生存现状的机会。工作也不积极，被领导认定为觉悟不高，最后靠软磨硬泡拿到了房子。短篇小说《算命家拉碴》写拉碴装成盲人在特区给人算命，与暗娼粤北女子惺惺相惜。因为得罪了有钱的老板，两人只好远离城市去过田园生活。短篇小说《嘿，郁朗小子》里 25 岁的政府机关工作人员郁朗不求上进，只想着怎么多赚钱。他不经意间救助了一个窘困落魄的女孩，随后两人陷入爱情而结婚，结婚之后他变成了在单位上进、在家里体贴尽责的男人。三个颇多喜剧色彩的故事内蕴的是对人格尊严和个体生活姿态的肯定。短篇小说《老屋故事》落笔于古老乡村，在时移世易的传奇书写中叩问世道人心。在短篇小说《简洁明了的小某》中，由于名字过于生僻，主人公他被称作“小某”。小某从省城大机关辞职来到海南一家房地产公司售楼。后来公司老板跑路，小某几乎流浪街头，无奈到一个名为礼仪公司实为精神病院的单位就职，负责寻找跑掉的精神病人。他发现公司老板为躲避讨债人的追杀，也混迹于精神病人当中。肥胖的男病人“潘金莲”逃跑，小某拿电棍把他追了回来。小说以近乎荒诞的人和事，调侃了特定时空内的非正常生态。短篇小说《心痛》中的梁老太太的丈夫在她年轻时离家，带着两岁女儿鸿声去了香港。20 多年后，鸿声在香港开了家会计师事务所，年收入过千万。事业有成的鸿声回到上海的“棚户区”找到已经 59 岁的母亲，并为她在珠海买了房子，还雇了个佣人照顾她。鸿声定期回来看望母亲，让母亲不要节省，要学会享福。有一天鸿声带母亲和同母异父的弟弟、弟媳去住五星级酒店，吃住花了 3 万多元。因为心疼钱花得太多，加之鸿声的呵斥，梁老太太突发疾病去世，这让鸿声愧悔不已。鸿声只是自私且强势地通过钱财来表达对母亲的“孝心”，却忽略了对她精神和情感上的呵护，显见金钱不能代替一切。在短篇小说《飘忽起舞》里，因为落选一家外国品牌公司的模特，减肥成为刘加佳活着的唯一目标。从 21 岁到 23 岁，她几乎只喝柠檬水，她把名字改成“玛姬”，身材也从微胖减到形若骷髅，最后晕倒住进医院。对于刘加佳迷失自我、丢掉生活本真的状态，王海玲是持嘲讽和否定的态度的。

2002 年，王海玲还出版了另一部和特区生活无关的长篇小说《何家芳情事》。小说从 16 岁的初中生何家芳下乡当知青开始，以她的“情事”即恋爱婚姻做主线，到她 47 岁成为沧桑满面、衣着“灰不溜秋”的下岗工人止笔，写出了何家芳 30 年的凄惨人生。何家芳善良、纯粹，幼年时就遭遇家庭冷遇，因而她为逃避苦难，一直在追寻自己的幸福，但一次又一次地落入情感困境与婚姻陷阱。个中原因，评论家何振邦认为与何家芳的愚昧和懦弱有关，也和时代变迁相连。“作者用极大的同情心描述何家芳这个小人物悲剧性的命运，一方面是提醒我们要时时关注何家芳们的生存状态和命运遭际，另一方面当然也是想借此折射出时代的一个侧影来。”[①] 的确，彼时王海玲敏锐地感受到和把握住了 20 世纪 90 年代以来的社会发展脉搏与时代氛围，她第二阶段的所有小说都是从不同角

---

① 何振邦：《关注小人物的命运——评王海玲长篇小说〈何家芳情事〉》，载《珠海城市职业技术学院学报》2006 年第 4 期，第 53 页。

度对现实进行思想切入和情感关怀。《何家芳情事》里的主人公何家芳大半生的苦痛，只是对新世纪之交“底层写作”思潮的一种个性化回应。

三、主旨：探索“特区时代”人的精神出路

王海玲的大部分小说都是正面描写珠海特区的。在她的笔下，虚构的特区人物活动的场景均为实际的“珠海”以及“拱北”“情侣路”等具体地点，这使她成为20世纪90年代以来描写珠海特区作品最多、表现最真切、影响最大的小说家。

王海玲曾在一篇创作自述里说过，她的小说就是一扇打开着的小小窗子，读者可以透过这个窗口看到飘扬的风，看到行进中的生活和生活中的情感体验与人生感悟。[①] 更确切地说，王海玲的“特区小说”打开的是“一扇认识特区的窗子，读者从窗中看到了特区绚丽诱人的风景，看到了一个个生动真实的特区人的生存、奋斗和自省”。[②] 的确，王海玲的小说并不“先锋”，因为她没有越过传统现实主义的边界，但她的小说对于20世纪90年代的中国文坛来说是新的，表现在她通过再现特区的事态、物态、情态、状态，写出了一种不同于传统的、正在成长发展中的特区生态和特区文化，表现出个人化的、新的价值判断与情感认同。换言之，王海玲是站在特区人的立场上，以特区新市民的姿态，艺术化地表达了自己对特区特定人群的敏锐观察、细致体验和深入的人生思考。此立场与姿态，使得王海玲的特区小说体现出真正的“城市文学”品质。相较于同一时期谭甫成、梁大平以及“打工文学”作者对特区城市的“拒斥”，王海玲小说选择的是“融入”；相较于前者作品表现的“他乡”情结，王海玲小说凸显的是“我城”；相较于前者诸多的“批判”题旨，王海玲小说的基调是“认同”。王海玲笔下的“特区人物”都在努力地“进入”这个城市，继而因被认可而进一步“融入”，并且为成为特区人

---

① 王海玲：《你可以透过这个窗子看到飘扬的风》，载《特区文学》1996年第5期，第97页。

② 萧雨：《看得见风景的窗子——王海玲小说艺术浅探》，载《文艺报》1997年10月21日，第4版。

而感到骄傲和自豪。今天的人们看王海玲小说的叙事内容和思想蕴涵，可能会因生活“就是如此”而不觉得多么特别，但20年前的读者在面对她小说表现出的非传统观念与价值取向，即宽容、理解、肯定、认同等或显或隐层面的主题指向时，一定会在感觉新鲜的同时，产生颇多的惊奇和不解。

具体而言，王海玲特区小说中宽容、理解、肯定、认同等显隐有别的主题指向，体现在物欲、爱欲和进取精神三个方面。

其一，对物质欲望必然性的理解和肯定。

细心的读者会发现，王海玲的特区小说在器物描写上，经常且多处很自然地出现欣赏和“炫耀”式的细节点染。诸如酒店的品级、装饰，咖啡厅的名称、酒水与食物的品类，美容院的各种项目，各类服装品牌，各种化妆品，外国香烟，奔驰、宝马、本田等汽车品牌。与不再追求国外名牌商品的当下现实相比，40多年前的中国人可是连一罐可口可乐都觉得是奢侈品。

当然，王海玲对“物欲”的理解性肯定，主要体现在对金钱和财富的态度上。不论是蓝黛、思瑜、丽莎等特区淘金人抑或欧荔、谭小谈等财富拥有者，他们追求金钱、渴望致富和更富的心态，在小说里都被王海玲认可。甚至他们获得财富的某些行为，也能得到王海玲一定程度的理解。譬如《在特区掘第一桶金》的标题就含有不否定乃至赞许的意味。而蓝黛“掘第一桶金”的方式，竟然是去找老板麦开宏“交换”。蓝黛明确告诉对方只想得到“一个发展的机会”，麦开宏也清楚蓝黛只是“借力”而不是喜欢他。于是两人就在很清醒的状态下完成了一桩“交易”。事后，蓝黛没有因失去贞操而感到痛苦，她“以为自己会彻夜失眠，但是她很奇怪，并没有如想象般的那样失眠”。这种与传统道德观念几近相悖的行为，在蓝黛理智、冷静的内心世界中被淡化、消弭至无形。如前所述，中国经济特区是为了探索新的社会形态转变而建立的，对应的是马克思关于人类社会发展形态经典论述中的第二个阶段。王海玲写出了“特区时代”中国人转向对物的依赖阶段的先声，较早地肯定了物欲的必然性与合理性，表达出清劲的特区人文风貌。

其二，对情爱欲望合理性的宽容和认可。

王海玲小说写得最多的是爱欲和情欲。爱欲不是情欲，也非性欲。

性欲是造物主赋予人的一种生命繁衍的自然本能，在这一维度上，人跟其他动物没有本质的差别；情欲则为专属于人类的社会学术语表达，是与性欲混杂、融渗的感性驱动和情绪性向往；爱欲要比情欲高一级，具有专指性和排他性，强调现实功利层面的平等和互惠。而我们所说的"爱情"，不同于受法律保护的婚姻。我们追求爱情，一方面是在试图剔除爱欲中的功利因素，使其净化与升华为一种形而上的形式；另一方面，也在倾力为爱欲打造伦理规范和情感边界。约翰·赫伊津哈（Johan Huizinga）认为，"爱情必须被提升到仪式的高度"。若只是把爱欲替换或发展成爱情，则必须具备无可置换的首要条件，即一个基本不变的人文环境和比较稳定的观念系统。曾有人感慨，"20 世纪几乎颠覆了我们习惯的一切观念，爱情成为这一切颠覆中最让人心痛的牺牲品"①，这样的哀叹并不都是毫无依据的矫情，而是有着现实生活的支撑。也因此，王海玲特区小说多写爱欲、和物欲相纠缠的情欲，以及一些失败的爱情。

《热屋顶上的猫》中的丽莎到特区的第二天晚上，内心就生起一股强烈的欲望：

丽莎冲完了凉，躺在小床上却感到全身更热了，有一股暗暗燃烧的火在这间幽静且海风来来回回鼓荡的小屋燃烧，丽莎不动声色地躺在这张小小窄窄的床上，感到那神秘的火焰在她的全身及脑海燃烧，在这燃烧下，年轻的丽莎在黑暗中双眼如猫一样发出幽幽的光芒……②

这是丽莎两天来耳濡目染之下产生的物欲和情欲的混合体，"神秘的火焰"烧毁了她既有的观念，也烧出了新的追求。于是，她很快锁定老板潘起明，近乎迎合地接受了对方。与丽莎相似的还有蓝黛、思瑜、桑娅等人物。为使"丽莎们"物欲和情欲兼而得之的举止得到读者一定程度上的理解，王海玲为她们设置了两个前提：一是在感情上都受过伤害，如丽莎的男友白雨桐因金钱背叛她，蓝黛的男友欧阳瑞因前途背叛她，桑娅与丈夫离婚等；二是她们都是大学毕业生，相貌出众，家庭条件优

---

① 许知远：《优雅的爱情到哪里去了》，载腾讯网 https://new.qq.com/omn/20201021/20201021A0G4XF00.html，2020 年 10 月 21 日。

② 王海玲：《热屋顶上的猫》，载《花城》1996 年第 6 期。

渥，且有报复心理，有才、有貌，不差钱，“丽莎们”只身闯特区的目标，就是抛却旧我、活出独立自强的自己。而且，王海玲对潘起明、麦开宏、邱维稼等老板形象的刻画，并没有站在传统道德的高地上予以否定，而是客观地从身世、品貌、德行等方面做出“中性”描绘。王海玲在此从社会学意义上写出了与物欲相关的情欲及其可理解性。

在宽容地表现丽莎式情欲的基础上，王海玲也在心理学层面写出了爱欲的合理性，这是王海玲小说的一个重要主旨，并不止于特区小说。例如在《描述欧荔》中，王海玲描述的是“爱欲在一个女人内心世界的生长和变异”①。30 岁的女老板欧荔与男友阿祺有着近十年的夫妻般生活，后因阿祺“衰到帮水客带洋酒过关”而分手，小说诠释了能力和财富需要匹配才可能有爱意的道理。因为没有了阿祺，“当欧荔一个人在客厅四仰八叉地躺着的时候，就是她内心充满莫名孤寂的时候”。小说的第一句强调的是欧荔渴望爱的欲望。欧荔此时的“孤寂”只是单纯的情欲煎熬，接下来她便主动寻求爱欲。留美归来的张律师是欧荔第一个寻爱对象，但她却在最后一刻拒绝了对方。在随后的交往中，张律师泰然自若，“没有丝毫的尴尬丝毫的怨幽丝毫的愤懑，整个就是一个无事人”。手下主管冯丰利是欧荔第二个想亲近的人，但害怕危险和失望的心理，让她始终刻意保持老板的威严与冷漠。经历了西式与中式的爱欲体验后，事业有成的欧荔心里充满爱和不爱的矛盾，爱欲升华不到爱情，就降低为花钱去寻求情欲的释放。然而，在和英俊的酒吧男羽欢愉之后，欧荔却“脸色苍白如月光”，心里“一片断垣颓壁”。《遭遇恒》里的眉对男妓恒的失望，也是对爱意难寻的无奈。《所有子弹都有归宿》里的李姿虹与张庆年的交集，带给她的是更加的心酸和无尽的孤寂。还有苏珊娜（《香气浓郁的花园》）、冯晓枫（《命运的面孔》）的爱欲，最后都走到了爱的反面。王海玲以细腻的笔调写出了人物内在情感世界的复杂，同情和理解蕴含于字里行间。

王海玲的小说还写了不少爱情，却没有一个成功和美满的案例。以《热屋顶上的猫》等特区题材作品为例，不仅丽莎、蓝黛等人物闯特区之前就遭遇爱情失败的沉重打击，到特区后自以为得到爱情的燕子、刘小

① 柳冬妩：《无法描述的情爱世界》，载《作品与争鸣》2009 年第 11 期，第 68 页。

姐（《东扑西扑》）等也被无疾而终的感情折磨得身心交瘁。爱得真挚纯粹的小雨更是泪水涟涟地面对冷酷的分离。燕子大学毕业后来到特区，认为冯小峰给予的是真爱，没想到她却因生了女孩而被抛弃，最后阴差阳错地做了妓女。“虽然燕子相信在 90 年代真正的爱情仿佛珍稀动物般寻常不见，但她知道自己心底里还是渴望这旷世奇宝有一日能奇迹般地出现在她的眼前。”燕子对爱情的向往几经萌芽，可到了小说结尾依然没有变成事实，因为王海玲在小说里否定了爱情的存在。丽莎、燕子的好友小雨大学毕业后做了省报记者，并爱上了已婚中年诗人张鸿建，后为躲避非议来到特区一家广告公司做职员。两年后张鸿建离了婚来特区和小雨相聚，却因不能适应新环境而一时找不到工作。特区不需要诗人，无奈之下他不得不回到北方 A 城与前妻复合，小雨的爱情从此像断了线的风筝一样再无踪影。而曾经深爱小雨的张鸿建，后来竟然和丽莎的母亲、女强人冯珍珍一起死于车祸，爱情的最后一丝纯粹感也随之消失。

在王海玲的小说叙事里，不止特区难见爱情，那种古典唯美的爱情或许只存在于传说或想象中，因为现实中的爱情始终杳然无踪。《激情不再》中的雪对作家 Z 是真爱，可 Z 回馈给她的是情欲的释放。《关于桑娅》里的桑娅对杨新黎的感觉至多属于情欲，对司小朋却是切实的爱意，怎奈还是敌不过现实的乖谬。《所有子弹都有归宿》里的赵雅莉和总经理朗亚洲之间的所谓的男女关系规则，决定了两人是阶段性爱欲伴侣的关系，与丽莎和潘起明、蓝黛和麦开宏的约定相同。如果苏珊娜、冯晓枫能够像丽莎、赵雅莉一样和对方有约定，就不会有由爱转恨的悲剧终局。所以，如果爱情难觅或已然消亡，那么订立一种你情我愿的爱欲契约来超越情欲，地位平等、边界清晰且不会彼此伤害，似乎是特定时代中可以理解的情感选择。王海玲对此没有明确赞同，却也未曾坚决反对或蔑视。但若仅仅把她的小说视作对无德男人的伦理批判，则显然不符合文本实际。

问题在于，爱情因何失败？爱情为什么难寻？王海玲的小说人物在过去时的爱情失败和将来时的爱情难寻之间强调了现在进行时的寻爱行动，写出了寻爱不得的现实障碍与人性制约。现实障碍体现为物质生存的刚需，即金钱财富、社会地位等要素，因为中国人在随着改革开放而发生的市民化过程中，前所未有地意识到人身权利的合理与合法性。正如丽莎、蓝黛们的契约式情感，《永远像要下雨》里的桑娅不断“劈腿”，都是为了满足自己不断提高的物质生存诉求。人性制约体现为因时空变易、环境熏染等导致的价值观念的更新、生活欲望的改变等，就像《何家芳情事》中的教师彭印春对何家芳由爱到厌的情感变化。王海玲的小说人物没有绝对意义上的好人，当然也没有绝对意义上的坏人，王海玲只是客观地写出了平凡人生尤其是情爱世界的一种实相，在宽容与理解中寄寓同情和悲悯。

其三，对人生进取精神的赞赏和肯定。

20 世纪 90 年代的王海玲身处国家社会转型的前沿区域，彼时显然还不具备改革开放 40 多年之后中国作家的时代认知，但她的小说已经鲜明地表达了自己切身感受到的“春江水暖”。事实上，王海玲对物质欲望和情爱欲望的大胆表现，是为了突出人物尤其是女性人物对人格独立的追求。换言之，王海玲以自己个体化的观察和感悟，凸显了新的时代到来之际女性抵达独立自强目标的两个重要前提：物质和情爱两种欲望的切实调适与合理满足。尤为可贵的是，王海玲写出了她们在努力实现“自立”目标过程中遭遇的物质之痛和情感困苦，并且能够战胜和超越痛苦，越来越成熟地活出自己希望的模样。如丽莎、蓝黛经过一番打拼后成为老板；燕子和小雨走出迷茫并越来越自信；蘅放下了情感包袱；融、雪及时在对方自私的情欲面前止步，开始精神独立；桑娅依然坚定地保有对爱情的希冀；赵雅莉舍去激情，走进平稳的中年婚姻；等等。显然，王海玲不是平面化地对这些知识女性及其关系人物做出一般意义的道德评判，而是艺术地呈现人物逐渐成熟的内在情感世界，来赞赏和肯定她们的人生成长与不甘平庸的进取精神，由此生成小说最重要的主题意旨。

当然，在突出宽容、理解、肯定、认同主旨的同时，王海玲也表达了揭示、暴露、批判、谴责等主题含义。所谓揭示、暴露，是指对现实中公众熟视无睹、习焉不察或者懵懂疑惑、难以取舍的人和事的客观呈现，使之清晰具体、状态可感。比如王海玲对丽莎等人内心深处的情欲煎熬，欧荔的找男妓泄欲，蓝黛、丽莎、赵雅莉等人的“男女关系约定”等情态和事态的描述，都与广大读者传统认知中的道德常理抵触相悖，但这种表达方式并没有让人物形象的意义倾向于负面，反而进一步提升了人物形象的内在逻辑与丰满程度，深化了读者对人生本然普通庸常的体认。以此为基础，王海玲才进而表达批判和谴责的意涵。

首先，王海玲写出了对部分财富拥有者的批判和谴责。以金钱为表征的财富是中性的，关键在于拥有者怎样获取和使用，从而产生了善与恶、美与丑、优与劣、雅与俗等的区分。虽然王海玲也塑造了谭小谈、侯七等几个正面的老板形象，但总体上否定多于肯定，而且贬抑的态度非常显明直接。如“走路肥硕的肚皮仿佛稠油一般起伏”的乐会朋骄奢淫逸（《伤心美容院之歌》），刘总的狡诈阴险（《翠花，上酸菜》），张米高的虚伪无信（《承蒙错爱》），冯小峰（《热屋顶上的猫》）和康先生（《东扑西扑》）的冷酷无情，张力维（《香气浓郁的花园》）和张宏敏（《命运的面孔》）的自私无耻，以及冯新疆的纨绔庸俗（《B省人谭小谈》）等。

其次，王海玲谴责和嘲讽了知识分子的某种人格缺失。这些人物并不富裕，但他们常常借助其他生活资源来满足一己私欲，几乎没有做人的基本责任与担当。就像《黑夜摇翅而去》里融的导师陆，引诱学生满足自己的情欲，事后却怯懦、猥琐、不敢负责。《激情不再》中的作家Z，为人小气，以耻为荣，很清楚自己是在骗取雪的真情实感。《踽踽》里的英俊画家朗经不住金钱和名利的诱惑，轻易地被蓝玛丽俘获。彭印春在《何家芳情事》里“失势”与“得势”的前后行为，映衬了某种常态化下人的劣根性。

最后，王海玲还谴责和讥讽了某些传统价值观及与之相随的生存状态。处在中国社会转型的前沿区域，王海玲清醒地揭示出一些阻碍民族发展进步的封建落后观念，描述了由此产生的各类悲喜剧。如《心痛》以对香港成功女士鸿声的讥嘲化描写，展现了违背传统孝道的悲剧。《何家芳情事》里的搬运工人熊云根因与何家芳的新婚之夜没有“见红”，就和父母一起辱骂、歧视和冷落何家芳，把她推向更大的深渊。《好你个鬈发的老洪》中洪复济的喜剧性遭际，隐含着对传统人情社会里官场生态的讥讽。《嘿，郁朗小子》则以谐谑的笔调，揭露了俗常日子里普通人情感自洽与乖张的抵牾，意味隽永，耐人回味。

然而，就王海玲小说的整体意蕴而言，主调明显是正面的肯定和认同，“揭批”只是辅助旋律。王海玲唯有“褒”中融“贬”，才能凸显她视域内的生活本相，揭示其小说文本的层次和深度。因此，在表现“特区时代”特定人群的喜、怒、哀、乐时，王海玲不是为写而写，而是以小说的艺术形式探寻笔下这些人物的精神出路。

但“探索”或“探寻”之类的语词，就其词意的动作指向来说，表示的是行动过程本身的价值，因为在过程中还无法确认和得到行动的结果。就像韩少功所说的，“我很久以来就赞成并且实行这样一种做法：想得清楚的事写成随笔，想不清楚的事就写成小说。小说内容如果是说得清楚的话，最好直截了当，完全用不着绕弯子罗罗嗦嗦地费劲。因此，对于我写小说十分重要的东西，恰恰是我写思想性随笔时十分不重要的东西。我力图用小说对自己的随笔作出对抗和补偿”①。王海玲没有把自己的“探寻”写成随笔或散文甚至论文，而是写成了小说，说明她只着力于探寻的过程，因为确定的结论可能还隐藏在思想之眼难以抵达的遥远之处。也就是说，王海玲对笔下人物在“特区时代”的精神出路还不明晰，只是有了“探寻”的出发地和具体方向，以及某些阶段性的新颖感受。

诚如王海玲自己所言：“在小说的道路上，我始终是不知疲倦的探索者，和自己相比，我呈现的是一种进步的姿态。譬如今年一月份《小说月报·中篇小说增刊》刊登我的那个中篇《无法闪避》，就是我探索之结果，所谓探索包括结构方式和人物所蕴含的新意。”② 王海玲看好的这篇小说《无法闪避》，写的是一个叫柳敏江的滨海特区报社记者被情人的表弟杀害的故事。柳敏江被杀是由于他厌倦了表外甥女韩晓佳对他的爱，让她回家乡黑河。这一次，与苏珊娜、冯晓枫相似，韩晓佳不再是小说里的中心人物，主角是柳敏江。帅气、有才华的柳敏江患上了所谓的“爱情厌倦症”，即在和心仪的女性上床之后，感情退潮，爱情无法再继续下去。因而，年届40的他离了两次婚，还使爱他的张利娜因他的先热后冷而跳楼自杀。韩晓佳也是因为柳敏江对她越来越冷淡，就写信让远在东北老家的表弟阿昌来滨海教训一下柳敏江。没想到表弟会错了她的意思，失手杀死了柳敏江。韩晓佳为此悲痛欲绝，精神几近崩溃。

就题材而言，《无法闪避》并不是一个新奇的情感纠葛故事，但王海玲把柳敏江、韩晓佳、阿昌这三个人物的前情后状、前因后果及相互间

---

① 韩少功：《完美的假定》，作家出版社1996年版，第89页。

② 王海玲：《师法生活师法自然》，载《作品》2008年第2期，第1页。

错综的人物关系，置放在不到 36 个小时的叙事时空里讲述，营造了一种紧张加速的特殊效果。全篇共 19 节，从 1 月 12 日柳敏江上班起，到 1 月 13 日 18 时 30 分被阿昌割喉身亡止。王海玲以柳敏江被杀身亡的时间作为叙事终点，然后从开篇就强调柳敏江和死亡的距离越来越近。“1 月 13 日”“十七个半小时之后”“凌晨一点”“凌晨三点”“上午十点钟”“近两点”“下午三时许”“五点左右”等时间标志，与滨海、黑河、小区里的柳敏江和韩晓佳、火车上的阿昌等空间位置交错在一起。两种叙事行动各自从原点出发，在 1 月 13 日 18 时 30 分汇合到一处，形成人物的共同死亡结果——柳敏江死亡、阿昌将被判死刑和韩晓佳的心灵死亡。在此，叙事形式上的快节奏和以死亡为终点的叙事内容，令读者在有意无意间体会到了生与死的过程。与以往的小说相比，王海玲在《无法闪避》中所做的文体结构探索，不能不说是富有新意的。小说的题目“无法闪避”在暗含题旨的同时，也表现出动作感和速度感。

事实上，王海玲一直在追求小说叙事形式和手法方面的多变与创新，尽量避免因袭陈规。此处仅举两例为证。

例一，叙事人语言的诗意优雅与人物语言的俗常个性。前者表现为在叙事人明快而顺畅的讲述中，经常体现出一种雅化和女性化，或者说是女性的优雅。

> 四周夜色浓重得仿佛已有了一种物质的属性，暗黑暗黑地一层层地缓缓流动，一层层地撞击挤压，身边张鸿建已入睡，而小雨却感觉自己被绒布一般的夜色紧紧包裹着，以往岁月五颜六色的花朵在小雨心中，在紧紧包裹的夜色里灿烂地开放着，它们在一瞬间的开放之后又迅速地凋谢了，所有的花瓣聚拢在一起颜色暗淡地任想象中的风吹来扫去……①

在此，作者将叙事人细腻的体验与小雨隐秘、幽微的内心感觉融汇到一处，感性十足地传递给读者：女性特征显明。人物语言的俗常个性，则表现为贴合人物的性格和身份方面。二者浑然为小说的整体叙事时，又以“揾食”“揸车”“黐线”等方言词语点缀，间用“读者诸君……”

---

① 王海玲：《热屋顶上的猫》，载《花城》1996 年第 6 期。

“亲爱的读者……”（如《承蒙错爱》《何家芳情事》）等叙事人直面读者强调讲述功能的手法，最大限度地把读者拉进叙事进程中。

例二，女性人物名字的精雅化。“丽莎”“蓝黛”“思瑜”“蘅”“桑娅”“藕”“融”“眉”“雪”“欧荔”等雅气十足的名字，一方面显现了王海玲的叙事匠心，另一方面似乎也蕴含着她的性别立场。而《无法闪避》显然赓续了这种形式特性，并在叙事结构上进行了新的探索。

但是，“人物所蕴含的新意”在哪里呢？

韩晓佳单纯的性情和对柳敏江炽热的爱欲，促使她产生“教训”柳敏江的想法并付诸行动；阿昌对大妞姐（韩晓佳）不能自持的暗恋，让他痛恨柳敏江且下手狠毒，这些都近于合乎情理。如果说有“新意”的话，可能就是王海玲为柳敏江“始爱终倦”所敷设的心理原因。这个在常人看来是“喜新厌旧”“始乱终弃”“痴心女子负心汉”的理由，王海玲在小说里把它解释为“爱情厌倦症”。

这仿佛是柳敏江躲避不了的宿命，他对生命中的女人在开始阶段都是倾注了真情的，在每一段感情的开头，他都是真挚的，都是伴随着深深爱意的，可是不管是他多么倾注了深情的女人，只要他得到了，他染指了，随着时间的推移，他的热情和爱意就会与日俱减……

然而相对精神上的生厌、疲惫，柳敏江的身体对异性的需要又和他的精神完全相悖，他对女性的渴求永远处于一种类似亢奋的状态，这就好比弹簧，拉紧代表他的亢奋，放松则代表他的疲惫，他的身体与精神永远展示着弹簧的两极。柳敏江对女性的感情如果用线条来表示的话，就是一根简单的抛物线，用一根筷子沾着水就能在餐桌上随意画出，总是很快地由低到高，又很快地由高到低。以致到后来，他在开始每一段感情的时候，无论当初是如何海誓山盟，他都预见了注定的分道扬镳，这种感觉真是有点怪异，明明此刻倾心相许，两情相悦，但结局的不可避免，就犹如一只匍匐在远处、耐心等待、等待吞噬的怪兽！柳敏江是试图逃脱的，试图逃脱这种网似地罩住他的宿命。①

① 王海玲：《无法闪避》，载《花城》2007年第4期。

如同理解、宽容、同情丽莎、蓝黛、思瑜、苏珊娜、冯晓枫等人物的所谓“堕落”一样，王海玲似乎也在为柳敏江的“玩弄女性”设置宽以待之的人性依据。小说并没有表达出认同的意旨，但内含于唏嘘无奈中的同情与悲悯却真切了然。读者对此可能不太认同或拒绝接受，然而王海玲的小说“探索”已经在“常情常理”的认知路径上建立起一道拦阻的“堤坝”。如何越过障碍进行思考，或许就是王海玲探索“特区时代”精神出路的一种方法。

2009 年之后又十年过去，王海玲以中篇小说《学妹，我们之间曾有过公园之约》开启了新阶段的写作。小说写江南大学中文系 77 级的同学在 2014 年建了一个微信群。这些同学大部分都是退休的高级知识分子。2015 年，离异多年、已近花甲的小橙的微信上收到一条请求添加好友的消息，是 33 年未见的岑凯。远在内蒙古的岑凯给小橙发来“学妹，我们之间曾有过公园之约”的信息，随后几年也间断发过几首暧昧的诗句。两人不咸不淡地私聊了四年，最后因小橙感觉寡淡就断了联系。2019 年 12 月 30 日，岑凯又给小橙发来一首诗，表示已出国终老。小橙后来才知道原委，岑凯多年来婚姻有名无实，出国前曾来到小橙所在的南方城市。王海玲以一个大学同学微信群从热闹到衰败的情形为叙事背景，在明确清晰的时间链条上，以小橙的循规守矩与岑凯的畏葸不前相映衬，表现出了老年知识分子阶层特定的心理和情感状态。作者在这篇小说里的叙事风格，一改十年前的活泼明快，变得沉稳舒缓，韵味别致。或许，这就是王海玲小说新主题、新风格的肇始。

概而言之，王海玲身处中国社会转型的前沿区域，充分感受到经济特区包容、开放、乐观、积极的人文生态，在把握人生实相的基础上，用小说的方式探索“特区时代”人的精神出路，探寻生存应有的诸多可能性，以及这些可能性的边界。内含于小说文本中的，不仅有王海玲自己独特的和独立的艺术探索与现实思考，还有她生活热情和道德勇气的全力倾注。所以，王海玲从一个特殊的观察视角切入，以一种不媚众悦俗的态度，创造性地为我们留下了中华民族在重要发展时期的一段珍贵文学影像。这样来看待她的小说，应该不属于虚赞。

附：王海玲主要小说目录

(1)《筷子巷琐事》,《星火》1980年第7期。

(2)《海蓝色的连衫裙》,《星火》1980年第12期。

(3)《寒妮》,《广州文艺》1981年第7期。

(4)《情有独钟》,花城出版社,1989年5月。

(5)《东扑西扑》,《特区文学》1995年第5期。

(6)《在特区掘第一桶金》,《广州文艺》1995年第10－11期。

(7)《王海玲作品小辑》(《寻找一个叫藕的女孩》《激情不再》《遭遇恒》《伤心美容院之歌》),《特区文学》1996年第5期。

(8)《热屋顶上的猫》,《花城》1996年第6期。

(9)《亦真亦幻》,《钟山》1997年第1期。

(10)《四季不断的柔风》,《当代》1997年第5期。

(11)《麦穗随风起伏》,《北京文学》1997年第8期。

(12)《踽踽》,《山花》1998年第1期。

(13)《好你个鬈发的老洪》,《大家》1998年第1期。

(14)《在特区叹世界》,珠海出版社,1998年7月。

(15)《热屋顶上的猫》,群众出版社,1998年9月。

(16)《B省人谭小谈》,《作品》2000年第3期。

(17)《关于桑娅》,《花城》2000年第5期。

(18)《心痛》,《作品》2001年第7期。

(19)《承蒙错爱》,《小说界》2001年第4期。

(20)《翠花,上酸菜》,《作品》2002年第1期。

(21)《飘忽起舞》,《花城》2002年第1期。

(22)《亲爱乡党孙喜桐》,《十月》2002年第3期。

(23)《何家芳情事》,百花洲文艺出版社,2002年5月。

(24)《香气浓郁的花园》,《花城》2002年第6期。

(25)《所有子弹都有归宿》,花城出版社,2003年1月。

(26)《“四张”女人》,《特区文学》2003年第1期。

(27)《宿命色彩》,《小说界》2003 年第 1 期。

(28)《邂逅酒吧》,《清明》2003 年第 3 期。

(29)《无法闪避》,《花城》2007 年第 4 期。

(30)《命运的面孔》,花城出版社,2009 年 3 月。

(31)《描述欧荔》,《作品与争鸣》2009 年第 11 期。

(32)《学妹,我们之间曾有过公园之约》,《作品》2020 年第 11 期。

曾维浩：俯瞰与切近

解读曾维浩小说，应该从他2019年发表的《一个中国人在中国》开始回溯。这部近50万字的非虚构文学作品，在出版单行本时改名为《一个公民的成长笔记》①。如此题名虽然让人觉得不太“中国”，但这部非虚构文学作品中的“成长”却隐含着曾维浩小说表达的基本演进路径。

就非虚构而言，当下流行的“非虚构文学”或“非虚构写作”，其内涵与外延都比较模糊，尚处于见仁见智的状态，也很少有人将它与传统的“报告文学”及20世纪90年代流行的“纪实文学”等同。2010年2月，在报告文学创作内卷和成果萎缩的情况下，《人民文学》刊出系列非虚构作品，让这种源于20世纪60年代美国的写作类型得到了有力的促进。2015年，白俄罗斯女作家阿列克谢耶维奇凭借非虚构作品《切尔诺贝利的回忆：核灾难口述史》获得诺贝尔文学奖，进一步推高了国内非虚构文学的写作热度。评论家洪治纲曾把近年来非虚构文学的叙事内容分为两个维度：一是纵向钩沉历史，如王树增的《解放战争》、阿来的《瞻对：两百年康巴传奇》、陈河的《米罗山营地》等；二是横向介入现实，如梁鸿的《中国在梁庄》、慕容雪村的《中国，少了一味药》、孙惠芬的《生死十日谈》等。② 但不论哪种维度，“我”的“在场”即“我”的亲身经历、见闻，和“我”对相关事实的个人化搜集、梳理与概括，都直接为表达“我”的感受、看法、主张、意见等营造了真实感。不同于虚构写作，“我”是以主观化的事实描述，为读者揭示了一定意义上的客观真相，远比小说自然、真切和触目可及。然而，非虚构文学的不足也是显明的。其不足或缺憾在于，作者的写作目的与文本描述、呈现的

---

① 曾维浩的《一个公民的成长笔记》由中国言实出版社于2021年7月出版。《花城》2019年第6期以《一个中国人在中国》（节选）的题名，刊出了其中的第五章和第六章。

② 洪治纲：《论非虚构写作》，载《文学评论》2016年第3期，第62页。

事实高度一致，近乎不具备虚构文学的内在张力和多维的意义空间，读者览读之后除了对作者的个体判断，以及对题材价值和文学性高低有一个整体的认知以外，就很难再有更多的思考与回味。一言蔽之，即“你说的对啊，真是这样的!”仅此而已。

所幸，《一个公民的成长笔记》不是钩沉历史，也不是介入现实。曾维浩从个人出生写起，以历时性的自我生活轨迹为坐标，通过“我”的所见所闻、所感所受，写出了国家发展和民族进步，写出了时代巨变和世界的风云激荡。

> 我悲喜交加地发现：我山村童年的生活，与两千多年前人们的生活基本上没有什么区别，而当下的工作、生活，与欧美国家一个上班族的工作、生活似乎也没有太大差别。这个发现让我大吃一惊！一个普通中国人，从1962年的湘西南小山村，到21世纪的南部沿海开放城市，几乎真实地跨越两千多年的生活！……
>
> 我想告诉这个世界，一个人如何体验和跨越了两千年生活。①

曾维浩所言的“两千年生活”，是农业社会向工业社会跨越的过程，是中华民族向现代文明形态跨越的过程。尽管作者在选材上敬小慎微，在叙事上小心翼翼，但这并未影响文本格局的宏阔和视野的高远，以及通篇矗立的民族与国家形象。加之沿着“成长”的足迹，曾维浩对民族文化和人类文明的深远思考，使得《一个公民的成长笔记》已然超出并突破了个人传记的文体藩篱，成为晚近40多年来一部古老民族进步的个体感受史和一个国家成长的个人见证史。当然，在这个公民与他热爱的国家共同成长的近60年历程里，也蕴蓄着曾维浩小说创作的艺术符码。

一、回望中的反思

1981年8月，学化学的曾维浩大学毕业。那一年，曾维浩一边学习

---

① 曾维浩：《一个公民的成长笔记·序》，中国言实出版社2021年版，第2页。

做中学老师，一边学习写作。按《一个公民的成长笔记》记述，曾维浩正式发表小说处女作应该是在 1983 年年底，《湘江文学》刊登了他的小说《姜河小夜曲》，《新花》刊登了《瑶妹》。[①] 如果以此为起点，到 2010 年后止笔，曾维浩的小说创作持续近 30 年。

曾维浩早期的小说以短篇为主，多取材于湖南省邵阳市武冈市邓家铺岩头江的山川风物和乡土民情。但故乡的一切只是作为小说叙事的自然环境和人文氛围，曾维浩是以回望的方式来表达自己的一种反思，进而显现反思的结果——生活中的问题及其原因。这成为他早期小说的基本特征。

《姜河小夜曲》描述了爱情的忧伤和理性。岩头江的德桉喜欢石兰，但上了大学的石兰另有所爱。德桉最后只能克制失落，抛开不现实的念头，回到自己的位置。文化认知和生活需求导致的情感错位，既合情合理，又令人无奈。德桉理智、勇敢地面对自我与现实，是曾维浩在小说中给出的问题解决办法。但由于缺少足够的理由，这种处理方式不免显得有些生硬。事实上，《姜河小夜曲》描述的是中国改革开放初期一个古老山村文化生态的悄然改变，以及这种改变对于人心的影响。到了《黄叶青叶》中，这样的改变延伸扩展到更大的范围，落实到更多人的行动中。铜桥村的丁家父母早逝，三兄弟在长兄的带领下，日子过得有滋有润。但老三却不甘于此，要办桔子保鲜公司。围绕这一“事件”，老大石牛和媳妇桂花嫂在村人的不解中质疑、阻止老三乃至告状，老三最后同意分家，义无反顾地去银行办贷款。在这个古老的小山村里，老三所做的无疑是对商品经济的探索和先行，不仅在自己的爱情上超越了传统的羁绊，更主要的是对既有生存方式的突围。小说发表于 1987 年，这样的主题表达在彼时的中国颇具意义。

的确，20 世纪 80 年代之后的中国在谋求新发展，现实生活中的各个领域正在发生越来越多和越来越快的改变。追踪生活变化，聚焦变化带来的问题和困扰，是曾维浩早期小说回望与反思主题指向的一种内涵。除了上述两篇，还有《男儿血，女儿泪》《吹奏一朵紫茉莉》《流浪的夏天》《落差》《强台风明天登陆》《都市雕塑》《城市地图》《清明雾祭》

---

① 曾维浩：《一个公民的成长笔记》，中国言实出版社 2021 年版，第 187—188 页。

等篇什都可以归为此类。

中篇小说《男儿血，女儿泪》以对越反击战为叙事背景，强调爱与理解的不可替代作用。短篇小说《吹奏一朵紫茉莉》采用第一人称的叙事手法，表达的是企业改革大潮中的观念更新、责任担当等时代主题。就小说艺术而言，两篇均乏善可陈。《流浪的夏天》（后改名为《我们正好差一岁》）讲述的是高一女生茹芜、岳丽华、方菲、赵玉娥各自的人生苦恼。高中毕业时，茹芜考大学，岳丽华做计划生育专干，方菲做模特，赵玉娥与“十万元户”结婚。四种命运，四种青春的迷惘和取舍。《落差》中的“他”大专学的水电专业，毕业后在家等分配。好友小雷准备让自己的局长父亲帮忙“活动”一下，让“他”去地区水电部门工作。但“他”父亲倾注了一生心血的水电站也想让“他”回来主持修建。“落差”不仅是“他”与小雷之间的物质差距，也是“他”与父亲之间的精神差距。“他”最后答应父亲，接受后一种“落差”，也因而提升了精神高度。《强台风明天登陆》写的是外资工厂里的劳资纠纷。已经是总经理助理的辛吉弗因阿倩工伤，遂放弃自己的大好前程，组织罢工为工人争取权益。辛吉弗的勇敢无私在姚老板的冷酷狡猾、同学文征平的世故圆滑、工友毛立舟等人的妥协与短视面前不堪一击，只好辞职再去找工作。小说揭示了当时一些普遍存在的问题，如《劳动法》的缺失、现实利益与长远目标的矛盾等，写出了特定阶段的发展之痛。《都市雕塑》写的是曾维浩对于特区城市的初期感受。青年作家郝当与恋人吉娜来到特区工作，他们经常在街心花园约会，郝当发现这里没有理想，人们只谈钱。慢慢地，吉娜受不了郝当的酸腐气，郝当也不能忍受吉娜的世俗欲望，两人无奈分手。郝当对此并不后悔，他认为“城市一定是出了毛病”。小说主题类似梁大平的中篇小说《大路上的理想者》，是特区新移民作家在 20 世纪 80 年代中期及以后的常见表达。与郝当对人生的坚定信心不同，《城市地图》里的中学教师“他”来到城市找旅店，却被看似清纯如中学生实为暗娼的卖地图女孩摧毁了信念。《清明雾祭》反映的则是社会发展中的一种时代矛盾。抗战期间吕森因为恋人梅子受到日本鬼子凌辱而去复仇，失去一只眼睛和五根手指。42 年后，当年的侵略者直木佐夫也来祭奠日本死者。吕森无法忘记历史，县长却只想着招商引资发展经济。清明时节，吕森带着儿子吕钧华及儿子的女友麦玲，与老战友柏岩一起祭奠抗日英烈，蹤巧见到直木佐夫领着家人来拜祭。就在吕森等人气愤无奈时，二中的1800名中学生“打着红旗，抬着花圈，走过来了”，他们也是来祭奠烈士的。“吕森的眼一亮”，因为年轻人并没有忘记历史。

给曾维浩小说带来基本辨识度的是《有一座美丽的祠堂》《陀儿与沙儿》《凉快》《颛顼氏族谱第N代补遗》等作品。纵向地看，《姜河小夜曲》等关注时代之变的篇目只能算作初试锋芒，《凉快》等才真正开始显现曾维浩小说的个性风采。在这些篇什中，曾维浩的“回望”不止于故乡岩头江和自己青少年时期的记忆与感受，还探入民族文化及文明形态的深处和人性的幽微之地。写作视域的宽阔与高远，决定了曾维浩小说“反思”的力度和广度。在《水妖》里，小女孩青青被视作碧乌城的“城中花”，天真无邪的她经常在城洞旁边葡萄架下的芭蕉叶上睡觉，然后到柳林下清幽的河里裸浴，仿佛城中的一道风景。男人们都想娶青青，却没人敢娶。中学生朱明山为考大学要交美术作业，就请青青去河里洗澡，以此作画。他却因这种行为而被60多岁的老圈儿等人当成流氓，被打得失去知觉，学校也取消了他的考试资格。朱明山无奈前往广西谋生，美丽的青青也从碧乌城消失。后来，读美院的朱明山放假回来，发现青青不见了，葡萄架也不见了，原来的地方已变成三层小洋楼。小说表达了落后和愚昧对美的扼杀。从《水妖》的主题维度延展开来，曾维浩对民族文化的反思越来越深刻，批判力度越来越强。在《唢呐吹出的河》里，人们遵守着祖传的婚嫁习俗，丝毫察觉不到陈规陋习中的野蛮、愚昧、残酷，及其带给人们的生存苦难。三月婆已满17岁，对爱情与唢呐河之外的世界充满向往。可是按照习俗，待嫁女子必须住进河边桂花树下的草棚子里，在7天内由从外村选来的已婚男子做陪郎来“播种”，有孕者能出嫁，无孕者要沉潭。嫁女节到了，三月婆没有怀孕，她被逼疯，赤身裸体举着火把在河岸上狂奔。《凉快》中的德顺17岁那年与邻村的放牛女娃拥抱，被村人发现打伤致残，成了“废人”。变成“光棍”之后，村里的力气活都要他做，牛老了要他宰，械斗中抓获的仇敌也要他去杀。德顺逆来顺受，杀死龟公后便自杀了。这一切似乎很平常，人们一下就忘记了这件事。作者将德顺苦命的一生，通过夏天村人乘凉时的聊天娓娓道来。在轻慢和慵懒的叙事中，含蕴着村里“老人”不自知的冷漠与残忍。

曾维浩对于传统文化的回望与反思，当然不是全然的批判和否定，他也常常通过人物的某种坚定行为来表达肯定性的意涵。德顺杀了龟公然后自杀，充满内里的自我救赎与道德担当意味，显见作者对一种人格精神的推崇。在此前发表的《陀儿与沙儿》中，这样的推崇尤为强烈。小说写的是60岁的职业宰牛人陀儿和10岁的沙儿的故事。在没有具体时间背景的虚置空间中，因相信宰牛人娶妻会害了女人，陀儿一直都是自己在土砖小屋里与宰刀相伴度日。18岁那年，陀儿为了用牛血浆一张新结的渔网，杀了平生第一头牛，从此成为职业宰牛人。也从此，陀儿"一生花了很多的时间磨刀"，在磨刀声里，他渐渐老去。陀儿60岁时，唯一的朋友——10岁的沙儿请他去宰自己家快要冻死的老牛。这是陀儿要宰杀的第108头，也是最后一头。因为若超过108头，阎王就会把宰牛人打入地狱变作牛。在沙儿同意继任宰牛人后，陀儿宰了他平生最后一头牛。一刀下去，陀儿发现这头牛不是冻死而是吃了坏红薯醉倒了，它至少还能活五年，陀儿不该杀了它。为赎错杀的罪，陀儿迎向疯狂奔跑的牛，从容地让牛角抵进自己的胸膛，和牛一起死去。天地静渺，人生孤冷，小说以陀儿与沙儿的对话推动情节发展，发出了对持守人生责任的赞叹。

自然，曾维浩的回望与反思不止是单纯的肯定或否定，他的思考表达也如民族文化和文明形态的实际，更多地体现出复杂多维的态度。中篇小说《有一座美丽的祠堂》从义和团抗击八国联军一直写到新中国成立后的当代，在将近100年的叙事时间内，刻画了申吉父的复杂形象。这个"身材高大""仪表堂堂""精力充沛""生性倔强"的汉子，身上杂糅着好与坏、善与恶、美与丑等多重矛盾。小说开篇先写申吉父的"乱伦"。他利用自己的"权威"奸污了同姓同辈弟兄的女儿——纯洁美丽的17岁少女燕妹，致使她因有孕而投河自尽。申吉父随后以"道德裁判"的名义，诬陷本族与燕妹同辈的帅气小伙子，裁决他与燕妹的尸体一起沉潭。接着，申吉父"为了申姓的德行和家族的规矩"，又主持在他奸污燕妹的紫荆树丛处修建"一座美丽的祠堂"。他说："犯了族规的应该放到祠堂里来判处。"燕妹的父亲反问道："可是谁来判处你呢？"在此，建立在罪恶之上的美丽祠堂成为封建传统家族制度的象征体，申吉父就是具体的维护者和执法人。但申吉父的“恶”只是一个方面。另一面则是他早年参加义和团杀死过四个八国联军士兵。他将玷污、侵害自己家园和同胞的外国势力一律蔑称为“杂毛”，并与之血战到底。小说的第二章写外国传教士带来的异域文化入侵中国。第三章写面对日本侵略者本田少佐的武力侵犯，申吉父在坚决抵抗中献出生命。到第四章，申大章乡长与祠堂一起沉入滔滔洪水中，申氏家族的秩序象征体不复存在。这一刻，小说题旨对封建家族文化无疑是否定的，但对民族文化中的某些精神质素如面对强敌的坚韧、勇毅等持赞许态度，表现的是曾维浩在20世纪80年代中期的现实性思考。

在中篇小说《颛顼氏族谱第N代补遗》中，村民李箅箅无意间在老城隍庙坍塌的墙砖里发现了《李氏族谱》，天石村因此上演了一出闹剧。失传多年的族谱又出现在眼前，让翁如老人百感交集，因为他是40多年前的修谱人。在他看来，族谱不但是村里李氏宗族的历史荣耀，也承载着自己波折坎坷的命运。尤其是发觉族谱上的李齐昆有可能是现任省长时，村民们沸腾了，翁如老人为此还给省长写信问询。省长若在族谱上，于翁如老人是光宗耀祖，于李箅箅等村人则是现实利益。为了疑似省长可能带来的好处，天石村和晃冲村甚至因争抢族谱而发生械斗，翁如老人头部受了重伤。所有人里，只有李班枭不以为然。最后，族谱被村人撕扯分掉，只留下李齐昆的那一页，连同族谱书脊被装入精巧的红木小盒，埋在老城隍庙处，隆起的小土堆“如一座小小的陵墓”。省长后来也回了信，说他的老家在东北。天石村的人朴实，也愚昧、落后，族谱所显现的宗族文化对权力的膜拜以及成因，是曾维浩在小说里倾力鞭笞和质疑的东西。

总的来看，曾维浩在他的早期小说里多持深情回望的姿态，并把回望故乡中的风土人情作为小说的基本叙事材料，进而寄寓自己追根溯源式的文化思考。曾维浩这一阶段小说的独特之处，就在于不是简单展示或呈现问题的具体状貌，而是揭示其文化上的成因。因此形成了情感比较外露、锋芒比较直显的“喜怒形于色”的叙事特点。即使是《陀儿与沙儿》《凉快》这样较成熟的作品，也隐含着一种刻意压制的情态。至于《强台风明天登陆》《都市雕塑》《城市地图》《清明雾祭》等在当时看来题材新颖的小说，其压制的情态则近似于一览无余。《等船回来》《荔枝巷天才》《太阳树》《圈套》等应该是更具艺术探索性的篇目。相比于《等船回来》的某些矫作，《荔枝巷天才》是三个市井“天才”的速写。小说中的“巨眼”“吕娘”“徐数”都靠自己的特殊才能，在特区找到了生存的位置。作者在表达正面理性地看待特区城市奇人奇事的同时，也展现出其日渐成熟的小说品格。《太阳树》《圈套》表达的是某种形而上的思考，已经具有了之后《弑父》的一些主题意味。可以说，早期的曾维浩小说尚处于艺术磨炼阶段，但作者对民族文化和文明形态的关注，以及由此而来的形而上哲思，在此期的多数作品中都有程度不一的显现。曾维浩的小说艺术之路，正在向更远更深处延伸。

二、高蹈的艺术探索

真正给曾维浩带来文学声誉的，是长篇小说《弑父》。

1998年，曾维浩写了八年的《弑父》面世，得到主流评论界的颇多赞誉。在《一个公民的成长笔记》中，曾维浩较为详尽地记述了当时的情形[①]。这一年的8月，《小说选刊》《花城》和珠海市作家协会在北京专门为《弑父》召开了研讨会。这是珠海的作家作品首次在京举办研讨会，标志着曾维浩成为具有全国影响的小说家。柳萌、冯立三、白烨、李敬泽、施战军、孟繁华、贺绍俊、何振邦、李洁非、戴锦华、兴安、李师东、关正文、崔艾真、吉狄马加、邱华栋、徐坤、李冯、杨创基等与会的评论家、作家们认为：曾维浩历时八年创作的《弑父》“以自由奔放、新颖奇特的想象和夸张、变形等手法，完成了对另一个世界的全面虚构，表达了乐园与失乐园的宏大主题”。作品是“站在九十年代的人类立场，从生命史的角度所做的重建宏大叙事的努力”，是“‘乌托邦的心灵史’‘神奇的生命大寓言’，是九十年代众多长篇小说中不可多得的‘奇书’”。[②] 这样的肯定和称赞，在20多年前的中国文坛上并不过誉。《北京文学》还专门编印《弑父》“梗概”予以推介，显见小说在当时的

---

① 曾维浩：《一个公民的成长笔记》，中国言实出版社2021年版，第367—374页。

② 正则：《曾维浩长篇小说〈弑父〉引起文学界关注》，载《花城》1998年第5期，第165页。

影响之大。现节引“梗概”如下：

介是雒洛城一位时装设计师的儿子。介八岁时，父亲为了满足他了解生命来源的要求，……立下遗嘱，自己的尸体可以由介解剖，以探索生命的奥秘。当介后来解剖父亲的遗体时，雒洛城的人们却被他的叛逆行为激怒了，纷纷要求杀死他。介为了逃避追杀，就跑到原始荒蛮的部落——肯寨，也带去了现代文明，并被肯寨的女人们尤其是美丽不老的女头人枇杷娘接纳，生下不少孩子，因为介想用这种办法来改造肯寨人的素质。同时，介还勤勉地带领肯寨人建造现代房屋，和东方吉堂一起修建水库，在简陋的条件下为云根子的老婆施行切盲肠手术……但介逐渐对肯寨人的愚昧感到愤怒和绝望，最终还是离开了肯寨。

三年后，肯寨遭遇灭顶洪灾。枇杷娘认为灾难是介带来的，因为他改变了肯寨的传统。于是她就率领整个部落清除和介有关的所有现代文明痕迹，企望以返璞归真来拯救部落，并发誓杀死介。枇杷娘让介与自己生下的儿子东方玉如去追杀介。只有东方吉堂想念着介，为了挽救肯寨，他试图重新创造一次被毁坏的现代文明，结果被枇杷娘扔进沼泽里，变成一棵树活在山林中。

菩垣子这个小镇是现代城市雒洛城的附属地。为证明自己的地位，菩垣子政府拼命开掘文物。农业技术员在报纸上撰文说，用墓穴里的文明和辉煌证明自己是一种不自信的表现，便遭到镇压和拘捕。后因肯寨水灾飘流出来的散碎物品而被释放，受命离家寻找肯寨进行科学考察。

东方玉如在寻杀介的过程中，宿命般地将雒洛城的敌人错当成介杀死，依当地约法成为雒洛城的行政长官，得到全城人的无限拥戴。在权力的陶醉中，他忘记了自己弑父的使命。

枇杷娘为了找到破解介的符咒的新办法，带领部众把介的追随者东方吉堂从沼泽里请出来，把头人的权力交给了他。东方吉堂毁掉肯寨，带领大家远徙以寻找新的栖息地。只有蓝寡妇练习吐丝作茧的功夫，在迁徙途中变成了一只大鸟，与一只秃鹫相恋。

枇杷娘和东方吉堂云雨之后日益苍老，她怀疑东方吉堂是和介串通好到某地相会，便通过一片树叶传信给东方玉如，让他继续追杀自己未曾见面的父亲介。于是，东方玉如以穿铜纽扣服装为诱饵来寻找介，雒洛城时常有人失踪。

其实介没能回到雒洛城，他逃到一位退隐于大林莽中的老将军那里。将军总是设想用自己驯养的一群鸟和雒洛城的敌人作战，蓝寡妇和秃鹫也混迹群鸟中。她给枇杷娘通风报信，肯寨的人便来捉拿介。老将军不愿受辱，拉着介的手跳下悬崖。介的尸体马上风干为石头，就像他一直带在身边的父亲的心脏一样。东方吉堂告诉肯寨部众，哀恸已无意义，介的出现证明这个林莽就是我们要找的地方。

农业技术员找到已成废墟的肯寨后，没有回到菩垣子，而是错误地抵达了雒洛城。在博物馆展厅里，他看见时装设计师和环绕着的十几个漂亮女人的尸体，想起自己发明的圣墓教教义中的词句："我们一生下来就在寻找墓地。墓地是我们唯一的归宿……"他发现雒洛城"叶脉形的街道上卧满了碳化的尸体"，他们"全都以行进的姿态朝着同一个方向"。①

"梗概"显现的《弑父》故事清晰、人物鲜明、线索清楚，原作里的人与事却远非这样简单明了。在《弑父》中，叙事时空纵横交错，叙事语言繁复绵密。由于情节设置缺少现实生活的支撑，全篇的人物事件都基于远离实际事物本身的想象，故而形成了小说整体上的寓言化效果与象征意味。如曾维浩自己所言：写作《弑父》的过程是一场"想象的狂欢"②。"以丰沛的想象力关注人类文明的尴尬，质疑科学的伦理边界，探寻回归人类家园之路，大抵是写作的初衷。"③ 借此，我们今天再回头看，"站在九十年代的人类立场"应该是解读《弑父》的有效角度。因为，"九十年代"是曾维浩创作这部小说的时代坐标，"人类立场"是他对"文明"所形成的情感关注和思想认知的书写姿态。"九十年代的人类立场"成为《弑父》主题表达的时代坐标和精神基石。

具体地说，在中华民族的发展进程中，20 世纪 90 年代所喻示的社会学意义、经济学意义、文化学意义等，既丰富又非凡。经过 1978 年以后

---

① 节引自《弑父》（梗概），载《北京文学》1998 年第 11 期，第 65 页。

② 转引自程青《98 长篇小说力作集中叙事成熟》，载《瞭望新闻周刊》1999 年第 15 期，第 49 页。

③ 曾维浩：《一个公民的成长笔记》，中国言实出版社 2021 年版。

十几年的精神铺垫与物质准备，社会主义市场经济体制在古老的中国大地上全面而迅捷地铺展开来。面对时代发展大势，中国人固有的生存观念、道德标准、生活方式和文化视野，猛然之间发生了前所未有的松动和转变。一方面，国家凭借“改革开放”，顺时应势地开始了艰难而必然的社会转型，即从农业文明的“田园牧歌”向工业化的现代城市交响乐过渡。另一方面，这是中华民族几千年来真正地与世界发生联系。如果说 1840 年的国门洞开是一种被动和被迫的联系，那么 1978 年之后的中国则是主动地拥抱世界，以求进入“地球村”的阵列。这个时候，得风气之先的当代中国知识分子因“春江水暖”，得以从“民族立场”站到更高的“人类立场”，来感受、思考和表现中华民族的现状与未来。在日渐真切发生的“与国际接轨”，对于 20 世纪八九十年代的中国作家而言，不仅提供了西方文学理念与技术等新鲜丰富的写作资源，而且开启了感知、探索人类生存所面对的共同境遇的写作路径。1987 年曾维浩调到珠海工作后，能够切实感受和把握到改革开放前沿发生的一切新变化。所以，在“九十年代”的中国文学“众声喧哗”之际，曾维浩才能绕开内地“私人化写作”的热潮，开始执着于“发现更多更深刻的人类弱点”，进而“关注整个人类处境”①，因此才有了《弑父》，并形成轰动效应。而在此之前，当代文坛还没有出现过类似《弑父》这样的“奇书”。

按照曾维浩所说，《弑父》预设的主题是“关注人类文明的尴尬，质疑科学的伦理边界，探寻回归人类家园之路”。小说中，基于“关注”的“质疑”通贯始终，“探寻”的结果却如扉页上的“题记”所言：所有的人类建筑都是墓碑，所有的文字都是墓志铭。即关于人类文明，内蕴于《弑父》里作者的情感态度是否定的。所以，农业技术员在小说的结尾看到了卧满街道的碳化尸体。

《弑父》没有给出故事发生的时代背景，因而也就无法与人类历史或现实的某一阶段、某个环节对应起来。从蛮荒古老的肯寨到现代先进的雒洛城，小说里显现的生活形态似乎纵跨了两千年，或者是由介对生的发问“我是从哪里来的”到生命死亡的过程。在这样寥廓邈远的时空里奔波劳作、生生死死，就使得介、东方玉如、枇杷娘、菩垣子、东方吉

① 张钧：《以小说的方式关注人类境遇——曾维浩访谈录》，见《小说的立场——新生代作家访谈录》，广西师范大学出版社 2002 年版，第 519—528 页。

堂、蓝寡妇等人物，都带有某种观念象征体的意味。

介是小说的主人公，他为探究生命的起源而解剖父亲的尸体，在雒洛城人的误解和巨大的压力下开始逃亡，到肯寨又不堪其愚昧而出走，回不了雒洛城而进入大林莽，最后死于非命。介的反叛—逃离—死亡是贯穿小说始终的线索。如果说介是主动“弑父”的话，那么来自肯寨的介的儿子东方玉如却是被动的真正“弑父”者。介最后居于丛林，渴望回家的东方玉如却留在了雒洛城；介回不到城市，东方玉如回不去肯寨。父子二人都回不了“家”，成为漂泊“在路上”的流浪者的形象隐喻。介试图把雒洛城（象征着文明与科学）和肯寨（象征着愚昧与落后）结合在一起，但迎来的是毁灭一切的洪水而非幸福的生活，因而肯寨人不能居留于既有家园，新的栖居地也难以觅寻。不管肯寨的头人枇杷娘和介的拥戴者东方吉堂有多少冲突，寻找新家是两个人共同的心愿。离开家园后回不去的还有菩垣子的农业技术员。作为小说里最具“正面形象”色彩的思想者，农业技术员受命寻找“绵竹纸上的现代文明”，却始终穿行在墓地与废墟之间。他来到肯寨时见到的是废墟，返回菩垣子的途中却阴间差阳错地抵达雒洛城。在城市的废墟中，他发现“我们一生下来就在寻找墓地，墓地是我们的唯一归宿”。

曾维浩还为小说设置了几个具有象征意义的人物活动环境。雒洛城是现代文明之城，肯寨是荒蛮愚昧之地，菩垣子发展的目标是雒洛城。大林莽或许可以成为人类新的居留处所，前景却难以预料。此外，还有表现隐喻或象征意义的物品，如铜纽扣、指北针、水库大坝残基、石头上的凹凸文字等，这是人类文明发展进程中的标记。曾维浩以此“建造”起一座关于人类文明过去、现在和未来的象征式大厦，以警示现实中的人们。所以，《弑父》的主题无论怎么概括，大体都可以围绕“丧失家园”的指向来思考。而丧失家园的原因在于，人类文明的发展与进步并没有给我们带来真正的福祉，城市只是“人类充满垃圾的驿站”，我们在发达的文明和科学里越来越茫然失措。曾维浩是在提醒读者：注意看吧，这就是我们这些现代人的生存困境，这就是人类科技文明的尴尬和结局。

可以说，《弑父》的确以深切的理性思索和独特的艺术想象力写出了现代文明发展的尴尬和困境。在当代中国 20 世纪 90 年代的文化语境中，能对人类社会发展的前景产生这样的质询和焦灼感，充分显示出曾维浩对于现代文明思考的深刻性与前瞻性。但《弑父》这座不断象征和处处隐喻的文学大厦，由于只有概念化的人物行动和环境的演绎，而缺少丰富的合乎事理逻辑与情感逻辑的生活细节表现，不免显得空疏泛化。

然而，不能否认的是，曾维浩在《弑父》中充分展示了自己的艺术才能。除了畅达、圆润、充满张力的叙事语言，小说结构的繁复和想象的恣肆也是值得赞叹的。《弑父》设置了四条人物行动的线索：介不断“逃离”的行动、东方玉如在雒洛城的行动、枇杷娘消除介的“符咒”的行动、菩垣子的农业技术员寻找肯寨的行动，它们纵横交错地编织成《弑父》繁复的结构之网。小说全篇共二十章，每一章里都有两条以上的人物行动线索交互并行，体现出曾维浩驾驭长篇小说文体形式的非凡能力。但这种复杂结构的另一种效果也比较显然，那就是需要读者在持续索解各种象征或隐喻意义的同时，还必须顾及上下文的接驳与赓续。无疑，抽象理念和繁复线索的多重融合，可能会让不少读者甚至是一部分专家与批评家，在《弑父》面前望而却步。

曾维浩在《弑父》中还展示了超常的想象力。他在小说里的想象总是越过生活常态，表现得丰沛无比，因恣肆无忌而纵横捭阖，也造成了一般读者的接受障碍。例如在第九章里，东方玉如要在雒洛城博物馆陈列自己的“影子”，博物馆馆长和考古学家对此束手无策。东方玉如运来一麻袋青苔，在展柜里铺开来“影子”就出现了。之后东方玉如几次来到自己的“影子”这里吸取能量，颇具“玄幻”色彩。值得注意的是，曾维浩以想象构筑的意象并非出现一次就消失，而是还承担着联结情节结构的功能，就像“影子”。在第三章，东方吉堂被枇杷娘扔进沼泽中的泥淖长成一棵树，到了第十三章又被拔出来成为肯寨的新头人；在第十六章，枇杷娘开始冬眠，到第十八章通过东方吉堂的“抚爱”而醒来，其中既具想象的奇特，也显现出些许随意性。

再如在第十九章里，曾维浩这样写道：

枇杷娘离开东方吉堂，独自走向水潭。边走边说，我不知这些水要流到哪儿去，不过，我得放漂一片有信息的叶子，这片叶子也许有一天会漂到东方玉如所在的城市，他要在那片叶子上找到新肯寨的路线，等他想回来的时候，他就能找得到回来的路。她一边说一边测试着水流的方向和速度。一段时间里，枇杷娘认真地在森林里寻找合适的叶子。这样的叶子要脉络分明，纤维缜密。①

曾维浩接着就写：

东方玉如是在沙滩边发现枇杷娘所放漂的这片叶子的。这片叶子经历了时光与路途的磨损，已缺了一角，叶子上沾满了肮脏的泡沫，可是它独自漂到一个儿童的脚窝里。东方玉如是因为注意到那个儿童的脚窝才注意到这片叶子的。他想潮水再一上来，这个脚窝就会被轻轻地抹平，那么这个儿童还会找到他的脚印吗？东方玉如以为这是儿童留下的一枚贝壳，当他拾起来发现是片叶子时马上获得了一种灵感：这是一片特别的叶子。我将在这片叶子上查找肯寨的路线。东方玉如悄悄地把这片叶子捡回去，用鼻子仔细地嗅着叶子上残存的森林的芳香，一种久违的情绪怦然而动。这一定是枇杷娘放漂下来的叶子！这一定是枇杷娘放漂下来的叶子！②

如此近似荒诞的超现实想象的描述，必然会给习惯于常情常理的读者的感知带来挑战。因为这种想象的隐喻意义虽然可以界定，却违背了基本的事理逻辑和生活常识。《弑父》结尾，农业技术员误入已成废墟的雒洛城，“他惊奇地发现整个城市居然是一片树叶的形状，那些清晰可辨的街道组成了叶脉”。“他发现叶脉形的街道上卧满了碳化的尸体，有些还发出碳晶体断裂的清脆声音。人们全都以行进的姿态朝着同一个方向！”由树叶传递信息，到城市成为一片树叶的形状，直至在《离骚》里把树叶当作吴天成爱恋王一花的道具，曾维浩也许会为类似树叶的诸般想象欢愉、陶醉，并乐此不疲。

---

① 曾维浩：《弑父》，中国言实出版社2016年版，第215页。

② 曾维浩：《弑父》，中国言实出版社2016年版，第216页。

当然，局部的缺欠远远不足以否定《弑父》[1]。事实上，《弑父》对人类文明的尴尬和困境所进行的理性探索，关涉人类学、社会学、哲学、文化学等诸多学科需要面对的共同课题。20 世纪 90 年代以来，相关的西方理论著述和艺术作品的译介引进，以及中国社会现代化进程的加快，促成了人们对此问题越来越深入的学理性研讨。而从文学层面对此做出个性化的形象演绎的是曾维浩，他用力最勤、用心最深，也最有效果和影响。评论家李敬泽曾高度评价了《弑父》小说的艺术成就，认为它是一部“乌托邦的心灵史”：

> 作家面对着人类生活中迷宫般的欲望、情感、立场、信念，需要强劲的腕力才能使这一切化为形式。《弑父》做到了这一点，它将精神和境遇的纷杂轨迹编织起来，以丰富的奇想使每一条轨迹生动茂盛，最终达到整体的宽阔、繁复、充实……[2]

彼时，《弑父》因高蹈的艺术探索而得到广泛赞誉，这既在情理之中，也名实相符。此外，这也表明了转变广大读者“单一向度”审美习惯[3]的难度和必要性。

实际上，《弑父》的寓言式状貌和品性，从之前的《陀儿与沙儿》

---

① 1999 年春，《南方文坛》同期刊载了两篇关于《弑父》的青年评论家文章，一篇是冷静批评，另一篇是热烈赞赏，反映当时这部小说引发的巨大关注和争议。谢有顺在《集体话语的限度》中认为，《弑父》以脱离生活实际的想象为写作手段，建立起一个寓言和象征的观念世界。小说的主题指向呈现为一种二元对立的状态：站在现代文明的立场上反对落后愚昧的农业文明，同时站在代表自然和谐的农业文明的立场上反对平庸堕落的现代文明，最后的归宿都是坟墓。因为远离生活和常识，缺少个体经验的真实表达，所以作品是泛化的观念性写作。施战军在《〈弑父〉论》中认为，《弑父》是人类生存悲欢情仇的墓志铭。小说用纸和笔营构起一座全景式的博物馆，其中有关于人、关于人的处境、关于文明的遗落、关于自然与人的共生四大序列馆藏品。它形象又严肃地喻示人们，自诞生之日起，人类就把所居处的星球逐渐变成自己的墓地，而这座博物馆就是人类的墓碑。瑰丽炫目的想象力和情境铺排，使作品具有魏晋南北朝时期“志怪”小说的文体神韵。二文内容可详见《南方文坛》1999 年第 2 期，第 33—37 页。还有曾维浩的随笔《边缘与处境》（《南方文坛》1999 年第 2 期，第 32 页），谈的是文学关注人类共同处境的问题。

② 李敬泽：《乌托邦的心灵史——评曾维浩的长篇小说〈弑父〉》，见《弑父》，中国言实出版社 2016 年版，第 1—3 页。

③ 张钧：《以小说的方式关注人类境遇——曾维浩访谈录》，见《小说的立场——新生代作家访谈录》，广西师范大学出版社 2002 年版，第 525 页

《凉快》中已见端倪，之后又有延续。只不过这时候的寓言化表达，已经有了具体生活情境的依托，譬如《怀念一棵树》。古士原及其父亲古老板、翠谷、年轻画家是《怀念一棵树》中的基本人物。在烟火气十足的20世纪90年代的生存现实里，四个人各自做着不同的两件事。名牌大学自费专科生古士原，因为植物名称的问题与老师争执愤而退学，他唯一要能的是怀念那棵业已消失的荔枝树；古老板和功利世俗的翠谷、年轻画家要做的，是筹划建造想象中矗立于茫茫戈壁上的西部赌城。于是，一棵树和西部赌城就成为小说中人物的行动目标。曾经存在的树连接着过去，而虚幻的西部赌城象征着未来，最让人难以忍受的是“现在”：没有人能理解古士原对那棵树的怀念，就像古士原不能理解父亲古老板、翠谷、画家三人的西部赌城一样。精明而偏执的古老板、聪慧而利欲熏心的翠谷、执着而愚蠢的画家因想象中的赌城达成默契后，古士原开始逃离“现在”，走向未来。

小别墅的火灾是在一个初秋的日子发生的。那时电视里一直出现黄色火警信号。人们老是想，都说这个天气风高物燥，是容易起火的日子，干吗就老不起火呢？想着想着，果然就起火了。宣传防火的部门就非常高兴：要你们注意防火没错吧？有人不注意可不就起火了？

古老板和那个叫翠谷的女孩及年轻画家成了这一场火灾里的冤鬼，这是人们难以置信的。惟一可以调查的是古老板的儿子古士原。可是他于火灾后失踪了。

据说有人看见他背着几卷画，走在去西域的路上。①

曾维浩在此调侃了几句“现实情境”后，似乎要以这样的结尾告诉读者：“现实”被消灭了！不但那棵树没有了，连“现实”也没有了，有的只是未来。可未来只是那座想象中的虚幻的西部赌城吗？不论怎样，到了未来才能知道。所以，古士原可能已经走在去未来的路上。至此，曾维浩也就完成了真正的“弑父”。

---

① 曾维浩：《怀念一棵树》，载《青年文学》2001年第5期，第24页。

三、大地上的歌谣

总体上看，20 世纪和 21 世纪之交作为时间上的一个转捩点，可以把曾维浩小说分为两个阶段，两个阶段的代表作品分别是《弑父》和《离骚》。在前一阶段中，曾维浩先以故乡岩头江畔的人与事写传统的生存状态，再以新兴的特区城市现状写现代的生存状态，最后以象征和寓言的方式写人类整体的生存状态。近 20 年的创作时间里，曾维浩小说对人类生存境遇的持续关注由实就虚，在愈来愈圆熟的艺术笔墨中，表达出来的主题指向基本上是揭露式的愤懑与否定。《弑父》之后，曾维浩主动转变了创作方向①，由虚向实，写作姿态从凌空高蹈回到现实大地，小说情调开始由激愤向柔和过渡，小说风格亦从冷硬向暖软转变，小说的主题指向也越来越多地倾力于悲悯与肯定。曾维浩小说创作就此进入第二阶段。

收入《都市雕塑》里的短篇小说《曼陀罗之夜》和《枪毙》，是转型阶段的代表性作品。《曼陀罗之夜》中的夫妻，在没有结婚证之类的各种物质和精神的限制或禁锢之后，反而获得了前所未有的身体释放与生命欢愉。与《弑父》的否定式主题不同，小说突出的是对某种非传统的生存状态和情态的肯定，多了一种象征和隐喻的意味。《枪毙》包括两个小短篇。其一，在《红纱卡》里，13 岁的苗栗子在县城看见同村的苗鱼生因为失手杀人而被押去枪毙。临死时苗鱼生唱起了山歌《红纱卡》，县城围观的人为他鼓掌欢呼。苗栗子不知道苗鱼生要被枪毙，以为县城人都喜欢苗鱼生，很羡慕。回村后，苗栗子“仍然想那一城人的欢喜”，不由得也唱起了《红纱卡》。小说充满了原始的生命力，质朴、健康，值得

---

① 青年评论家张钧（1958—1999）问：“你在一篇名为《告别想象的狂欢》的短文里说你将告别《弑父》，那么你的下一部小说将是一部什么样的小说？写作的风格将会又一次改变吗？”曾维浩回答：“打算写一部关于性别寓言的小说，风格大抵不会有太大的改变，但有些东西真是不知道，写出来是个什么样子才能算个什么样子。”（见《以小说的方式关注人类境遇——曾维浩访谈录》，《小说的立场——新生代作家访谈录》，广西师范大学出版社 2002 年版，第 528 页）事实上，相较《弑父》，后来的《离骚》有很大的改变。

赞美。其二，《奇穴或法绳》写监狱里两个翌日要被枪毙的死刑犯的对话。22 岁的年轻人因为喜欢嫂子而杀死了好赌的哥哥，他非常怕死；42 岁的中年人爱上一个女人便听她的话杀死了她的老公，他不怕死。中年人用气功点穴杀死了难过且怕死的年轻人，帮他避开了对死的恐惧。中年人被枪毙后，“有个女人捡去法绳，却没挂到椽条上辟邪，而是脖子套进去上了吊”[①]。爱的痴迷和执着，跃然纸上。

到了 2002 年的中篇小说《了难人之死》，曾维浩对人类生存处境的持续关注越来越具体可感，情感态度也越来越温煦和悲悯，开始表现出不同于第一阶段的肯定性的导引或指引。小说中，彭运才和刘月珍这对农村夫妻刚到城里打工时还比较满足，在刘月珍经历了被耍流氓事件和丈夫帮同乡叶麻子了了一次难后，精明的刘月珍开始不满足了，想出“诱引勒索”的主意。得手一次后，却遭到丈夫的断然拒绝。她就开导丈夫主动去替人了难，在“斯文人”有“难”时，彭运才了难成功，得到 5000 元的酬劳。叶麻子闻讯后找上门来，要彭运才管一条街了难的事。为了攒够回农村盖房子的钱，他答应了。其间，彭运才受到“江西女子”的欺骗染上毒瘾，最后按叶麻子的安排杀了这个女人。杀了人后的彭运才没有逃跑，决定等着警察来抓他去枪毙。刘月珍支持丈夫的决定，并要为他怀一个孩子。小说结尾写道：

> 了难人彭运才被枪毙的那天，刘月珍感到肚子里的孩子开始蹬腿了。刘月珍看到第二天的报纸，知道了彭运才的忌日后就揣着那个存折上了路。一路上，刘月珍产生了一种很奇怪的感觉，她觉得彭运才已经被自己变成了一个小人儿装进了肚子里。她全身心地保护着他回家。她要在村子里修一层楼的房子，房子里贴上有花纹的瓷地板，让他过上幸福生活！[②]

曾维浩在小说里写了不少带有幽默感的细节，如刘月珍在下夜班的路上抓流氓等。但曾维浩蕴含在小说叙事中的主题则是严肃的。彭运才

---

① 法绳就是捆绑在被枪毙人身上的绳子。《奇穴或法绳》里写到了可以捡法绳回去挂在椽头辟邪。见《都市雕塑》（珠海出版社 1998 年版）第 369—370 页。

② 曾维浩：《了难人之死》，载《红岩》2002 年第 4 期。

本真的良善与到城里打工后所起的贪欲的冲突，让他的生活失去了平衡和泰然，尽管他很注意克制自己的欲望。而彭运才夫妻的“欲望”，只是要在家里盖一座新房。为了这个质朴的“欲望”，他最终丢掉了生命。除小说表层显著的现实批判倾向以外，曾维浩在冷静的悲悯中表达了对人生和生命的温暖的肯定。彭运才死去的那一天，妻子刘月珍怀着他的新生命走在回家的路上。即使新房子不一定是幸福生活本身，但那也是新生活的希望所在。

潘吉光曾评价说：“曾维浩的审美意识似较倾向于世界、生命原生态、美丑交融的艺术表现”，他的“小说既是对现实生存处境的呈现，又表述出对生存处境的价值评判”。[①] 这样的评价虽然是针对《弑父》之前的小说得出的，但同样适用于曾维浩后来的作品。而且，曾维浩在“呈现”人的“现实生存处境”的同时，对生命与生存的具有导引性质的“价值评判”，也愈发显明和倾向于肯定。正如我们不能一味指责彭运才，我们同样不能仅以同情的眼光去看待国一果。

国一果是短篇小说《米嫖》中的人物。小说讲述的故事并不复杂，只发生在国一果和莳一萍两人之间。当过兵的38岁的进城务工人员国一果打算从公司食堂偷30公斤大米给老乡莳一萍。国一果受昔日战友之托去看莳一萍时，才得知战友的这个堂妹并不在电子厂跑业务，而是做了一名“小姐”。莳一萍对自己所做的一切很坦然，甚至“做生意”时都不回避国一果。这就让国一果从不理解到纠结再到也想和莳一萍睡一觉。苦于没钱，国一果就想到以30公斤大米充抵嫖资。当国一果背着大米来到莳一萍的租住房，欲强行“交易”时，食堂管理员老郭带着三个警察也到了。因为国一果一段时间来的反常举止，让老郭警惕了起来。故事的看点在于以大米抵嫖资的“米嫖”，内蕴的却是国一果心理上的矛盾冲突过程。

国一果刚知道莳一萍做什么时很吃惊，在第二次见面听到“五十、一百也做”时就产生了“跟莳一萍睡一觉”的想法，待到莳一萍不回避他和小民工“做生意”时，国一果坚定了“睡一觉”的主意，于是他开始设法偷嫖资——大米，为此他心里忐忑不安。莳一萍正好与他相反，

① 潘吉光：《个体生命与民族根性——评曾维浩小说集〈凉快〉》，载《小说评论》1998年第3期，第91—92页。

她对自己所做的一切都很坦然，不答应国一果的睡觉要求是为他着想和负责。而这在国一果那里，却被误解为是因为自己没有钱。两个小人物不能或无法顺畅地沟通，促成小说最后一幕的出现：在警察面前，国一果跳河自杀未遂，羞愧得一塌糊涂："丑死了，我丑死了！我不能活的了！"老郭劝道："丑归是丑，活总是要活下去的！"一个警察也重复说："丑归是丑，活总是要活下去的！"

是的，活总是要活下去的，问题在于，读者应该怎样看待活着过程中的"丑"。在这个可能源自真实事件[①]的"米嫖"故事里，曾维浩只是冷静客观且略带幽默地讲述，并未表明自己的价值判断。但字里行间，曾维浩不动声色地向读者传递一种理解与同情，体现的是对普通人生存境遇的温煦关注。

在2007年的短篇小说《苹果落地》中，曾维浩依然在冷静沉稳的叙事中表达了悲悯和温煦，犹如冬日里的暖阳。小说写的是一个用时36年的杀人事件。木耳村的丁香在36岁那年的夏天去集体的苹果园里打猪草，捡到一个落在地上的苹果就啃了几口。丁香不会摘树上的苹果，摘了就等于偷。可就在丁香啃那个苹果时，却听到了守林人林锡的咳嗽声。参加过抗美援朝的退伍军人林锡，总是用咳嗽声表示自己的存在。林锡判定丁香偷吃了集体的苹果，以挨批斗为由威胁强奸了丁香。在第三次被要挟后，丁香把事情的原委告诉了丈夫杨一玺。丁香原本想自己弄死林锡，却没有成功。林锡对她说："你回去告诉杨一玺，让他来把我弄死。我搞了他的女人，他应该弄死我！"杨一玺就在一天晚上点着了林锡睡觉的草棚，林锡却逃了出来并被评为先进分子。杨一玺路上遇见林锡时对他说："我还是要弄死你。"此后，杨一玺和丁香开始有了明确的生活目标：弄死林锡。他们为此精心调理身体，他们设计构想了林锡的多种死法，甚至当面问林锡想怎么死。林锡回答说怎么死都可以，但要等孩子大了丁香没有负担了再弄死他。好日子终于来了，可这时林锡已经83岁，杨一玺也有79岁，丁香72岁。再不弄死林锡，他也会因为年龄大了而死去。于是杨一玺约林锡来家里喝酒，用栗木拐杖打死了坦然受死的林锡。杨一玺和丁香两个古稀老人平静地守着林锡的尸体，等着警

---

① 见《淫窝老板竟许诺：背百斤米嫖一次娼》（《新闻晚报》），载新浪网 http：//news. sina. com. cn/s/2002-06-04/1422595692. html，2002年6月4日。

察来。丁香为丈夫实现誓约而骄傲，而杨一玺则认为，林锡一直爱着丁香。

这是一个有生活依托却又超越生活常理的故事。如果说林锡最初胁迫丁香让人痛恨的话，那么36年后坦然受死的林锡给读者的感觉却要复杂得多。在丁香这一边，夫妻二人对是否弄死林锡也曾犹疑过，因为几十年过去，仇恨越来越淡了。但他们要守住的是一个半生以来的誓约，林锡则是实现誓约的对象。双方都清楚自己在这个誓约里的位置，所以林锡坦然，杨一玺和丁香决然。曾维浩用近乎冷漠的叙事方式，向读者预示现实生存境遇里的某种矛盾与尴尬，以及蕴含其中的必然选择。这已经不是传统现实主义小说的创作主题，而是更接近于整体性的现代寓言或象征。但现实感充分的情节设置和细节描述，又使得小说叙事充满了温煦和悲悯的诗意情怀，犹如一首哀婉的人生歌谣，由此形成作品低回曼妙的艺术品质。因而，《苹果落地》可视为曾维浩短篇小说的代表作。

但曾维浩文学写作的雄心还是寄托在长篇小说上。1998 年，《弑父》得到的业界声誉让曾维浩不断被各类文学报刊采访并约写“创作谈”。他后来回忆说：那时“小小的虚荣心不断上升，写作的热情还在”，就“计划写下一部长篇探讨‘身体的妥协’”[①]。

抛开各种具体的生活情境，就一般意义而言，所谓“身体的妥协”是指破除理性禁制，进而服从感性诉求的人类行为。以小说表现“身体的妥协”，即所谓的身体叙事。毋庸置疑，社会发展与时代变迁对任何个体的生存观念、生活方式等的规约都是巨大的。随之而来的，是人文氛围对作家的创作追求和审美旨归的无形影响。1979 年年底，《作品》第 11 期和《花城》第 6 期因封面刊印张志新裸体塑像《猛士》[②] 而招致众多批评，随即引发了一场感性解放运动。1990 年后，“身体”开始大面积地出现在彼时的中国文学批评中。作为一个美学事件，这一方面源自西方相关理论的译介和再发现，另一方面也与具体的文学创作实践有关。前者有南帆、刘小枫等专家学者的理论阐释[③]，后者有陈染、林白等女作

---

① 曾维浩：《一个公民的成长笔记》，中国言实出版社 2021 年版，第 377 页。

② 系广东著名雕塑家唐大禧 1979 年的作品，作品雕刻了裸体的张志新骑在奔驰的骏马上弯弓向天的形象。《猛士》是新中国成立后第一座展现女性裸体形象的雕塑。

③ 可参看南帆的《文学的维度》（上海三联书店 1998 年版）、《叩问感觉》（东方出版中心 1999 年版），刘小枫的《现代性社会理论绪论》（上海三联书店 1998 年版）等理论著述。

家的“个人化写作”[①]，以及沈浩波、尹丽川等人的“下半身诗歌”[②] 等。沈浩波强调说：“我们的身体在很大程度上已经被传统、文化、知识等外在之物异化了，污染了，它已经不纯粹了。太多的人他们没有肉体，只有一具绵软的文化躯体，他们没有作为动物性存在的下半身，只有一具可怜的叫做‘人’的东西的上半身。”“诗歌从肉体开始，到肉体为止。”[③] 20多年过去，今天的读者对“身体”的感受与认识，已经用不着像沈浩波那样痛心疾首和声嘶力竭了，因为对“身体”的认知正在成为公共常识的一部分，“身体”的相关内容是我们作为人不能也无法忽视和缺失的有机构成，是生存的物质与精神要素之一。但作为艺术的身体叙事，衡量其优劣的尺度应该是基于强劲的文学才能与健康的伦理规约，表现人情人性的深度和广度。

2008年10月，曾维浩在《花城》上发表了长篇小说《离骚》。乍看起来，这似乎是一部写身体及身体欲望的形而下之作。未几，果然出现了质疑和否定的声音，有人认为《离骚》是一部“肉气哄哄”的长篇小说。“作者对于女性的身体似乎有着无比浓烈的兴趣，动不动就来一段赏玩式的叙写，或者发一通自以为是的议论。为了充分展现作者从理论到实践的丰厚学识，小说津津乐道于各种男女之事还有女女之事，对其饶有兴味的描写俯拾皆是，每隔几页肯定会有一场‘床上戏’如约而至，强暴戏、勾引戏应有尽有，整部《离骚》仿佛一部三级片的剧本。”“抛开历史、爱情都不谈，即便单纯说身体叙事，《离骚》也远远不及《金瓶梅》那样圆熟自然，更多地只能让人想起明清之际末世文人的那些三流艳情小说。”[④] 曾维浩有可能对《离骚》不是很自信，但小说也绝非否定者所得出的结论——认为只盯住“身体”而不及其余那样不堪。

“弑父”是个来自西方文化并带有形而上思辨色彩的语词。与之相比，“离骚”显然是一种纯粹民族化的表达。战国时期屈原写的《离骚》，是一首有关国家政治与个人遭遇的抒情诗，虽然没有太多人读得懂。按

---

① 可参看陈染的长篇小说《私人生活》（作家出版社1996年版）、林白的长篇小说《一个人的战争》（内蒙古人民出版社1996年版）。

② 可参看沈浩波的《一把好乳》、尹丽川的《情人》等诗作。

③ 沈浩波：《下半身写作及反对上半身》，见杨克主编《2000中国新诗年鉴》，广州出版社2001年版，第544—547页。

④ 刘纯：《看〈花城〉》，载《中文自学指导》2009年第1期，第74—75页。

司马迁在《史记·屈原贾生列传》中的解释：“离骚者，犹离忧也……屈平之作《离骚》，盖自怨生也。”离骚，在此就是遭受忧患的意思。这个词语在中国具有深厚悠久的历史意蕴，曾维浩用它做小说题目的具体用意，起码带有遭受忧患之情的意蕴。可能正是因为这一点，吴天成与王一花半个多世纪的情感故事才被曾维浩以“离骚”命名。如小说《题记》[①] 所写：“离便是骚，骚便是离；不离不骚，不骚不离。”应该是指忧而生情，情中有忧，忧情互融，难分彼此。

从内容层面看，曾维浩在《离骚》中主要写的是情感。小说以吴天成对王一花“虽九死其犹未悔”[②] 的倾心爱恋为主线，穿过 50 多年的历史尘埃，真实而形象地展示了人性的丰饶和温润，以及人对爱情的坚执不悔。其中，主人公王一花在前所未有的历史变局中所遭遇的坎坷、苦痛及温暖的生活结局，也为我们验证了一种宽厚的人生哲学的存在价值与可能性。

小说中，王一花多灾多难的一生可以分为五个阶段。

第一阶段：王一花 15 岁时，正值抗日战争后期，哥哥在常德保卫战中牺牲，父亲也因病而亡，母亲自杀。成了孤儿的王一花只好在表姨家生活。“抗战”胜利后，她被马团长看中并强娶为四姨太，但她并不快乐。之后王一花认识了李一和，这个担负着策反马团长任务的中共地下党，却因一张酷肖王一花而实为自己死去的妻子的裸体画被马团长误解。为此李一和被马团长抓进监狱而失势，王一花也被卖到长沙的妓院。党组织分别救出了李一和与王一花。为躲避马团长，王一花跟随李一和来到他的家乡都梁[③]。她要嫁给李一和，李一和说自己已是废人，不能娶她。恰好都梁的大地主龙玉看中了王一花，李一和劝王一花嫁给龙玉，龙玉为此资助了湘南特纵队一批枪支弹药。王一花成了龙玉的五姨太。

第二阶段：都梁解放了。李一和放走了龙玉。在香椿园里，龙玉的大太太自杀，三姨太逃跑，四姨太云凡重回云雾寺做尼姑，王一花无处可去。王一花是在挨批斗时被台下的乞丐吴天成看中的。从那时起，吴

---

① 《离骚》出版单行本（江苏人民出版社 2009 年 11 月版）时，删掉了《题记》。

② 语出屈原《离骚》，原句为“亦余心之所善兮，虽九死其犹未悔”。意思是：只要合乎我心中美好的理想，纵然死掉九回我也不会懊丧。

③ 湖南邵阳市武冈县（现为武冈市）在汉武帝时期名为“都梁”。武冈是曾维浩的家乡。

天成就疯狂地喜欢上了王一花。后来云凡回到香椿园，与王一花每天活在惊恐中。两人虽然都被安排了工作，但为了能平安地生存，经过激烈痛苦的思想斗争后，云凡嫁给了吴天成的乞丐师傅老三，王一花则主动嫁给龙玉家原来的长工邓子彪。已被政府安排上学读书的吴天成，得知王一花嫁人后痛不欲生。王一花嫁给邓子彪之后才知道，邓子彪因受自杀的大太太惊吓而没有了性能力。

第三阶段：国家开展扫盲运动，迫切需要有知识的人，王一花因上过中学被幸运地选中。她到都梁师范学校接受短期培训后，就去乡下小学当教师。王一花第一次感到自己解放了，自己不再是地主婆，而是一个被社会需要且有用的人。但她没有想到吴天成会放弃去长沙读大学的机会，追随她来参加培训。培训结束时，王一花在吴天成的留言本上写了一首嵌有《只等来世》的藏头诗，并夹了一根自己的头发在里面。王一花被分配到离都梁城120 里远的青石区白塘村小学，而吴天成去了另一所学校。他们彼此都不知道对方的工作地址。吴天成想念王一花，但没有人告诉他王一花在哪所学校，吴天成决定自己一个村一个村地寻找。

第四阶段：王一花在白塘村小学充分体会到了自己的价值。她喜欢这里淳朴厚道的人，甚至喜欢这里的牲畜。白塘村的书记李连根喜欢王一花的“乖态”（漂亮），青石区副区长张宝山也喜欢王一花，两个人为此常有一些彼此猜忌的小插曲。张宝山因为不想把王一花划成右派，又无法完成上级定的右派指标，就自己顶替王一花做了右派，辞去副区长职务，自愿下放到白塘村小学教书。王一花知道后，对张宝山充满了感激和歉疚。有一天王一花发高烧，张宝山晚上就守在她的门外。为报答张宝山，王一花让他上了自己的床。在李连根的帮助下，王一花与邓子彪离了婚，随后嫁给张宝山。李连根为补偿邓子彪，把自己的女儿玉英嫁给了他。王一花与张宝山生了两男一女，分别叫一滴、一点、一芬。后来张宝山打猎时意外死亡，王一花成了寡妇。吴天成一直单身，通过一步步的调动，也来到了白塘村小学，住在王一花隔壁。由于一次不恰当的爱意表达，吴天成被定性为反革命罪，被判了 9 年刑。王一花悬梁自尽，被李连根救下。

第五阶段：国家恢复高考，一滴、一芬同时考上重点大学。那一年王一花 50 岁，被调回都梁城工作。吴天成刑满释放后忙于落实平反的事。王一花主动找到吴天成，他却说等平反后再和王一花在一起。52 岁时，王一花在家里迎来了爱恋自己 33 年的吴天成，然而吴天成却因兴奋过度中风。吴天成出院后又失忆，不认识王一花。几年后，王一花来到在广东工作的女儿一芬这，发现她和有妇之夫在一起。吴天成看了当年李一和画的裸体画后，找回了记忆。这时，两人都近 70 岁了，在珠海办了婚礼。吴天成带着王一花买回了两件电动的成人用品。这天晚上，两人看着茶几上运动的成人用品，都觉得仿佛回到了 45 年前。

由此可见，主人公王一花的人生历程，基本体现在与不同男人的情感关系上。她的一生经历了被迫（与马团长、妓院）、无奈（与李一和的想嫁不能和与邓子彪的不嫁不行）、报恩（与张宝山）、寻求真爱（与吴天成）的情感过程。换言之，这也可以说是王一花迷失自我、发现自我、寻回自我的过程。找到自我的真正爱恋所在，是曾维浩为王一花苍茫的人生路途点亮的一盏灯火，更是为读者传递出的一种体现温润人性的希望和安慰。

与十年前《弑父》繁复的处处象征隐喻的结构形式和否定性主题指向相异，2008 年的《离骚》开始真切地肯定，开始坚实地踩在现实的地面上，开始细节化地描述人类真实可信的七情六欲，开始以民族化的立场和形式表达对人类生存处境的持续一贯的关注。《离骚》体现了曾维浩转变自己写作形式与风格的有效努力与实绩，但他对人类生存境遇的思考并没有改变，他只是把自己的理性思索更加中国化和具体化了，以更好地抵达形象大于思想的艺术境界。

的确，从王一花的角度看，《离骚》是一曲真爱的礼赞，表现的是美好人性在幽暗历史的戕害下的韧性品格，写出了灵与肉的融合和爱与美的升华。《离骚》丰厚的主题意涵，为读者提供了理解和阐释的多种可能性。所以，如果我们再从吴天成等男人的角度来思考，就会发现《离骚》讲述的恰恰是一个关于人生缺憾的残酷故事。在近 40 万字的小说里，包括吴天成在内的男人们对王一花的倾心，都不是源自“情”而是“欲”，甚至是赤裸裸的欲念。马团长的强娶、地主龙玉的喜欢、邓子彪的非礼、张宝山的甘愿下放，都是因为王一花的“乖态”（漂亮）。吴天成喜欢王一花也是起于欲念。

吴天成出场时的第一个想法就是想见“乖态”的王一花。随着情节的推进，吴天成和李大谋、老三等人议论王一花的时候，话题都止于她的“乖态”及其身体部位。接着是看王一花洗澡时的身体。吴天成调入白塘村小学，把与王一花住处相隔的木板烧出一个洞来伸进自己的“阳物”，因此成为反革命分子被判刑。吴天成在即将得到向往几十年的王一花身体时，因兴奋过度而中风。最后，已近古稀的吴天成和王一花看着运动的成人用品，都觉得“一种飞翔的快感缓缓到来”。

诚然，在男女情感的具体表现上，情感（情）和情欲（欲）难以分清，或者说是互为表里。但在《离骚》中，吴天成对王一花的爱恋是先欲后情还是欲中有情？曾维浩写“欲”多于写“情”，是基于他对人类生存境遇的个体化思考与判断：欲中含情，欲情并生。于是，小说中的男女不但要忍受欲念不能实现的肉体折磨，还要经历由此产生的精神痛苦的煎熬。当吴天成和王一花终于走到一起的时候，却只能借助外物在感觉上体会爱意的融合，这种有缺憾的“终成眷属”，是《离骚》写得最温暖也是最残酷的地方。

《离骚》中的情感表现以男女之情为主体，也融汇着友情和亲情。友情是作品里最能显现人性美好的地方。与男女之情相比，友情几乎无懈可击。吴天成与老三、王一花与云凡、李一和与罗麻子、张宝山与李连根等，这些人物之间的友情，是《离骚》最为温煦的地方。而亲情显示的则是人生的缺憾与不足。如吴天成的父亲刚死，母亲就和学徒私奔；玉英和父亲李连根的芥蒂。当然，就小说整体来看，除对马团长的单向度描写之外，《离骚》中几乎没有一个伦理意义上的坏人，所有的人物都显示出或多或少的合乎情理的瑕疵，这体现了曾维浩不俗的生活洞察和文学功力。

总而言之，曾维浩的《离骚》虽然不再是《陀儿与沙儿》《弑父》《怀念一棵树》那种现代主义味道浓郁的写作形态，但在简劲圆熟的叙事语言、真实丰满的形象刻画里，贯穿的仍然是作者对人的生存境遇的持续关注和深切思考，只是由俯瞰变得愈加切近。因为表现得真切与特别，读者才能在作品中感受到关于人性、人情的某种映照和指引。这是曾维浩小说的荣耀，也是我们作为读者的幸事。

附：曾维浩主要小说目录

（1）《姜河小夜曲》，《湘江文学》1983 年第 12 期。

（2）《黄叶青叶》，《十月》1985 年第 3 期。

（3）《有一座美丽的祠堂》，《芙蓉》1987 年第 3 期。

（4）《等船回来》，《人民文学》1987 年第 7 期。

（5）《陀儿与沙儿》，《上海文学》1990 年第 6 期。

（6）《凉快》（文学新星丛书），作家出版社，1994 年 11 月。

（7）《流浪的夏天》，明天出版社，1997 年 12 月。

（8）《弑父》，长春出版社，1998 年 1 月；中国言实出版社，2016 年 7 月。

（9）《弑父》，《花城》1998 年第 2 期。

（10）《都市雕塑》，珠海出版社，1998 年 7 月。

（11）《怀念一棵树》，《青年文学》2001 年第 5 期。

（12）《了难人之死》，《红岩》2002 年第 4 期。

（13）《米嫖》，《作品》2003 年第 1 期。

（14）《吞咽》，《佛山文艺》2006 年 5 月下半月刊。

（15）《苹果落地》，《时代文学》2007 年第 1 期。

（16）《离骚》，《花城》2008 年第 5 期。

（17）《离骚》，江苏人民出版社，2009 年 11 月。

（18）《一个中国人在中国》（节选），《花城》2019 年第 6 期。

（19）《一个公民的成长日记》，中国言实出版社，2021 年 7 月。

陈继明：有限与超越

自1988年起，写了30多年小说的陈继明还写了不少“创作谈”，发表在各级各类报刊上。尤其到了中年，陈继明针对自己的小说谈体会、讲心得的频率很高，乐此不疲。乐此不疲的原因有以下几个：一是编辑推介刊物的策略；二是作者自己讲为什么要写和为什么这样写，有助于读者阅读接受；三是作者本人和编辑不满评论者的误解、误读。最重要的是，陈继明越来越有名气，创作的小说质量越来越高，读者数量越来越多，影响也逐渐增强。由此可推导出一个最根本的原因：陈继明是著名作家，他的小说读起来不太好懂，有的甚至读不懂，相当一部分篇目超出了普通读者对小说的传统认知范围，不好把握或难以理解。这时候，作者写点创作心得或写作体会就显得非常有必要了。如果说小说是作者精心建造的一座城堡，那创作谈可能藏有打开城堡之门的钥匙。

说“藏有”，是指陈继明与其他小说家谈本人创作一样，都没有明确指出钥匙长什么样和在哪里。在陈继明看来，“小说既是历险的叙述，又是叙述的历险”[①]。作者开始写小说后，一次关于叙述的历险也便启程。此时：

> 小说自己的智慧就会和作家的才华构成较量。有时候，小说的智慧大于作家的才华。小说的智慧和作家的才华经常处在相互控制、相互绑架的情形中。一个作品的篇幅越长，它自身的智慧就越是强大。作家往往会变成一个手无寸铁的人。作家常常会变得走投无路，孤独无援。[②]

---

① 陈继明：《小说里的酶》，载《朔方》2016年第8期，第69页。

② 陈继明：《长篇小说是用稻草救命的艺术——从〈习惯死亡〉谈起》，载《广州文艺》2020年第1期，第156页。

所以，定稿后，小说就成为一个自足的艺术存在，而且具有自己独立的意义空间和艺术边界。至于探究作品价值的那把“钥匙”，那把让读者明白小说写作的目的是什么的“钥匙”，作者本人或许也说不出是否存在以及在哪里。就如同一个人准确解读自身并不容易一样，作家诠释自己的作品内涵也并非易事。

然而，小说也不是无解的谜题。绝大多数小说都有较为清晰的叙事内容，比如活动着的人物、发展中的事件及其结局，不论作者使用多么繁复的表达形式与写作技巧，都不能也无法遮掩其中人和事的脉络、踪迹。如果读者尽可能摒除或搁置那种内容与形式简单相加的二元论鉴赏模式，即忽略甚至忘却文学作品是作者“写了什么”与“怎样写的”有机汇合的固有认知，然后把自己的姿态从与作者对立转到与作者同向，从作者的位置和角度看向作品，就会发现走向小说门径的通道就隐没在自己的位置和角度中。可这样做有两个难度：一是改变姿态的难度；二是改变观念的难度。改变姿态近似改变立场，可以说是人生中的大事。因为姿态和立场变更后，再看待事物就能得出不同于以往的结论，这样的结论会支配行动，足以使个人以后的生活或柳暗花明，或山重水复。当新的结论日积月累，又能潜移默化地形成衡人看事的新标准即新观念，进而又产生更新的结论来规制自己的人生。所谓的“成长”，其根本含义仅在于此。虽然读小说不是大众生活里的必要内容，但若想读、喜欢读或者必须为实现某一目标（如考试、写评论）而读的时候，不妨尝试转变姿态、更新观念，对作品表现出来的价值判断和审美取向做出评价，完成对他人作品的“二次创作”。此中的具体方法，陈继明在创作谈里已经教给了我们，那就是理解有限的作者，进而把握作者的有限视角。

一、 有限的作者与有限的视角

近几年，陈继明不止一次谈到小说阅读的观念和原则。议论这样的问题，不仅要有自信，更需要本人的小说写作实践作为强力支撑。陈继明具备了这两个条件，他说：

格奥尔格·卢卡奇在《小说理论》一书中说，15、16 世纪之后，“史诗时代”已结束，人类历史进入“小说时代”，小说时代的主要特征是，“史诗”有了作者，一个作者（不是大众）“通过自己的有限精神构思自己历史的无限未来”。所谓“一个作者”，强调的正是作者的个人眼光，作者个人是如何看待这个世界的。人们需要阅读一部长篇小说，实际上需要的是作者的“有限精神”，人们借此认识自我、了解世界。如果现今的一部长篇小说仍然可称作史诗，绝非因为它规模大、字数多。恰恰相反，一部当代小说成为史诗的唯一途径是，一个“有限的”作者和一个“有限的”视角。作者和视角的重要性远大于题材和材料。[①]

陈继明通过引述西方权威学者的观点，表明时代与小说、作者与小说的关系，体现出他对 20 世纪以来中国小说文体的现代性原则有着清醒的把握。近代以降直至五四运动时期，借助西风东渐和一大批学者与作家中西兼通的卓绝实践，中国小说不仅明确了“写什么”，也厘清了“怎么写”，实现了本质意义上的“小说革命”，从此小说真正成为中国文学疆域里的经典文体。1903 年，吴趼人把“我”写进《二十年目睹之怪现状》，这是中国小说史的第一次。“我”作为小说中的人物，可谓“有限的作者”的肇始。“我”不仅仅是小说叙述形式上单纯的技术变革，更重要的是，“我”还为读者和作者提供了一种新的视角，读者可以不再被动地接受作者的全知全觉，而是能以与“我”相似的姿态看取大千世界，体味纷繁的人生。同时，作者从“我”的视域审人性、品世情，也更符合生活的本然状态，尽显人生的真与实。自吴趼人以后，以人称变换叙事角度的尝试，经由鲁迅《狂人日记》《孔乙己》等名篇佳作的经典示范，已经成为当代中国小说写作的范式。其间虽多有波折，但 20 世纪 80 年代后，再次涌入的西方现代文学理论及作品与快速工业化转型的时代土壤，双重影响并作用于中国文学，促使相当一部分小说作家尤其是青年作家，从观念、标准、题材范围、主题表达、结构形式、技巧等层面，全方位地向纵深掘进、探索拓新，树立起一种新的小说观。这不啻为中

---

① 陈继明：《论小说》，载《天水晚报》2020 年 7 月 24 日，第 12 版。在《长篇小说是用稻草救命的艺术》等文中，作者也表达了相同的观点。参见［匈］卢卡奇著《小说理论》，燕宏远、李怀涛译，商务印书馆 2012 年版。

国小说文体的第二次革命，由此诞生了一批优秀的小说家和经典的小说作品。

王小波曾说："我自幼喜欢读小说，并且一度以为自己可以写小说。直到二十七八岁时，读到了图尼埃尔的一篇小说，才改变了自己的看法。在不知不觉之中，小说已经发生了很大的变化。现代小说和古典小说的区别，就像汽车和马车的区别一样大。"[①] 内蕴现代价值原则与写作理念的20世纪西方小说，成为区别于中国传统小说写法的新颖范本，很大程度上引导着陈继明等作家不再把小说当作一个单一的容器，或者是传达某种道德观念的启蒙形式。近年来，陈继明就多次表达过相似的体会，"我的小说里如果有诗意、温情和浪漫，可能与我的文学导师川端康成、三岛由纪夫、海明威、福克纳、赫拉巴尔、库切等作家有关"[②]，"海明威、川端康成、福克纳三位作家是我的启蒙老师，我从三者身上分别学了一样东西，合起来，构成了我的文学观"[③]。的确，晚近30年，以"他山之石"助力陈继明这一代及之后的小说家，把当代中国小说推到了一个新的美学高度，乃不争之实。

当然，一个小说家若要取得一定的成就和荣誉，必须汲取多种滋养，依托多方面的条件，譬如天赋、恰切的目标、宽阔的视野与格局、敏锐的感受力、深透的思想力、丰沛的想象力、恒常的勤奋、丰富的专业知识、适宜的生存环境等。此外，小说家还需要在具备共性条件的基础上，尽可能使个体特殊性在写作中得到充分展示，并使之成为自己作品独特的风格属性与文体标志。这种个体特殊性可以体现于作品的所有方面，就像山岭的魂魄、江河的韵律，让人展目之间，真切可感，魅力独具。

回溯起来，陈继明小说的个体特殊性从潜隐到显豁，连贯始终，30多年从没有中断过。对自我小说观念的确立、坚持乃至坚定，让陈继明强调有限作者与有限视角的重要性，以写作实绩破除"农村""城市"

---

① 王小波：《我对小说的看法》，见《沉默的大多数》，中国青年出版社1997年版，第287页。米歇尔·图尼埃尔（1924—2016），法国小说家，中文译本有《皮埃罗或夜的秘密》《礼拜五或太平洋上的灵薄狱》等。

② 舒晋瑜：《陈继明：我试图写出"妙从衷来，滋味怡然"》，载《中华读书报》2016年2月3日，第11版。

③ 陈继明：《三位作家，一个文学观：我喜欢的诺贝尔文学奖获得者》，载《广州文艺》2021年第4期，第122页。

“西部”等评论界单一的认知壁垒，继而有“作者和视角的重要性远大于题材和材料”的判断。1988 年，短篇小说《那边》[1] 发表，这是陈继明作为小说家的起步。中学教师“我”与“她”在不同情境中的对话，几乎成为小说叙事的全部内容。随着情节的简单前移，对话既是“我”（这边）与“她”（那边）两个平行世界的联结方式，也是陈继明想要传递的思想寄寓的形式。“爱当第三者”的“她”热情随性，敢想敢做，“我”却理智冷静，多思少行。面对“她”的独异、热烈、不合流俗，“我”心里上想亲近，但行为上却保持距离。两者对比中，显示出“我”理性、怯懦又不乏轻慢的心理，矛盾的内心在“列车启动”后才感觉到“有个世界从我身边挪开，继而奔驰而去……”，结尾传达出一种失落感和怅然感。因为“她”对“我”说过：“一个人就是一个世界，有自己的秘密，有自己的多面性。”小说重心落笔于“我”，表达了知识分子安守或逃离的精神苦闷，对应着标题“那边”，颇有“五四”小说的韵味。可贵的是，小说通篇都没有显现民族集体无意识中惯有的道德批判意味，“我”的言与行背后的心态即为作品题旨。其中隐含的心理生存本相，在今天也能发人深省，同时也开启了陈继明小说的一种主题基调——知识分子视角下现实人性的心理剖析。

在此，“知识分子”是理解陈继明强调“有限的作者”和“有限的视角”的关捩。1921 年后，首次出现在《中国共产党的第一个纲领》中的“知识分子”，在现实中逐渐壮大为一个群体，成为 20 世纪以来推动中国社会发展的重要阶层和中坚力量。从一般意义上说，掌握并运用专门知识、有独立思考能力、具备批判精神，是构成“知识分子”内涵的基本要素。有知识、擅思考、能评判，使得知识分子在生活各个领域和各个层面产生的作用，与普通人有很大区别。能够辨析因果、总结经验、概括规律，也使得知识分子看向世界和人生的眼光更高远、更深透。因而到了 20 世纪 90 年代中期，有了一定创作声誉的陈继明开始呼吁“知识分子叙事”，他说：

这几年的小说创作确实是有变化的。一个重要的变化，就是“知识

---

[1] 陈继明：《那边》，载《朔方》1988 年第 1 期，第 42—46 页。

分子叙事”的形成。而过去不是这样的，过去的叙述人从本质上说，并不独立，比如，写农民，就把自己装扮成或降低为农民。这是个误区。叙述人，他（她）一定是一个知识分子，他实际上无法装扮成别的角色。写作的时候，把自己定位为一个知识分子，也就是从较高的视点、一个知识分子才可能有的视点去观照生活。这一点对于农村题材的创作尤为重要，你写农村，可以让你的人物的言行更生活化，但你的叙述语言大可不必使用一种同样的语言。[①]

陈继明这样说，也这样做了。不论是此前还是以后，他的小说的叙事人都是知识分子。彼时，诗歌界的作者们正在为“知识分子写作”还是“民间写作”争吵不休，甚至出现“盘峰诗会”[②] 的面红耳赤、“拳脚相加”现象。但这种关乎写作立场的极端化争执，对小说界并没有太大影响，陈继明依然坚持着知识分子立场写自己的小说。由此，陈继明小说的特性就得以确立，并一以贯之，这个特性就是，一个“有限的”知识分子作者以“有限的”知识分子视角来写作。

诚然，20 世纪 80 年代以来采用知识分子视角进行小说创作的，远远不止陈继明一人。陈继明小说的特别之处在于这个视角是“有限的”。因为，就个体而言，无论是否是知识分子，都受制于共通的“有限”：空间有限、寿命有限、认识有限、感觉有限，以及各种来自外力或自身的琐碎规制。没有人能够认识和把握世界的全部。超越有限、抵达无限的形而上哲学探讨，在此并无实质意义。可是，若在有限共性的基础上，受限的个体把自己对世界和人生“独异”的思考与感受艺术化地表达出来，就必然会显现出明晰的个性和特殊性。也就是说，“独异”源于“有限”，“有限”成就了“独异”。基于“有限”的“独异”，很有可能更宽阔、更深微。艺术表达无法摆脱“有限”，却可以全力追求和创造个体化的悠远与深邃，充分展示“有限”的特殊魅力和别样韵味。就如《月光下的几十个白瓶子》里的杨树，以一个心理学教师的有限感知，揭示了个体生存所面对的时代困惑；《七步镇》中的作家“我”（东声），也通过与

① 杨继国、冯剑华、陈继明等：《宁夏小说创作八人谈》，载《朔方》1996 年第 7 期，第 48 页。
② “盘峰诗会”及会议前后的相关情况，可参见何方丽、张立群《“盘峰论争”始末》，载《中国当代文学研究》2020 年第 6 期，第 111—123 页。

遗忘不断抗争的有限的个体行动，来寻找“自我”的真相。可见，有限个体和知识分子视角在陈继明的小说里，仿佛作者与作品之间有生命的中介。它与作者声气相通、血脉相连，但是它又必须活在小说里，它的呼吸就是小说的节奏，它的心率就是小说的脉搏。这个鲜活的中介，就是小说的叙事人。

作为有限个体及知识分子视角的化身，陈继明小说的叙事人特征突出，个性显明。自创作《那边》迄今，陈继明已发表中短篇小说百余篇，出版长篇小说6部。其中，三分之一的小说采用第一人称叙事，三分之二的小说采用第三人称叙事，且大部分均为可以明确的有限视角。除了两篇中学生视角的中篇小说《开口说话》《教育诗》和打工少年自述的短篇小说《夜宴》[1]，第一人称和第三人称两类不同形态的叙事，基本上都来自知识分子的讲述。

本质上，人称就是“叙述者与他讲述的故事之间的关系”[2]。从读者的角度总体上看，“我”作为一个叙事人物，在陈继明的第一人称小说里有几种状态。第一种是“我”的回望式叙事。“我”从乡村出来读书留在城里后，常常回顾血脉亲情，忆叙儿时乡里的人和事。不能割舍的丝丝缕缕，似铭牌般镌刻在“我”的精神来路上。《骨头》《招魂》《爱情与虚构》《凤玉》《官道》《海棠十二帖》《芳邻》《七步镇》《母亲在世时》等，都属于此列。第二种是“我”的呈现式叙事。在《那边》《在毛乌素沙漠南缘》《飞翔与降落》《边界》《夜行列车》《宇宙是一颗香蕉梨》《一人一个天堂》《你想过怎样的生活呢》《圣地》等篇目里，“我”看到、听到、想到、感觉到的人物、事件及过程，以“我”的思绪为经纬，立体有序地进入到读者的感受中来。叙事人的“回望”与“呈现”模式，占了陈继明第一人称叙事的绝大多数篇目。两者的共同点，即叙事人都是知识分子身份。由于小说里的“我”的出身与经历与陈继明自身有一定程度的相关与重合，因此会使读者产生接近作者乃至窥见作者秘辛的亲切感与真实感。这样一种类似郁达夫“自叙传”色彩的表达方式，是

---

① 《开口说话》，载《十月》2002年第6期；《教育诗》，载《十月》2010年第1期；《夜宴》，载《天涯》2007年第1期。

② ［法］热拉尔·热奈特：《叙事话语 新叙事话语》，王文融译，中国社会科学出版1990年版，第249页。

陈继明小说的成功之处，也是其魅力之一。不管作者怎样强调“虚构”，读者应该都愿意信以为实。由此也可以区分“回望”和“呈现”的不同。“我”的回望基本上围绕“海棠”这个精神故乡来展开家族史般的回溯。与家乡有关的人和事，犹如缀满记忆的珍珠链条，难以舍弃。譬如苦涩的《骨头》、沉重的《七步镇》、渺远的《母亲在世时》。“我”的呈现，则重在表达一个知识分子成长的心路历程，既刻骨铭心，又平淡如水，就像《在毛乌素沙漠南缘》的悠远、《一人一个天堂》的沧桑、《圣地》的痛楚一样。

在《一人一个天堂》中，陈继明采用的是第一人称复合叙事：“我”作为“倾听者和记录者”[①]，倾听和记录的是另外两个“我”（杜仲、小天鹅）的讲述。杜仲、小天鹅采用作家“我”的第一人称讲述，功能之一在于统一小说的结构。还有一个显明的作用是方便呈现男女主人公的心理世界。也许就是为了实现这个目的，在陈继明不多的几个中短篇小说里，第一人称叙事还有另外两种状态。一种是弱化知识分子身份，突出“我”的社会角色。如《我的赌徒丈夫》里的“我”，侧重展示妻子对丈夫由盛而衰的生命过程的细微感受；《各雅各姿杀人事件》里的“我”，强调的是柔弱女性对世俗中正与邪、强权与羸弱的心理辨析和矫正。另一种是非知识分子叙事。第一人称叙事者或是个性十足的中学生，如《开口说话》《教育诗》；或是思虑精密的打工人，如《夜宴》《母亲与刀》；或是恣意妄为的房地产老板，如《八人良夜》；或是身份模糊、纠结于责任与自责的中年男人，如《蓄胡礼》。后两种状态不同于前两种的地方，主要在于去除了对作者的仿真性认同，强化“我”立足有限空间，以诚意向读者讲述有限故事的客观、真实效果。

但问题也恰恰容易出现在此处。小说是虚构的艺术，小说作者要做到的是把虚构的内容写得像真的一样。即小说作者必须用一种尽可能完美的假定真实，最大限度地完成与读者的审美契约，让读者认可和落实基于虚构的真实性感觉。因此，小说的第一人称“我”作为虚构的一部分，首先是作者为达成假定的真实的技术手段，其目的是实现自己的写作意图。否则，当“我”叙述的“语法”（语词、语气、语调）与“我”

① 陈继明：《一人一个天堂》，花城出版社2006年版，第11页。

的身份不符或错位时，造成的“失真”会使读者放弃接受。“我”只能文“如”叙事人，这是第一人称小说叙事的根本性法则。如果不仔细辨识，《一人一个天堂》里杜仲与小天鹅的第一人称讲述，在“语法”上极其近似，只有经过主体叙事人——作家“我”的整合统一，读者阅读的障碍和阻拒感才会消失。而在《开口说话》《教育诗》中，陈继明则需要改变知识分子的身份和视角，写出少年人的“语法”效果来，这并不容易。此外，作者对具体作品的写作目标的不同选择和追求，也制约了叙事人称的具体使用。关于《一人一个天堂》的叙事人称，陈继明曾说：“我先用单一的第三人称写过一稿，已经完稿后，又废掉重写了一遍。”“重写的主要成果就是改换了人称，赋予了结构……我指的是，意义结构和文体结构。”读者对此的反馈是“有效地缓解了阅读的疲乏感，也拓宽了小说的意义空间，增强了全书的可读性”。①

在陈继明看来，小说虚构的内涵，不仅指情节内容，也包括结构布局。叙事人称等形式设计与内容平分秋色，都属于艺术虚构的范畴。因为“再精彩的生活，永远不可能大于虚构。再丰盛的才华，也不可能大于虚构。因为，虚构的一半涉及内容，另一半，更秘密的一半，则涉及方式”②。所以，在《开口说话》中，不满17岁的韩小垒通过电子邮件一次次地向女网友讲述自己时，只能使用第一人称。而《空荡荡的正午》以外在言行揭示两个少年隐伏不定的心理状态，则需要由第三人称冷静悲悯地俯视。《开口说话》《教育诗》《夜宴》里的第一人称少年叙事者，要有一定的道德正向性，要早熟、聪明，有超乎其年龄的生存能力，缺点不多但明显，如痞气、不爱学习、叛逆等。如果没有与自己知识分子身份相近的第一人称叙事人，作者就必须充分考虑读者的接受程度，要把“我”设定为有缺点的好人，要强制自己在写作时拥有少年人的顽劣之气，进而小心翼翼地、没有破绽地展开叙事过程，不然读者就会讨厌他。正如布斯所言：“也许被使用得最滥的区别是人称。一个故事是以第一人称或第三人称来讲述，并没告诉我们什么重要的东西，除非我们更精确一些，描述叙述者的特性如何与特殊的效果有关。的确，第一人称

---

① 胡殷红：《忠实于自己——就〈一人一个天堂〉访陈继明》，载《黄河文学》2006年第6期，第86—87页。

② 陈继明：《写作者必需处处和自己较真》，载《南方都市报》2019年5月26日，AA12版。

的选择有时局限很大。如果‘我’不能胜任接触必要情报，那么可能导致作者的不可信。”[①] 可见，叙事人称不仅仅是形式技巧，也是小说中关乎人物和主题的特殊要素，内蕴着社会、历史、文化、伦理等诸多内容。依此角度看，《蓄胡礼》的“我”若改为第三人称“他”，对宽怀意味的表达似乎也不违和。故此，《开口说话》等几篇小说应该不能算是陈继明的成功之作。

事实上，第一人称叙事只是在技术层面规制和强化了有限作者与有限视角的主观效果。在第三人称叙事里，虽然实现作者文学目标的难度更大，但能够抵达更高艺术峰顶的可能性也更大。这也是体现在陈继明三分之二第三人称小说中的特色。由早期的《村子》《月光下的几十个白瓶子》《青铜》到近年的《蝴蝶》《北京和尚》《灰汉》《陈万水名单》《0.25 秒的静止》《平安批》等，采用第三人称叙事的篇目越来越多，也显见陈继明小说的美学形态更多元，艺术质地更精雅，思想意蕴也更幽微隽永。毕竟，怎样设定有限的知识分子叙事人，既关乎“如何写”，更受制于“写什么”。对于陈继明而言，二者虽难分伯仲，互为表里，但显然“写什么”才是根本目标。

二、超越题材，“盯住人”

到目前为止，对于陈继明的小说，大多数读者处于能感受、难把握、少阐释的状态。这说明相比陈继明已有的文学成就，评论界对他的小说的解读还远远不够。对此，陈继明的小说一边可能要面对作者不解的质询，另一边也要面对读者的疑问，原因简要如下。

一是“能感受”。只要认真即一目一行地读陈继明的某一篇（部）或某几篇（部）小说，大多数人会发出“人啊”“活着啊”之类笼统模糊的感慨，一部分专家学者会立刻举起“历史”“文化”“命运”“人性”等学院式标牌，然后引经据典。也就是说，读者感觉陈继明写人生在世

---

① ［美］W. C. 布斯：《小说修辞学》，华明、胡苏晓、周宪译，北京大学出版社 1987 年版，第 168—169 页。

的状貌写得好，却说不清好在哪里。二是“难把握”。在非功利的层面上，不同于影视和音乐的流行性接受，绝大部分读者的文学欣赏，索解作品意义是阅读后首要甚至是唯一的诉求。然而，阅读陈继明的小说，这样的诉求很难得到满足。因为陈继明小说的主题指向从来不是具体的，也不是清晰可辨的。他的作品内涵多维、缠绕、错杂，“真意”丰富，定位却不易，甚至会出现南辕北辙的现象。在一次网络采访中，曾有读者问：“看了你的《老桥》，你退休了，想做什么呢？”陈继明的回答颇无奈：“《老桥》和退休有关系吗？难道我的《老桥》和退休有关系吗？”[①] 三是“少阐释”。陈继明认为：“小说表面上写了什么，实际上就写了什么，这样看小说，是对小说的不敬。”小说“通常有一个秘密的意义结构。处在结构中的任何一个意义，都要受另一个或几个意义的牵制。意义和意义之间构成了错综复杂的内在关系。意义在叙事中产生，又在叙事中消失、变异或增殖。意义藏匿在叙事的迷宫中”。[②] 意义隐匿于叙事迷宫，一定程度上成为读者接受作品的障碍，它既是作品“难把握”的根本原因，也是作品“少阐释”的一个理由。当然，“少阐释”更多的理由是外在的。譬如部分专业读者的功利心、陈继明远离文学中心、个人短于经营等连锁性问题，都是不可回避的理由。

实际上，上述情况的存在，根本上还是源于陈继明自身，源于他一直以来对个人小说观念的持续探索和践行。如果我们都认可小说首先是一门艺术，那么每个小说家的作品就是他最具个体性的有生命的艺术集成，作者的艺术辩证法仿佛他自己独特的DNA密码，会活跃在小说的题材、人物、情节、主题、结构、语言、技巧、风格等所有方面，成为小说生命机体的根本性物质存在。这时候，小说标题下面作者的姓名就是小说的指纹，独一无二。由此，“陈继明小说”不再是单纯的事物命名，而是20世纪90年代以来汉语小说世界中一个自足艺术体的称谓，一个独特的称谓。

那么，陈继明的小说独特在哪里呢？解答这个问题，需要我们做一

---

① 《西北作家陈继明：“欲将有限事无穷”》，载上海作家网 http://www.shzgh.org/renda/node5661/node5664/u1a1286186.html，2006年9月7日。短篇小说《老桥》刊于《上海文学》2004年第4期。

② 陈继明：《长篇小说是用稻草救命的艺术——从〈习惯死亡〉谈起》，载《广州文艺》2020年第1期，第156—157页。

次由表及里的梳理。

通常，读者喜欢无意识地遵循惯性思维为小说的题材做简单初步的分类：历史或现实，工业、农业或军事，乡村或城市，农民或知识分子等，这是便于选择和阅读作品的前提。但若以粗略的题材划分来定位陈继明绝大部分的小说，却不是那么容易。除早期的《村子》《二百五四十一》《骨头》等常被冠以“西部文学”① 的数篇作品以外，陈继明的其他小说很难以“城市”“乡村”或“西部”等概念来准确标注，就像不能把《官道》当作官场小说，也难以把《粉刷工吉祥》看成底层文学一样。因为，陈继明一直在他的小说里探索如何“超越题材”。他在中篇小说《翅膀里的光线》（后改名为《教育诗》）的“创作谈”里说：

“超越题材”的说法是从诗人艾略特那儿借来的。他的原话是：“我全部的努力，就是消灭题材。”我不知道这句话的初始语境，也不清楚艾略特的真实意思。以我多年来写小说的感受和经验理解，“消灭题材”就是“超越题材”，就是取消题材的决定性意义，就是撕开外层表象，去挑逗埋藏在题材下的真实——我很不严肃地使用了“挑逗”这个词，是因为，我觉得这个词最能表达我写作时的实际情形。②

中篇小说《每一个下午》被《小说选刊》转载时，他又强调：

我一直记着艾略特的一句话：我全部的任务就是消灭题材。他的原意是什么不得而知，但我有我的理解，我以为，一部小说写完了，题材

① “西部”最早是一个地理概念，与“中部”“东部”都属于方位命名。2000 年 1 月，“西部大开发”作为一项国家经济政策出台，范围包括十二个省、自治区、直辖市和其他省的三个地区（恩施、湘西、延边）。自此，经济及其相关因素成为“西部”的主体内涵。相对于中、东部地区，贫困、落后是“西部”的基本经济状态。“苦瘠甲天下”的宁夏西海固，是“西部”的典型区域之一，但其历史文化葳蕤丰茂。陈继明曾在其泾源县做过五年中学教师，他有《在毛乌素沙漠南缘》《一棵树》等小说写到西北乡村生活。《中国西部现代文学史》（丁帆主编，人民文学出版社 2004 年版）以作者所在地区和作品内容的整体风格定位“西部作家”，对陈继明小说的分析评价较有代表性。关于“西部小说”的辨析，可参见赵学勇、孟绍勇的《西部小说：“概念”、“命名”及历史呈现——当代西部小说与西北地域作家群考察之一》（《兰州大学学报》2005 年第 2 期）。

② 陈继明：《在小说里，真实与真实总是相互为敌》，载《青年文学》2007 年第 4 期，第 35 页。

未被消灭，那就还停留在“就事论事”的层面上，或者基本上是一篇延长了的新闻，或者不过是伦理学社会学的简单图解。真正的好小说，终究会踩着题材展翅高飞！①

如何“超越题材”呢？陈继明给出的办法是：“撕破事实，撇开技术，不以事象描述为足，不就事论事。”就像《一人一个天堂》，“你无法仅仅从‘麻风病’三个字上判断出这部书的内容。如果有人说，这部小说是写麻风病写‘文革’的，等于什么都没说”②。所以，超越题材的方法和目的，只能是也必须是“盯住人”，然后好好地写人，因为人物是小说的核心。“只要习惯于盯住人不放，盯住一个人不放，盯住一些细小的关键点不放，贴心贴肺、不厌其烦地跟着‘一个’人物走，就有可能越走越远，别开生面。”必须“剔除多余的东西，将一个人、一个事物从混乱的背景中拿出来，单独地持久地加以审视”，“久久地深情地注视一个人，直到他成为一条缓缓流淌的河”。③ 这样，小说家的笔端就能走出一个个独属于他自己的人物。

按照身份归属，似乎可以把陈继明小说中的人物分为三类，即乡下人、城里人和知识分子“我”。但这只是一种简单的表层分类，违背了陈继明主张的“超越题材”理念，也不符合作品的实际。从有限的知识分子视角看，陈继明“盯住人”的写法，写出了一种由表及里、由局部到整体、由个性到共性的理性效果，次第而来的人物最终展现的是人生的山水与人性的河流。换言之，在每一篇（部）具体作品中，陈继明的人物都是有特色的鲜活个体，但综合起来审视，把这些人物串联并融合到一处，就是一个人的一生，或一辈子的人。这是陈继明小说的一个突出特性，其中隐含的逻辑层次清晰可辨。

1. 这样“想”

认真的读者能够感觉到陈继明是愿意而且擅长写人物心理的。他笔

① 陈继明：《写作的前提》，载《小说选刊》2009年第11期，第56页。

② 胡殷红：《忠实于自己——就〈一人一个天堂〉访陈继明》，载《黄河文学》2006年第6期，第86页。

③ 陈继明：《盯住人，盯住一个》，载《名家名作》2016年第5期，第1页。

下的人物，内心活动丰富，具有明晰的“多思”特征。很多评论者都较早地注意到，从1990年的《一个少女和一束桃花》开始，写人物内心的涟漪或波澜就成为陈继明小说的一个特征。1996年，著名评论家雷达就高度评价了《月光下的几十个白瓶子》，认为“它堪称研究当前社会心理，或者说研究最近期的‘集体无意识’的佳作”①。2000年，宁夏评论家荆竹用“感觉追踪、心理分析和主观叙述”概括了陈继明小说的心理描写特点②。近年来，陈继明对笔下人物心理的挖掘愈加深入，艺术表现也更加精彩独特。他自言向来偏爱心理学，认为“好小说必须有足够的心理学含量”，人物的动作需要有心理依据。③ 所以他对小说中人物的“想”，总是不吝笔墨。整体而言，就每个具体人物的刻画来看，陈继明小说的“心理学含量”是由感觉描述、独白、梦境等方式表现出来的。

第一是感觉描述。

形象地描述人物的各种感觉，是所有小说家的一个基本功。如果人物的言行是结果，那么支配和制约言行的所想所感则为原因。好小说的一大优点，就是能艺术地写清楚人物自身的因果关系。陈继明表现人物心理的特性之一，就是更多地描述人物近乎不自知的下意识的感受和体验。例如：

她心里感到不踏实。这好像是此生第一次给自己一个人做饭。这好像不是什么光彩的事情。(《村子》)

从校长办公室出来后，杨树觉得自己正处在一种非常危险的临界点上，内心充满了做点什么的激情，和先前那种平庸的怨愤不同。杨树觉得自己现在一不小心就会成为杀人犯，像特大杀人犯那样不需要更多的理由，想干掉谁就干掉谁 。(《月光下的几十个白瓶子》)

蝴蝶呀蝴蝶，难道你的生命力全都化为美丽的外表了，没多留一点

① 雷达：《不回避的姿态与文化体验》，载《中华文学选刊》1996年第4期，第82页。
② 荆竹：《生存之蔽与诗性挽留——陈继明小说论》，载《朔方》2000年第8期，第72—80页。
③ 舒晋瑜：《陈继明：我试图写出“妙从衷来，滋味怡然”》，载《中华读书报》2016年2月3日，第11版。

给自己的心吗？向下飞行三尺或向后飞行五尺都没问题，你怎么就做不到呢？

她扶住栏杆，默默质问蝴蝶。(《蝴蝶》)

隔着泪花，学良坚信秀虎游过去后会马上骑上车子过桥来给自己送衣服的。紧接着，学良又问自己：我为什么不赶在秀虎之前跑向河对岸呢？我这不是穿着短裤吗？(《空荡荡的正午》)

他想，也许多做几个梦，就能看到更多的东西。不过也有另一种可能，看不到更远的未来，是因为自己压根不相信有更远的未来。自己预测声波将会消失，于是就看见了无声世界。你相信什么，你就看见什么，原因大概就这么简单。未来也许不是不请自来的一种东西，未来是召唤来的东西。先有召唤，再有未来。(《0.25秒的静止》)

听到富田自杀的消息，梦梅心里略略一震，心想，娘的，日本仔好像只有这么一种死法。接着又想，用不着亲自报仇了。(《平安批》)

从形式上看，第三人称叙事中的感觉描述，是陈继明与其他小说家写人物心理的共通而普遍的手段。不同之处在于，即使是在故事性较强的《月光下的几十个白瓶子》《途中的爱情》《堕落诗》《平安批》等作品中，陈继明的感觉描述频率也更高、更密集，内心活动与外在言行的逻辑关系更紧凑，因果演进的节奏也更紧张、更快速。如杨树的“犯罪”，是由细微的心理转变过程一步步演进导致的，自然而真切。由此就使读者对人物“做什么”和“怎样做”形成高度认同感，进而完成自然而然的、无障碍的顺畅接受。

第二是独白。

在这种时候，想起一个已经许多年没有接触、曾经默默爱过的人……经过许多人生的波涛和挫折，猛然发现记忆中原来有这样一个几乎不存在了的人物，带着许多的意味，许多的情绪，朝这儿张望；望出许多遗憾和伤感，望得人心里飞飞的飘飘的……为什么要想起她，等着

她做什么，说不清……①

这是在《那边》里，中学教师“我”与“她”对话时的一段内心独白，有从具体人事提升到共通人性的意味。实际上，陈继明的很多小说只是把感觉描述的真实效果当作一个事实基础，而后又以思辨式的内心独白或自述，也即自我言说来强化人物的心理波澜，由此来拓展作品意涵的边界和厚度。这样的“独白”，不仅出现在陈继明的第一人称小说里，在第三人称小说中也出现很多，而且带有显在的思辨性质，多是知识分子人物的隐秘心声。现实中，人独处时的所思或所悟，是人与自己的对话，是对自我既细微又显著的勇敢敞开，它最能呈现人复杂多维的心理奥秘。陈继明小说的“独白”在为人物内心隐秘思绪赋形的同时，也婉曲地揭橥了作者的某种思考。

忧伤是表情，更是内涵。忧伤和绝望有关，又无关。和凄苦有关，又无关。和麻木有关，又无关。和现实冲突有关，又无关。和理想主义有关，又无关。它是平静的，宿命的，深刻的，暧昧的，适度的。又是诗的，哲学的，超验的。它的一部分源于天性，是从娘胎里和骨子里来的，另一部分来自现实，复杂的无边无际的现实，来自现实和心灵的距离。它本质上是内省的、温和的，甚至是难看见的。忧伤剧烈到悲戚，剧烈到悲愤，就不再是忧伤……②

这是中篇小说《忧伤》里画家郑安安多处独白中的一段，出自陈继明之前发表的散文③。近乎哲学化的思考，是特定生存状态下自我体验和自我意识的凝练，符合郑安安的身份、处境和略带病态的心理，与小说的题旨表达密切相关。但是对于普通读者而言，这样的人物感悟过于高冷，难以调动他们的阅读兴趣。毕竟深刻的思考于多数人而言并不舒服，复杂常常被排除在世俗快乐的范围之外。在具体生活中，形而上的思考

① 曾维浩：《那边》，载《朔方》1988 年第 1 期。

② 曾维浩：《忧伤》，载《钟山》2010 年第 3 期。

③ 参见《静观与自语》（《六盘山》2008 年第 4 期，第 5 页）、《静观与自语》（《天涯》2009 年第 4 期，第 63 页）。

需要针对现实生存，且需表述为通俗精炼的富含哲理的话语，才容易被接受。陈继明却逆势而为，力图对人物精神世界的细腻幽深做出真切的艺术映照。

当然，陈继明小说的“独白”并非都如郑安安思考“忧伤”这般“雅致”，更多的情况是随着人物的个体情状来具体赋形的。如《一人一个天堂》里关于“疼”的独白：

> 曾经的疼，远远不是疼，只是“疼”的影子，就像“疼”这个字远远不是“疼本身”一样。人常说，“当时不疼今日疼”，这实在是一句假话，“今日疼”无论如何不是“当时疼”。只不过，“当时疼”，事后马上就会忘掉。“疼”一旦结束，立刻就忘掉一半。这便是“疼”的根本性质。①

这是叙事人“我”（作家）在伏朝阳被割掉舌头之后，对“疼”的感想。自创作《那边》至今，陈继明笔下的人物因现实中的人和事而引发人生感慨，继而表现为哲思化的内心独白，在《八人良夜》《各雅各姿杀人事件》《七步镇》《母亲在世时》等第一人称小说中不时地出现，在《北京和尚》《堕落诗》《平安批》《0. 25 秒的静止》等第三人称小说中也被频频提到，如巴兰兰对“二奶”、弱势群体和官场生态的反思，其中达到的心理分析效果，除了作品本身的表意需要，另一个用意应该是为了增强引领读者感悟与思考的力度。

第三是梦境。

喜欢和擅于描述梦境，是陈继明小说叙事的一个显在特征。有时甚至通篇只是写梦，比如短篇小说《飞翔与降落》（后改名为《梦境与遗忘》）和中篇小说《很多个梦》。陈继明对人物梦境的描述，是从《一个少女和一束桃花》开始的。在梦里，少女菲菲感受到了死去的男孩的拥吻，陈继明写出了人物真切的情感世界。此后，陈继明小说的这一叙事特征延续到了 2021 年创作的小说《平安批》和《0. 25 秒的静止》。

为什么要写梦，因为“梦是我们想象自己的方式”。在《很多个梦》

---

① 曾维浩：《一人一个天堂》，花城出版社 2006 年版。

的“创作谈”里，陈继明解释说：

> 梦境说明了一个基本事实：
>
> 不用谁强迫，我们的意识随时都在反省自己。在严酷的现实规则面前，反省，更像是一种生理机能……
>
> 梦境和现实的边界向来很模糊，有些梦境很现实，有些现实很梦幻，两者太不相同，但又有深刻的一致性，一致到可怕的程度。
>
> 这种一致性经常被我们忽略……
>
> 梦境是一种叙事。其中包含叙事秘密。梦境一方面在奋力表达，一方面又在竭力消减。最清晰的时候也最模糊。需要一根针，就会出现一根针。有些细节会深植进做梦人的脑海。有时细腻至极，有时大刀阔斧。①

在《很多个梦》里，陈继明用异于常人的想象力，让“他”做了15个穿梭于古今中外的梦。“他”是什么人显然不重要，重要的是“他”很有知识。因为“他”能够完整清晰地描述出自己梦境的内容，而那些梦涉及灵魂、四维空间、时间、价值、虚无、情感、死亡、本相等各种问题，都是现实中让人受困的问题，是人在其中却不自知或即使自知也无可奈何的形而上难题，包含着人与自然、人与社会、人与自我等多个层面的内容。“我”是一个知识分子，但样貌模糊，陈继明似乎侧重于以“我”的梦，来引领读者入脑入心地品味梦的蕴意。此时，“我”在梦中的所思与所行的种种状态，仿若抽象于现实中的读者自己，并可以成为人的个体化和典型化的象征。小说充满了绵密的哲思意味，风格魔幻奇诡，主题指向繁复多姿，是陈继明小说形式探索上的一个极端文本。因此，题记为“致敬黑泽明”。

2000年创作的《梦境与遗忘》是另一部通篇写梦的作品。“我”借助飞翔来到高处的“另一块地面”——幻想国。在那里，“我”见到了许多中外名著里的人物：浮士德、西绪福斯、堂·吉诃德、葛利高里、齐娜伊达、托马斯、萨宾娜、安娜·卡列尼娜、玛斯洛娃、阿Q、孔乙己、

---

① 陈继明：《向梦境学习》，载广东作家网 http://www.gdzuoxie.com/v/202009/13584.html，2020年9月15日。《很多个梦》刊于《长城》2020年第5期。

骆驼祥子、四凤、繁漪、章永璘、白嘉轩、庄之蝶等，还与艾斯米拉达、阿 Q 等人物饮酒交谈。约瑟夫·K 主持了对“我”的审判。最后，“我”在和《审判》里的少女做爱中醒来，但她告诉我的“伟大故事”却“只残留下几个含意不明的词和字了”。相对于《很多个梦》，这一篇“梦境纪实”的目的单纯得多，即在向中外小说经典致敬的同时，用谐谑与自嘲的方式告诉我们：遗忘的才是梦里最重要的内容，包括遗忘本身。

陈继明在《向梦境学习》中说他有记录梦境的习惯，因为“很多梦境很难被漠视”。的确，梦境尤其是经过小说家描述的梦，往往能直接折射或暗示人物难以自察的复杂隐秘心理，进而成为人物形象立体化的有效艺术肌理。除了上述完全记梦的两篇作品，陈继明绝大多数小说的梦境描述，都融于人物个体心理活动的过程中，自然而然地强化着人物的“多思”特质。无论是于飞（《比飞翔更轻》）的“春梦”、龙助（《恐龙》）的“噩梦”，还是东声（《七步镇》）的“前世梦”、凌千里（《0.25 秒的静止》）的“穿越梦”……不同内容、不同形态的梦境，均成为凸显人物个体唯一性的艺术元素。

总而言之，以感觉描述为基础，用独白、梦境来增强和巩固，陈继明的小说人物由此形成了独特的“多思”品性，并带有浓厚的心理分析色彩。对此，陈继明曾强调说：“我从来没打算写‘心理分析小说’，我只是坚定不移地认为，在小说里人物的一切行为都应该以心理逻辑为依据。人的存在，更是心理学意义上的存在。”小说家首先应该是心理学家，因为“心理学是关于这个世界的头号学问，所以如果我的小说里总是有心理分析的色彩，那么它不是心理分析，而是动作的心理学逻辑，是事件的内部动力，是被外部世界包裹起来的秘密心脏”①。事实上，不管是在小说里还是具体生活中，人的内心才是最大的世界，才是真正的现实。从这个角度看，陈继明小说的人物已经站在了本然的位置上。

2. 这样“做”

陈继明小说写的是本然人物。“本然”，在此意指本来的样子、本来

---

① 陈继明、火会亮：《寻找和探索的姿态——作家陈继明访谈录》，载《朔方》2012 年第 9 期，第 18 页。

的状态。本然是原状，也是本相。在具体含义上，“本然”与“本质”有一定的重合。本然的人，是众人活在世上的既有状态，也是众生里某一个体七情六欲、哀乐喜怒的实际样貌。他会在物质上和精神上各有优点和长处，也会在生理上和心理上有各样的缺点与不足；他可能品行高尚，也可能德性卑劣；他可以勇敢无畏，也可以胆怯懦弱；他一边热爱，另一边仇恨；他勤奋，也懒惰；他聪明，也蠢笨……但这样简单的两极对举，其实很难说清楚本然之人的实质。没有人不是处于两极的中间状态的，也即处于好与坏、强与弱、高与低、爱与恨、信与疑、忠与奸、雅与俗等的浑然情状中。所以，任何一个人都是具体时空下丰富繁复的生命立体，普通人只能按己所需对其做某一层面的认识和感受。能够全面深刻地把握这个立体之人的，一个是神明，一个是小说家，优秀的小说家。换言之，优秀的小说家应该是能够俯瞰和细察人之本然全貌的人，应该具有在认识人之共性的前提下，用形象的描述再现一个人特定本质的能力。

马克思在《关于费尔巴哈的提纲》中说过：“人的本质不是单个人所固有的抽象物，在其现实性上，它是一切社会关系的总和。”① 这句经典论述表明，任何一个人都是社会制约和个体选择的统一体。也就是说，一方面，人是生物学意义上的人，有着存活下来的各种本能需求，如吃、喝、拉、撒、睡；另一方面，人更是社会学意义上的人，必然受到具体生存环境、各类规则与规范、个人感觉体验等种种条件的影响和制约。社会的与个人的、外在的与内心的、情感的与理性的……所有的因素汇聚缠绕在一个人身上时，这个人就成为独异于其他同类者的特殊个体，也即“这一个”。此时，这个人不论什么身份，拥有多少财富，具备哪些能力，他作为一个独特存在，内心世界和情感空间是唯一的。为此，小说家的一个根本责任，就是必须写出这种个体的唯一性。而优秀小说家更为重要的才能，是要在个体唯一性中显现出共性，也不是阶级或阶层的共性，而不是意识形态的共性，而是人在“吃、喝、拉、撒、睡”层面的共性。这样，在“想”和“做”互为表里的有机人物身上，读者能领会到充分的事实感和彻骨的真实感，并在符合生活情理和逻辑事理的

① 《马克思恩格斯选集》第1卷，人民出版社1995年版，第60页。

准确描述中获得某种深切的启发与感悟。因为，这个人物虽然是虚构的，却和现实中的芸芸众生一样，有必须做、不得不做、想做而不能做的许多事情，还有自己不能说或不好意思说的欲望、向往。

例如，在短篇小说《寂静与芬芳》[①] 中，陈继明写的是“他”和牛牛这对爷孙俩的日常。在表现与顽皮孙子的隔代亲情时，小说突出的是老人深入骨髓般的孤寂。翻一本破旧且沾满油污的《中国地图册》、和牛牛玩纸牌、教牛牛干活、回忆已逝去的老友、喝罐罐茶、看中医书，是“他”日常生活的内容。随着感觉描述的细腻展开，老人在大笑中死去。牛牛由于无比恐慌，躲了起来。高天流云之下的寂静，从地图册中的宁夏高沙窝镇氤氲开来，弥散着老人曾经的峥嵘岁月，也让读者在悲凉中体味出一缕暖意。

短篇小说《城市的雪》[②] 里的王刚，与老婆冷淡、疏远后想离婚，觉得只有这样才能摆脱庸常进入到诗意的生活中。某天午饭后王刚出门，经历了找小波没找到、在雪墙上写字、找朋友下棋喝酒、嫖妓一系列事情之后，深夜回到家里。此时他离婚的决心“已经大大减弱”了，于是他又睡在了假寐的老婆身边。因为家里家外的一切，都不能成为离婚的有效推动力，所以他对朋友说：“有时我甚至觉得，平庸——正是我们的权利……我们当然愿意‘诗意的生活’，可是，‘诗意的生活’在哪儿?”王刚的疑问，正是这个人物的意义所在。生活的某个地方很可能有“诗意”，但王刚只能与平庸和解。

而长篇小说《堕落诗》[③] 中的女老板巴兰兰展示的则是奇崛恣肆的人生截面。巴兰兰从手握10万元欠条到成为身价3个亿的房地产大老板，整个过程正好处于中国社会转型的阵痛期，即国家决定实施社会主义市场经济体制的1992年至2008年。小说描述了是这16年间巴兰兰由“堕落”到自我救赎的心路历程。其间生动再现了外在的金钱、权力、性等与内在的道德、情感、价值追求等错杂无序的吸引、纠缠和拒斥、分离。这应该是陈继明继《百鸟苏醒》之后，再一次针对现实的正面直接发声。巴兰兰凭借胆识、智慧以及美貌获利丰盈，其“堕落”的理由来自现实，

---

① 陈继明：《寂静与芬芳》，载《人民文学》1998年第5期。
② 陈继明：《城市的雪》，见《陈继明小说》，载《人民文学》1999年第1期。
③ 陈继明：《堕落诗》，作家出版社2012年版。

心理演进真实自然，能够得到读者相当程度的理解。但作者的心意更侧重于人的善念怎样在特定社会环境中的特定人物身上，由“觉有情”到自我担当和救赎，从而使人性的诗意开枝散叶。这时候，巴兰兰就成为一个普遍性的人生样本。

近十几年来，陈继明的小说倾力于书写建立在个体生存共性之上的形象唯一性，明显不同于我们熟识的当代小说里既有的人物。这些人物的所思所想、所作所为，都有常人无意中漠视、习焉不察、不愿理解、拒绝认可或自身缺少的某些品性。只是由于人物具体的身份和生存的文化环境不同，表现出来的个体特征有一定的差异，但其中的共性不能忽略。晚晚（《每一个下午》）的精神病，银锁（《灰汉》）的“呆”，灰宝（《芳邻》）的“懒”，瓦琴（《陈万水名单》）的执拗，流浪汉（《有握手楼的镇子》中的“他”）的笃定，可乘（《北京和尚》）的“随性”，蔡安安（《留诗路》）的抑郁，郑安安（《忧伤》）的忧虑，“她”（《蝴蝶》）的孤寂，等等，这些人物独特的思与行都体现出一种共性，即异于常人的复杂又微妙的非正常状态。陈继明独具匠心的艺术塑造凸现的是人物对自我心理追求的隐忍、执着和坚守。他们的内心世界像清澈的湖水，映射着世俗人生的别样倒影。

由此，我们可以发现，陈继明小说中的绝大多数人物，诸如农民、中学生、打工者、市民、学者、教师、官员、企业家等，既不是俗常意义上的好人，也非道德层面上的坏人，我们不能单纯地从常规概念来把握。这些人物通过个性化的“想”和“做”，把隐藏在本然之下的某些表象剥开，让读者看到和感受到人“表层行为学”背后个体的真实生存状态，从而产生应该怎样生活的共情。也因此，我们要给予陈继明小说人物一个准确的定位是困难的。就像陈继明自己认为的，他的小说人物应该是“夹缝中的人物”。

所谓夹缝中的人物，就是我要写的人物先要有反语言的性质，即：不能用任何现成语言去概括。而我接下来写作的时候，刚好又在使用语言。反语言，和使用语言，就形成了一个夹缝。这个夹缝，可能很窄，很深，很难言传。小说的性质也在这个夹缝里。[①]

“夹缝”是陈继明对写人物所采用的手段的形容。不能用“任何现成语言”概括的人物，必须是崭新的、非常规的、多面性的，需要承载和充盈作者特有的感悟与发现，因而是独异的。即以“这样‘想’”的人物心理与“这样‘做’”的人物行为，熔铸成一个本然的人物形象，与世俗人性和现实人生形成高度的及物关系。所以，再用“乡村”“城市”或“小人物”“多余人”等简便标签为陈继明的小说人物做浅表性分类，是不符合作品的实际的。

3. 这样的“一生”

当我们把评价的眼光从陈继明的某一篇小说上移开，审视他全部的小说或整体的人物面貌时，就会真切地感到，陈继明30多年来一直在写一个人，而不是两个或更多。更准确地讲，他一直在耐心、寂寞、乐此不疲地写一个人的一生，写一个人生死之间的人生过程。这个过程既短暂又漫长。“短暂”乃水滴于岁月长河之意，自不待言。“漫长”的含义，在时间维度上，是童年、少年、青年、壮年、中年、老年的经历；在心理维度上，是稚嫩、摇摆、成熟、老练、安稳的心路；在情感维度上，是热切、坚定、持守、疑惑、落寞的轨迹；在文化维度上，则是乡土向都市、农业向工业、传统向现代的迁移与转型。如果将一个人的一生比作处于持续变化活动中的、融合多重复杂内涵的精神生命体，那么陈继明小说传递给读者的，就是对个体人生不同阶段、不同位置、不同感觉、不同蕴涵的体悟和发现。因而，陈继明的每一篇（部）小说都是一个人一生的一部分，所有的“部分”汇聚起来，就成为一生的全部。可以说，有一个面目生动、意味丰饶的人，一直活在陈继明的小说里，活过了他的一生。

这个人是谁呢？

是牛牛（《寂静与芬芳》）、王强（《雪糕》）、秀虎（《空荡荡的正

---

① 陈继明、方守金、郭海军：《夹缝中的人物痛感及其感情表达——从陈继明近期小说创作谈起》，载《新世纪文坛报》2018年6月11日，第4版。

午》)、徐小宁（《积雪》)、思绮（《爱情与虚构》)、龙助（《蹄》)、龙助妈（《举举妈的葬礼》)、朱老师（《老桥》)、星期五的老人（《玩健身球的老人》）……

是丁丁（《辽阔天空》)、王勇（《邪恶一次》)、大虫（《珊瑚》)、老慕（《椅子》)、房朝晖（《百鸟苏醒》)、徐朝晖（《八人良夜》)、梦梅（《平安批》)、老李木匠（《割棺材》）……

是菲菲、周羽（《圣地》)、招儿（《青铜》)、余梅（《患幽闭症的女人》)、Z（《宇宙是一颗香蕉梨》)、马伦（《0.25 秒的静止》)、孟芊（《各雅各姿杀人事件》)、流浪汉（《有握手楼的镇子》)、牛作孚（《在毛乌素沙漠南缘》)、信义老汉（《一棵树》）……

是凤玉（《凤玉》)、莲花（《官道》)、四十一（《二百五四十一》《每一个下午》)、陈有志（《山的牙齿》)、喜梅（《遍地牛羊》)、吉祥和海棠（《粉刷工吉祥》《途中的爱情》)、可乘（《北京和尚》)、蔡安安（《留诗路》)、巴兰兰（《堕落诗》）……

是父亲（《父亲》《骨头》)、母亲（《招魂》《母亲在世时》)，是“我”“他”或“她”。

以上不完全列举能够说明陈继明在小说里宽视域、多维度地写出了一个人的一生。现实与历史的交织、社会发展与个体生存的缠绕，既成为陈继明小说人物生存的广阔时空背景，也是这些人物的基本生活内容。各个人物所思所行显现的不同人生截面，以“常情”“常理”的本然姿态，形成了陈继明小说世界里一个统一的、整体的人。这个人花了一辈子的时间，从乡村来到了城市，从农业社会走进了工业社会，从传统步入了现代。这个人的七情六欲在陈继明的小说里成功地得到了艺术化的释放和展示。

这个人的名字是“中国人”。

4. “陈继明”形象

固然，这个中国人一生的形象充分灌注了作者的情感和心智，因而是“陈继明”化的。但陈继明化的众多形象，之所以能熔铸成一个统一的整体的人物，是因为每一篇（部）小说的内部，还站着一个陈继明自己。这个“陈继明”不是事实上的作者本人，与日常生活里的陈继明不能完全等同，他只是现实中的作者的一部分，是精神上的“陈继明”。或者说，物质生存意义上的陈继明，在小说中只能是陈继明的肉身。每当陈继明处在写作状态，凝神静气地以个性化的文笔描绘人物的时候，他就成为隐伏于小说中的一个形象——“陈继明”形象。这个小说里无处不在的“陈继明”观察周密，体验细腻，思考深邃，语调沉稳冷静，如同和其他小说人物须臾同在、难以分割的影子。所以读者可以明确看到小说里的人物，对于“作者形象”①，则只能通过“感受”来加以确认。

原因在于，小说是作者在现实世界即实有的物理世界和心理世界之外建造的另一个世界——精神世界。作者是这个精神世界的设计者、建造者和主导者，同时也以自己的心智和情感赋予其精神与灵魂。小说的人物形象体系是显在的、可见的，而作为统摄整合人物及其他如结构、情节、语言等要素，以及隐匿于小说中的作者形象却很难被发觉，甚至被无情的忽略。细心的读者能够观察到，这个作者形象并不是生活中的作者本人，而是介于作者和小说之间的中介性形象，是他在把控着叙事人（第一人称或第三人称）的讲述，布斯曾称之为“隐含作者”②。所以，我们不能把《别尔金小说集》里的作者形象看作普希金本人，不能把《复活》里的作者形象看作托尔斯泰本人，不能把《呐喊》《彷徨》里的作者形象看作鲁迅本人，也不能把《平凡的世界》里的作者形象看作路遥本人。同理，自然也就不能把《七步镇》里的作者形象看作陈继明本人。可以说，即使是优秀的经典小说，其里面的作者形象往往也比作者本人更宽厚、更深刻、更伟大。因为作者形象是作者本人处于写作状态时的意识、观念、趣味等的具体化身，是具有专属性和定向性的俯察天下苍生的精神性形象。把握了“作者形象”，读者就能真正理解“文

---

① “作者形象”的概念，是由苏联学者维·弗·维诺格拉多夫（1895—1996）提出的，并从文学修辞角度给出了相关阐释和论析。具体可参见白春仁的《文学修辞学》（吉林教育出版社1993年版）、王加兴的《论维诺格拉多夫的作者形象说》（《中国俄语教学》1995年第3期）等相关著述。

② 布斯强调小说中的“隐含作者”不能等同于作者本人，他需要承担相应的伦理责任。但布斯并未把“隐含作者”这个概念作为一个独立的小说要素来探讨。参见［美］W. C. 布斯的《小说修辞学》，华明、胡苏晓、周宪译，北京大学出版社1987年版。

如其人”的含义。在看到历史上许多著名艺术家“人设崩塌”的故事时[①]，也就不会觉得怎样惊世骇俗或者多么不可思议了。

但是，作者形象却并非作者本人有意识的塑造。当作者在小说写作过程中选择叙事角度、确定叙事态度时，他会自然而然地控制叙事语调，对情节和细节做出自认为合理的组织安排，规定其意义表达的方向。此时，外显在读者具体感受里的价值观念、情感态度、审美趣味等，就聚合呈现为作者的形象。可以说，作者写作的过程是创造自我形象的过程，也是一场艰难的心灵跋涉，即使大多数情况下他并没有这种明确的意识。如陈继明曾自述：（我）“写小说，没在写小说，在写我，在写我的心，写我的生命，延伸我的世界，触摸我无缘涉足的世界，把我变成世界，把世界变成我”[②]。处于创作体验中的“心”“生命”“世界”，既属于作者“我”，也构成了对象化的“我”的形象，“我”成了“我”的创造物，作者形象由此得以成形。

一般而言，一个作者的多篇（部）小说中，作者形象既是同一的，也会显示出递进性。因为作者的视野、格局、标准等，可能会随着年龄的增长、阅历的增加而发生某些变化，这也在一定程度上规制了作者形象的可变性。但总体而言，作者形象的同一性是常态和基本事实。在30多年的小说创作里，陈继明的作者形象或者说“陈继明”形象是清晰可辨的，而且一直处于较为稳定的状态，但内蕴越来越厚重。可从三个方面来做简略辨析。

一是智性的知识分子形象。1988年以来，“陈继明”的知识分子形象，更准确地说是人文知识分子形象，未曾改变过，他或是中小学教师，或是大学教授，或是作家，或是其他有相当知识积累的人。这就决定了“陈继明”的知识分子叙事视角。特别之处在于，“陈继明”采取的是有限的知识分子视角，使得小说里的“陈继明”形象一方面表现为俾睨天

---

① 这方面的著述有［英］保罗·约翰逊的《知识分子》（杨正润译，江苏人民出版社2003年版；新华出版社2021年版）、《普希金秘密日记》（彭淮栋译，海南出版社1999年版）等。《知识分子》写出了卢梭、雪莱、易卜生、托尔斯泰、海明威、布莱希特、罗素、萨特等人日常生活中的另一面，旨在揭示盛名之下的人性弱点。《普希金秘密日记》被学者认定系美籍俄国移民阿尔马林斯基的伪造。可参见陈训明的《误读与伪造普希金》（《中华读书报》2002年9月4日）。但不论真伪，都可以从侧面说明“作者形象”与作者本人的区别。

② 陈继明：《写作的呼吸》，载《天涯》2016年第3期，第127页。

下的傲然，另一方面表现为对待具体人与事的谦卑。二者的矛盾性中和，让“陈继明”形象不论是第一人称还是第三人称叙事，都居于平视人间的位置，沉稳、从容、理性、平和、宽厚、内敛，因为了然于心而不动声色。叙事中针对各种人和事形成的判断及其表述，涉及的文化、艺术、社会、经济、历史、哲学、宗教、医学、天文学等各类知识，因为准确而无法质疑。尤其是对小说人物性情的控制性表现、对小说主旨的克制性传达，都融为“陈继明”形象的智性特征。

二是内省的知识分子形象。“陈继明”形象常常以叙事人表现出来的人物内省－反思式的心理活动来凸显智性。或者说，人物的内省－反思是显现智性的有效方式之一。从过程上看，“内省”是建立个体的自我认知和判断，“反思”是调整、巩固、提升判断，两者递进形成的结论虽然不是纯粹的理论性语言表述，但内在的逻辑却充分，因而具有浓郁的哲学色彩。在第一人称叙事里，人物的内省－反思可以借助叙事人直接诉诸读者，引领其思考。《蓄胡礼》中的“我”和母亲共同从饥饿年代幸存下来，几十年后，“我”质疑母亲：为什么孩子先于母亲饿死？在读者这里，这个质疑振聋发聩，余味无穷。庆幸的是，最后“我”通过反思自己，理解并原谅了母亲——“我们相视而笑，和好如初”，生活依旧，但人生已经多了一层意味。此中，小学教师“我”的身份、事件、情境是叙事人要素，内省与反思的含蕴则属于“陈继明”形象。《母亲与刀》的意蕴与此相似。由于《七步镇》里的“我”和作者形象高度重合，使得不少读者认为小说“看上去像自传”。再如《骨头》《海棠十二贴》《你想过怎样的生活呢》《芳邻》《圣地》《母亲在世时》《很多个梦》里的内省知识分子形象，近年来在陈继明的第一人称小说中越来越突出，也越来越有魅力。

在第三人称小说中，“陈继明”形象的内省－反思心态并没有减弱，依然以知识分子的视角，紧密贴合人物的具体情境有感而发，其心灵图景的内核对应的是现实人生和个体生存状态中的人心。如在《堕落诗》里，巴兰兰改“邪”归“正”的过程，就是她不断内省－反思的过程，这个过程既是人物行为的强有力支撑，也给予读者一种揭示与启悟。华山自问“有没有阶级？”看着眼前的 100 万元人民币，“他觉得他看到了政治经济学的核，那就是：阶级永不可消除，只要人类存在，阶级就存在，毫无疑问，世界各地的人都是以阶级的方式存在的。华尔街的资本家和车间里的小工人不可能是同一个阶级。开发商和进城务工人员不可能是同一个阶级。一百万和十万也不是同一个阶级。巴兰兰和华山可以在一起做爱，但不是同一个阶级”。[①] 这样的反思成为他选择回乡的主要心理驱动力。需要分辨的是，第三人称小说里的叙事人看似与作者形象重合而一，其实两者的区分明显：叙事人需要描述人物所有的包括日常的心理活动内容，“陈继明”形象则只需着意人物内省 - 反思的伦理与方向性蕴含。

三是成长的知识分子形象。纵向看，陈继明小说的作者形象也是一个成长、发展中的知识分子形象。自《那边》到《0.25 秒的静止》，30多年来活在小说里的“陈继明”，从黄土地的风沙中起步，正在走向海洋和天空，其视野与格局也越来越高远、宽广。他不仅仅是从南海之滨回望、体味西北的故乡故土、海棠人事，更主要的是，在更广袤的人生天地间，他以更具功力的艺术笔墨描画人性的深幽与辽阔，努力抵达诗与哲学的普遍性。时间与空间、历史与现实、当下与未来、主观心理与外在纷纭、个体情感与大众悲欢，种种生活元素浑然一体，形成了厚重而充满沧桑感的“陈继明”形象。在近几年的小说《七步镇》《母亲在世时》《平安批》里，这样的形象特征尤其显明。

总而言之，“智性”“内省”“成长”界定的只是“陈继明”形象的个性和特殊性，是构成陈继明小说“作者化”的第一要素。但从根本上说，所有的作者形象都是一个道德形象，“陈继明”形象当然也不例外。因为不管作者是否认可，对于读者来说，作者应该都是站在一个伦理层面开始写作的，作者形象首先体现的是“德”与“文”的基本关系，内蕴着作者的价值取舍、生存态度、人格情怀，直接规定了作品的主题指向。如《人民文学》杂志推介长篇小说《平安批》时所言，小说“跳动着守道怀仁、守义重情、守财归根的‘中国心’”[②]。这样的评价，看似是对作品主题的称赏，实质上隐含着对陈继明和“陈继明”形象的一种道德确认和肯定。

---

① 陈继明：《堕落诗》，作家出版社 2012 年版，第 107—108 页。

② 《人民文学》“卷首”2021 年第 1 期，第 3 页。

三、 直面生活， 寻找和探索

写作时间的延伸、作品数量的累积、文学水准的提升，会逐渐形塑出一个作家应有的艺术生命。但正向的持续的质量提升，并不属于所有的作家。就小说界而言，艺术生命的效能或写作能力退化、弱化，甚至是戛然而止，这样的小说家在近20年来的当代文坛上毫不鲜见。衡量的一个简单尺度，是看所谓的代表作诞生于什么时候，也就是处在作者写作生涯的哪一个时间点。依此，陈继明的小说成名作应该是1996年的《月光下的几十个白瓶子》，可如果认真审度，会发现很难确定他的小说代表作。个中缘故，主要是作品的显在的未完成状态。未完成状态主要体现于作为作者形象的"陈继明"还走在那条路上，他还在寻找和探索，他的感觉触须仍然探向四面八方，他还没有到达他希望到达的那个地方。

然而一路走来，陈继明小说的"作者化"却越来越显然。除了已经成形的作者形象，在题材、人物、语言、主题指向、风格等方面，陈继明小说的个体特征也渐渐趋于稳定。"作者化"意味着陈继明已经具有了自己的小说写作面貌，已形成能够获得读者接受和认可的美学品格，一种日趋成熟的艺术气质。但是若想概括出陈继明小说独有的面貌和品格，却难以一言蔽之。比如领会小说的主题，即领会作者通过特定视角、人物和作者形象想要表达什么，往往是读者阅读的首要需求。可在陈继明的小说里，这个主题是多维的、缠绕的、隐伏的，因意涵丰沛而不容易归纳出单一的结论。对此，陈继明早年间就认为："你怎么讲故事和讲了一个什么故事是小说的全部。应该毫不犹豫地相信故事。主题不是单独的东西。主题是每一个字、每一段话、每一种载体的统一体，是总的氛围、总的深刻性和总的精神气质。"① 20多年后他又强调："伟大的小说会拒绝直白地表达任何结论，拒绝表达任何易于说清的东西。小说家是

① 陈继明：《一切都在前面——创作随笔摘录》，载《朔方》1993年第1期，第62页。

把世界看得比实际更复杂的人。”[①] 的确，大众能够看清楚想明白的事与理，小说家没有必要再阐述，他想要表达的应该是芸芸众生没有看到和想到、想不清楚以及从来不想的人事和心思。学术一点说，即小说主题的“统一”和“复杂”，需要作者必须在直面生活的前提下，以虚构的故事来表达自己个体化的寻找与探索，让读者能够从中体悟到社会、历史、文化、伦理、哲学、宗教、艺术等各个角度、各个层面的内在含义。此中，读者的体悟可以与作者的写作意图一致或相近，也可以各异其趣。但无论读者感受到多少个“哈姆雷特”，却始终都只能是“哈姆雷特”，小说主题的本质性内涵不会改变。按照这样的思路，我们可以相对宽松地简要梳理一下陈继明小说的主题。更确切地说，是提炼陈继明小说逐层深入的主题指向。

1. 既有：宽容呈现个体生存的本然和实状

由点及面、由个别到一般地摹写世俗世界中人的生活本相，并融入作者的态度，形成陈继明小说主题指向的第一层意蕴。如前所述，人是共性与个体唯一性合而为一的智慧生物，小说家的任务首先是直面人的个体生存特质并如实地加以描述。故此，从人物塑造角度看，写出本然和实状是要写出人物既有的心理与言行；从意蕴层面看，写出本然和实状则要写出作者对人的既有存在状态的情感态度。“既有”不是“应有”，面对“既有”，需要作者具有信心、勇气、良知、理性和智慧；“既有”属于现实主义而非浪漫主义；“既有”是历史的进行时，是“想当然”的对立面和敌人。真实坦荡地写出“既有”，也即写出个体生存的本然和实状，不虚饰、不媚俗、不做作，是作者形象作为道德形象的前提性条件和基本面貌，每个小说家都概莫能外。

陈继明小说对个体生存本然和实状的及物性呈现，令读者看到了生活的本来样貌，其中的所思所想、所言所行，仿佛就在周围，甚至就是我们自身的生活。这样的“我们”经过陈继明的本然性书写，成为一种可以审视和体察的客观对象，成为一个个可以看得见的既熟悉又陌生的

---

① 陈继明：《长篇小说是用稻草救命的艺术 —— 从〈习惯死亡〉谈起》，载《广州文艺》2020年第1期，第159页。

“自己”。“我们”从中知晓了自己活在当下的样子，活在卑微、寂寞、焦虑、困惑、迷惘、急切、躁锐、轻慢、忧伤、惆怅、哀婉、无奈、怨怼、愤怒、欣悦、兴奋、欢喜等交织纠缠的人生状态中的样子。但陈继明并非意在只让读者“照镜子”，他的独特更体现于寄寓真切摹写之内的情感态度，淡然、冷静、克制，因不动声色而尽显客观味道。自《那边》开始，正是因为所写人事的本然和实状遵从于“既有”的存在感，所以我们近乎从不能在陈继明的小说里发现其单一的情感价值取向，如批判、谴责、鞭挞或赞美、颂扬、讴歌。

例如,《那边》里“她”的精神世界是“我”的“那边”,《列车》里“我”对内心痛楚的寻找,《游泳》里刘副县长的不安和逃避,《邪恶一次》里王勇的复杂心态，《山的牙齿》里陈有志等村人的言行，《积雪》里诗人海桑的自责和下意识的轻松感,《城市的雪》里王刚的摇摆与妥协,《干旱的村子》里麻木的生存氛围,《比飞翔更轻》里于飞不能释怀的欲望,《边界》里“我”的首鼠两端，《夜行列车》里的暧昧期待,《粉刷工吉祥》里的弱势无力，《珊瑚》里理性与情感的纠缠，《蝴蝶》里“她”与蝴蝶的互况,《每一个下午》里人情和权利的纠葛，《北京和尚》里可乘的选择之难，《灰汉》里对欺压的默认，《圣地》里爱的缺失,《七步镇》里寻找自我的挣扎,《0. 25秒的静止》里自然劫难中的人性，等等，在这些小说里，陈继明侧重描述的是一个或多个人物的具体生存状态，叙事冷静客观，尽显人物存在的多面性，由此呈现给读者：就是这个样子，你怎么看？换言之，这些小说里的人和事都是不完满的，恰如我们生活在其中的日子本身，只不过陈继明又加工提炼了一回而已。这时，价值判断的责任和难度就由读者来承担了。

例如1994年的短篇小说《东西》。“我”“像躲避疾病一样躲避着庄严，还有美、良知、诚实……”因为不能把妻子调到省城而想要离婚。虽然“我爱我的妻子，在她身上我挑不出任何可能作为离婚理由的缺点”，但“与其费尽九牛二虎之力调你，还不如就地重找一个。这个世界能做妻子的女人多的是。何必吊死在一棵树上”。为此“我”思索了很多离婚的办法：争取发现妻子有外遇；妻子不是处女；向妻子承认和11个女人睡过觉，并把最后一次的裸照给她看……最后妻子终于不能忍受，主动离了婚，妻子的弟弟也把“我”打进了医院。结尾是“我”的哲理式独白——

在病床上我想起了打架时我们相互骂过的话：你他妈不是东西。你他妈才不是东西。

我不由自主地胡乱推敲起来：我不是东西？我自然不是东西。然而我怎么不是东西？既然你是东西。实际上我们都是东西。凡是触手可及的，能够看得见的物体，均可习惯地称之为东西。只不过东西有好坏贵贱之分。在这个世界上，你一睁眼就看到东西，一伸手就摸到东西，你永远穿行在东西之间，吃着东西睡着东西抢着东西偷着东西买着东西卖着东西借着东西还着东西造着东西毁着东西。这个世界的绝大部分空间都被东西占据着。

那么在各色各样的东西之外还有什么呢？还有什么呢？[①]

这段独白有意制造了一种荒诞感，稀释了读者对“我”的道德审判，不是简单的“无赖”“人渣”所能指称的。由此“我”就逸出了传统伦理的边界，“我”的既尴尬又无奈的人生情态足以引人深思。陈继明这种挑战读者道德判断的本然和实状呈现，在之后的小说里开始向厚重和宽容发展，韵味深长。像《一人一个天堂》里最让人切齿拊心的“小将”伏朝阳，在被割舌时似乎罪有应得地死去了，但后来又活成了“像孩子一样爱脸红，张嘴只会‘啊啊啊’，走路时总习惯于偏着头，盯着路边，做出找寻状”的黄爱毛，用叙事人“我”的话说，是“天网恢恢，又疏又漏”。个中的人生滋味，显然让读者一言难尽，但只能是不同的读者产生不同的感受，陈继明没有给出答案。

当然，陈继明也有通过“溢恶”来较为清晰地表达现实批判倾向的小说，如《椅子》《月光下的几十个白瓶子》《青铜》《遍地牛羊》《蚊子》《官道》《百鸟苏醒》《堕落诗》等。然而作者对现实中“恶”的揭批，只意在客观呈现，以此引起读者的愤懑不平。更主要的是，“溢恶”只作为小说主旨表达的陪衬，仿佛“表意”的平台一角。如《遍地牛羊》的主旨显然不在于讥嘲官风官情，而在于揭示喜梅是“顺”还是“逆”、

---

① 陈继明：《东西》，载《朔方》1994 年第 4 期，第 21—24 页。

是“脱群”还是“合群”的心理过程，糊弄上级干部的“遍地牛羊”是显现喜梅内心思虑的因缘性前提。

纵向地看，30 多年来，陈继明以自己从西北到华南的物理位移为基本叙事时空，寻找和客观叙写着个体生存“既有”的本然和实状，以冷静、淡然的叙事方式表达独有的人生体悟。这样的特色看起来属于作品风格，实则为主题指向。因为陈继明在不置臧否中投入了宽容的情怀，蕴蓄着对笔下人物充分的爱和理解。正如他就《北京和尚》《忧伤》《陈万水名单》等作品接受访谈时所说：“全世界的作家、电影导演、编剧，其实有了一个共同的主题，那就是人性，这已经算不上稀奇了。我觉得更重要的，决定成败高低的，可能还是对人的爱，对人的理解。”“众生都苦，人人都难，每个人都在期待一尊麻脸观音的出现。这也让我更坚定地相信，写作就是尽可能地爱人，理解人。”① 这种理念使得小说里各种有缺欠、有不足的人和事，始终处在一种宽厚与被怜惜的情感氛围里，由此汇聚为陈继明小说的基础性主题指向。作者刻意隐藏的情感，也即作者形象的情感态度，与作品客观的叙事语气、语调，在反差中形成张力，生成了陈继明小说的基本风格。

2. 问题：冷静揭示本然和实状中的人性沉疴

尽管有了爱和理解，但陈继明小说极少表现暖色调的人和事，人生中该有的温馨、融洽、和睦之类，即使出现也只是瞬间或片段。像《寂静与芬芳》，初读起来诗意十足，可牛牛对爷爷死亡的恐慌、惊惧和牛牛妈妈的漠然，在结尾处完全消解了这种诗意，通篇的孤寂与哀伤足以引发读者的心理痛感。所以，陈继明对个体生存本然和实状的宽容呈现，并不只是为了灌注爱和理解的情怀。也就是说，他写出个性化的“是这样”，是为写“为什么是这样”奠基和铺设前提。

陈继明早已注意到众生相里隐含的诸多人性问题，这成为他笔下人物不完满、有缺欠的人生之因。现实中，人们固然可以把生存中的各种问题归结到人性的复杂上，继而从哲学层面加以学术性的概括和把握，

---

① 《对话陈继明：当你坚定不移地去做一件小事情时，你就是有野心的》，载中国作家网 http://www.chinawriter.com.cn/talk/2016/2016-06-10/274049.html，2016 年 6 月 10 日。

或者以“人生的艺术”“生活的艺术”等命题来做通俗化普及。但小说家不是哲学家，小说家必须用文学的方式发声，必须直面生存的各种问题，并通过塑造形象来表达自己的寻找和探索，揭示问题的症结，并给出解决办法。尽管这是个人化的努力，可其中也孕育着共性化的智慧。因此我们才强调本然和实状的宽容呈现是陈继明小说主题的基础性意蕴。诚如米兰·昆德拉所言：“如果作者把一种历史境况作为人的世界从未有过的具有揭示意义的一种可能，他就想把那个境况按照它的样子描写下来。但是，我们仍然可以认为，忠实于历史的现实就小说价值说来是次要的事情。小说家既不是历史学家，也不是预言家，他是存在的勘探者。”①陈继明对存在的“勘探”，主要通过聚力于人物的内心来暴露人性问题，而不是社会问题。

陈继明在创作之初就注重对人物心理的描写刻画。人“活着、挣扎着、思考着，这便是经历。即使是习以为常的生活，也有令人惊骇的一面。掘进人物的内心生活，永远可能达到新的深度”②。陈继明要为人物的外在言行找到充分的心理依据，同时揭示影响和形成这种心理依据的外部现实缘由。于是，小说在展示人物的内在心理的同时，也映射着个体的生存状态，以及这种具体状态所处的时代，由此揭示人性问题。为此，除了前述的感觉描述、独白、梦境等具体方式，陈继明有时还以整体的叙事结构来营造和强化心理效果，启悟读者的痛切感受。

以《陈万水名单》为例。小说在叙事结构上分为两个部分：“1959年的丝”和“遗物和逸事”，前者有七节，后者由七件“遗物”和七则“逸事”组成。整饬的结构，让这篇小说成为陈继明形制最为精巧的短篇。但这种用心不仅是为了结构均衡，更是为了制造一种心理效果。陈继明把小说的时空距离从1959年一直延展到2012年（瓦琴从1959年的37岁活到90岁，小说写于2013年年初），这就为读者在心理上营造了一个广阔的空间，一个能够充分展开思索和回味的心理时空场域。从具体叙事看，“1959年的丝”写的是那个饥饿的春天里的个体，所以要用工笔细致刻画；“遗物和逸事”写之后53年间的人和事，偏重于群体的言行

---

① ［法］米兰·昆德拉：《关于小说艺术的谈话》，见《小说的艺术》，孟湄译，生活·读书·新知三联书店1992年版，第43页。

② 陈继明：《一切都在前面——创作随笔摘录》，载《朔方》1993年第1期，第62页。

描述，以“遗物一：捕狼板”“逸事一：梦见爬行”等标题做点染性的白描。整体而言，前后两个形态均衡的叙事模块，由“陈万水名单”统合成一体。就情调而言，仿佛一首乐曲的上下两个乐章，前者沉重激越，后者轻逸婉转，以冷峻和清寂贯穿始终。如果推论陈继明的写作构想，前后两个部分应是意图形成一种现在与过去对话的关系。隔着岁月之手持续拉长的物理性的时空距离，从现在回望过去的死亡，会是怎样的一种感觉呢？也许是记忆模糊，只剩下一些生存经历的存照：实有的“遗物”，进而是源于心理同时作用于心理的民间“逸事”。由此，在随着时间的推移渐次增大的回忆距离上，沉重的历史变得越来越轻逸，悲剧也越来越多地染上喜剧色彩。小说以虚构制造的这种距离，实际上是心理的距离。这种距离使过去的死亡在人物那里变得轻逸和喜剧化，但传达到读者心中的时候，却是愈来愈沉重。也即，《陈万水名单》匠心独运地设计了一个饶有意味的心理图式，读者难以随着文本的阅读进行同步的感受。只有读后再回味，才能做进一步的感悟和思考。此时，主要的问题也就随之出现了，那就是“人的遗忘”。

再如《干旱的村子》。某天正午，豆花抱着儿子兔兔跳进水窖自杀被救，儿子和救她上来的丈夫万福却被淹死了。84 岁的老红军李队长和全村人都期待着豆花的哭声。一直到了后半夜，娘家来人了，豆花才哭了出来。小说的叙事由事态延展到情态，最终以李队长幽微的心理感觉和豆花悲切到绝望的哭声衬托出村子里人们的心态：对他人痛苦的漠然。在《灰汉》中，银锁做灰汉不是自愿的，而是被强迫的。他的逆来顺受、软弱无力，也是外力强制作用使然。当一个人孤独、弱小时，就有可能受到强者、当权者、自以为是者，甚至是另一个弱者的欺凌和压迫。对此陈继明说：“强是假象，每一个人其实都是弱者。用村上春树的话说，人人都是鸡蛋。可是，有时候人会忘了自己曾经是鸡蛋，当他有权势欺负别人时，会迅速忘掉自己曾经是鸡蛋这个事实。”[1] 一边欺压弱者，一边臣服于权力，所以我们每一个人都有可能是“灰汉”。关于《北京和尚》，陈继明解释道：小说“其实在写一个和尚的不安。没信仰怎么都可以，一旦有了信仰，则可能事事难安。这个和尚的出和入，在佛门内外

---

① 陈继明、火会亮：《寻找和探索的姿态——作家陈继明访谈录》，载《朔方》2012 年第 9 期，第 19 页。

的再三摇摆，有史无前例的时代意义”[①]。又说：“写着写着，我发现我的任务之一是考察‘戒’这个字和人类的关系，‘戒’这个字原来不仅和出家人有关，更和人人有关，持戒破戒之间，横亘着的正是所谓‘人类困境’，而我们的写作，似乎只能‘到此为止’。”[②] 小说虽然“在弗洛伊德之前就知道了潜意识，在马克思之前就知道了阶级斗争，在现象学者们之前就实践了现象学（寻找人类境况的本质）”[③]，却永远写不尽“人类困境”。因而可乘对于“出”或“入”的摇摆、困惑和痛苦，只能是特定时代中的一种两难选择，唯有以断指惩罚自身。

类似这样充满哲学意味的人性揭示，几乎遍布陈继明的每一篇（部）小说。也可以说，陈继明宽容地描述个体生存本然与实状的过程，最终都指向某一侧面或某一维度的人性沉疴。概括而言，人性就是内在的七情六欲和外在的喜怒哀乐互为表里的人之本相，虽然有特定文化的、民族的、社会的形貌与色彩差异，但其内核是共通的，都属于人的本质里的固有之义。既然人性中存有本然痼疾，那么是否能够对之进行改造，使之健康向好呢？陈继明在小说里立足“既有”，也写出了“应有”。

3. 应有：执着探索厘革本然和实状的人生路径

“应有”在此是指应该有，实际上还没有或正在有。陈继明的小说少有暖色，甚至不时地“溢恶”，偶尔出现的“溢美”即对人格美与人性美的肯定，昭示的也是对“应有”的呼唤和期盼。

发表于1999年的短篇小说《在毛乌素沙漠南缘》更像是一篇报告文学（地点是实有的），里面的牛作孚老人是远近闻名的治沙能手，几年前他老婆带着3000元一去不回，被人当成骗子。对此牛作孚对“我”说：“都说她把我骗了，我不这么看……我倒觉得，她是看得起我。”“她起码相信我是个厚道人，对不对？要不然，她咋敢把亲生骨肉撇下呢？”“拿走了三千块钱……其实，箱子里的钱比三千多，只拿了三千，不过就是

---

① 舒晋瑜：《陈继明：我试图写出“妙从衷来，滋味怡然”》，载《中华读书报》2016年2月3日，第11版。

② 陈继明：《〈北京和尚〉备忘录》，载《这篇小说选刊》2011年第6期，第137页。

③ ［法］米兰·昆德拉：《关于小说艺术的谈话》，见《小说的艺术》，孟湄译，生活·读书·新知三联书店1992年版，第30页。

个路费嘛……"这样心地善良、襟怀坦荡的人物设定，其彰显的人格美在陈继明小说中并不多见。短篇小说《蚂蚁》中，护林员"他"因为替班的人没到，只能继续在山上留守。而此时老婆在医院里要生产，这让"他"心急如焚。焦虑、担忧、紧张的内心和山路上缓慢爬行的蚂蚁形成反衬，细腻、柔婉地突出了一个温馨的生活片段。通篇表现如此纯正的人性设定，在陈继明笔下实属凤毛麟角。类似这样没有道德瑕疵的正向人物，还有印真（《堕落诗》）、可乘（《北京和尚》）、萧定（《留诗路》）等屈指可数的几个。

我在《堕落诗》和《北京和尚》里的确写了两个好和尚，印真和可乘，他们身上有人性的纯美，有佛法的甘甜，他们身上散发着珍稀的人味。而且我敢保证，生活里是有这样的人的，这两个人物既是虚构又是写实。有很多人注意到了印真和可乘这两个人物，并且不约而同地表示出了敬意，这让我觉得良心是在的，人是有救的，我们这个世界是有希望的。①

陈继明这段话强调的是自己对人性的信心，可实际上在他的小说里，揭示乃至暴露的恰恰是纯美人性的另一面。因为"人味"在世俗庸常中的确很"珍稀"，有如佛光乍现。但"另一面"的内涵，也绝非人格扭曲、人性异化、人性压抑、人性嬗变、生存困境之类语词能够概括的。陈继明只是宽容地提炼和描述本然和实状，小说里的事态、情态、心态就来自现实生存本身和现实中的我们。于是，他的大多数小说都是通过"既有"凸显"应有"，上述几篇只是特例。而写出改变本然和实状人生路径的"应有"，才是陈继明小说一直以来孜孜以求不断寻找和探索的目标。

总体而言，陈继明小说里的"应有"基本以"逆向"的姿态来展现。就人物的思与行以及价值取向来说，"逆向"就是与现存的、大众的、常规的，即人们习以为常、熟视无睹的世俗生存状态相背相违，它既不合群，也不随俗。在陈继明的小说里，"逆向"的具体姿态可以归纳为以下

① 陈继明、火会亮：《寻找和探索的姿态——作家陈继明访谈录》，载《朔方》2012年第9期，第15页。

几种。

一是逃离。从处女作《那边》开始，陈继明小说就出现了“逃离”的主旨意向。“她”的离开，表明了生活的另一种可能性。这何尝没有逃离的意味？只是前路未知而已，也体现出作者彼时思考的游移不定。《游泳》里刘副县长以出门游泳来躲开家庭宴请，是对俗常氛围的一种逃离；《边界》里的“我”在凌晨走出家门，是对亲情禁锢的逃离；《途中的爱情》里的吉祥与海棠历尽波折选择回家，是对一种规则的逃离；《珊瑚》里的“他”（大虫）结束地下情，是对一种生活状态的逃离。《圆形廊柱》的疯子俞铁、《宇宙是一颗香蕉梨》里痴迷于天文学的Z、《一人一个天堂》里遁隐蝴蝶谷的杜仲、《堕落诗》里主动服刑的巴兰兰、《每一个下午》里失去孩子的晚晚、《教育诗》里的中学生“我”等人物，是更为坚定和清醒地逃离。在此，逃离是对庸常世俗的反抗，也是建立个体自我生存价值和意义的一个进程。即使在小说中没有获得美好和完满的结局，这样的“逃离”也展示出一种“应有”的行动姿态，其中蕴含着重建某种人生的希望和方向的意味。

二是弃绝。主动地彻底拒绝某种生存现状，唯有舍生向死，这需要更大的勇气和信心。批评家李敬泽盛赞的短篇小说《青铜》[①]，写的是卖笑女子招儿从城里回到家乡，即使为学校捐出巨款，也仍然受到冷酷的排斥。她选择到远离村庄的深山里自杀，以决绝的方式超越世俗的恩怨和是非，为此昔日恋人李福来痛悔地在自己胳膊上刻字铭记。刀划在肉上“发出果决悦耳的脆响”，足以令读者凛然动容。《积雪》里的少女徐小宁，弃绝的是一种缺少真挚和诚笃的情感。所以在她自杀后，诗人海桑才对自己说：“我完了，我他妈完了。”《地下》里的老太太上吊自杀，弃绝的是无奈和失望。《忧伤》里患重症肌无力的杨勇自杀，弃绝的是庸俗和矫饰。陈继明小说中的弃绝，都是以决心赴死的自杀方式来实现的，个中显现的是“应有”的姿态。

三是持守。在个体生存过程中，“逃离”和“弃绝”毕竟不是常态，也无法成为常态，于是“应有”就更多地体现为“持守”。“持守”是维护和坚持一种个人认定的生存操守，体现为持续而坚定的伦理姿态。《在

① 李敬泽：《遥想远方——宁夏三棵树》，载《文艺报》2000年8月15日，第2版。

毛乌素沙漠南缘》里 70 多岁的牛作孚老人、《北京和尚》里的可乘，他们的持守姿态并非逆向，而是正向的伦理典型。他们的道德修为因境界相对完美而稀少罕见，所以人们可以满怀敬意地瞩目，可以发自心底地赞叹，却终究难以达成一致。这样的人物有些过于优秀，普罗大众少有如此强大信念的加持，可能至多就是萧定（《留诗路》）这样的“好人”。因而，陈继明发现和创设了灰宝式的“逆向”伦理姿态。

灰宝不完全是中篇小说《芳邻》的虚构人物，而是基于生活原型再加工的形象。陈继明在一次访谈中说：“灰宝是一个真人，名字都没变，几乎没有虚构。这个时代，真有这样一个人，拒绝成为富人，旁观人们的忙碌，他还是一个识字不多的农民。他真的在阅读《论语》和《本草纲目》。现实中的他，甚至被人们看作神经病，曾两次被派出所抓走。但是，在我的小说里，人们对他有适度的理解和礼遇。”[①] “适度的理解和礼遇”既是对人物本然和实状的宽容性呈现，更是为了表达人物“应有”的姿态。灰宝是海棠村的一个懒汉，因懒而穷，行为另类，遭到村人的轻慢和蔑视。但他聪明、有正义感，甘于固守贫穷（供奉穷神），有意与不择手段发家致富的现实欲求保持距离。他不用自来水也不用电，两次拒绝拆建房屋；他读《论语》和《本草纲目》，夜晚用笛子吹奏《彩云追月》。他固执、真实，对自己的状态有清醒的认识，他的内心虽孤寂却不贫瘠。小说淡然、舒缓的叙事语调隐含着“我”对灰宝逐渐深入的理解和认可。小说中，灰宝既没有众人皆醉我独醒的理智，也不具备为实现某种高远理想而独善自身的品质，他就是现实中的凡夫俗子，一个普通存在的个体。灰宝持守的伦理姿态，或许能为大众俗常的生存实状提供一个普适性的精神出口。

在此强调“或许”，是因为陈继明投注给灰宝的情感态度并非充分赞赏，并没有像对牛作孚老人那样真切地崇敬，也没有像对可乘那样由衷地赞叹，而是在理解和感喟中掺杂着些许迟疑。陈继明在 1993 年发表的短篇小说《二百五四十一》中写了一个傻气、做事莽撞执拗的另类农民四十一。被戏称“二百五”的他是村里第一个离婚的人，又因赌博输光了田地。当得知村委会为他索回输掉的土地时，他就给自己家门贴上封

① 舒晋瑜：《陈继明：我试图写出“妙从衷来，滋味怡然”》，载《中华读书报》2016 年 2 月 3 日，第 11 版。

条，连夜到省城蹬三轮车拉活了。三年后，四十一在城里遇到当初赢他土地的梦生，毫不犹豫地拒绝了对方诚恳的帮助。

越过梦生的背影，四十一看见了自己的村子，心里就怦然一动。四十一缓缓蹬动车子，车子便向四十一的村子移动过去。

然而，有人示意要坐车子。

“先生到哪儿?”四十一把车子蹬过去，并问。①

小说结尾处四十一心里的“怦然一动”，显露出现实选择和情感归属的矛盾。这是四十一的矛盾，也是陈继明的矛盾。1993年是中国实行社会主义市场经济的元年，一种前所未有的体制性变化正悄然无声地进入每个中国人的生存日常中。陈继明是较早感受到并写出这种变化的小说家。但他并非想做经济学或社会学的工作，他的用意应该是表现四十一在某种趋势到来之际的持守，尽管这种持守有一些动摇。22年后，陈继明在灰宝身上延续了四十一的持守，只是去掉了无理由离婚和赌博的内容，因为这容易让大部分读者厌烦。四十一的矛盾心态，已经在灰宝明确的坚定中淡化近无。然而，灰宝的持守仍然孤寂、羸弱，似乎难以持久。陈继明以灰宝和三蛮子在夜里共同看守墓穴做结尾，显然不是无意为之。就如83岁的老李木匠（《割棺材》），可能不再有心力最后为自己割一副棺材了。也许，逆势而为的持守应该像《有握手楼的镇子》中的流浪汉那样，更多的是对自我内心的坚定与守护，唯此才能得到平静和安详，并抵达期望的目标。

事实上，“逃离”“弃绝”“持守”揭示的只是逆向姿态的行为强度，其内在动因则是一种逐渐强韧的心理力量。的确，吉祥、杜仲、巴兰兰等的逃离，招儿、徐小宁、杨勇等的弃绝，可乘、灰宝、流浪汉等的持守，都是对既有生存状态越来越坚定的心理拒斥，并以常人所不及或难以理解的勇气和精神，付诸个体化的行动。此时，“应有”的主体内涵也得到了清晰的显现，即，叩问和遵从内心，寻找和定位自我。如余梅（《患幽闭症的女人》）因爱而拒绝接受赵震的死亡，实质上是在为自己找

① 陈继明：《二百五四十一》，载《朔方》1993年第7期。

寻一个活着的位置；巴兰兰、蔡安安（《留诗路》）是以激烈的个人心理责罚来实现对自我的救赎的。瓦琴则是用饿死自己的方式来完成最为坚定的伦理持守的。

在《陈万水名单》里，瓦琴拒绝遗忘。1959 年的春天，瓦琴和女儿凤玉因为吃了“脏东西”（老鼠肉）而被村人做了道德判决。被“污名化”的凤玉只能嫁给没了“鸡娃儿”的丙丁，此后的日子里母女俩一直“名声糟糕”。对于海棠村的村民而言，岁月如流，涤荡了所有的历史细节，也褪去了曾经的疼痛与悲伤，留下来的只有“遗物”和“逸事”。饿死的映冰只留下一张黑白照片，死去的人们成了祭奠的骨头。村人面对亲人的遗骨，没有谁很悲伤，整个献祭仪式“平静有余，悲伤不足”，因为骨头不等于当年饿死的人本身。丙丁到灵棚里送献饭，得到的是讥讽他的嬉戏小曲。历史的伤痛在后来人那里变得越来越轻逸，甚至带有浓厚的喜剧性。于是，拒绝遗忘让瓦琴成为海棠村历史秩序和责任的唯一守护者。她在晚年开始存储旧粮，选择属于自己的一种死法——活活饿死。瓦琴持守着秩序和责任，甘愿受人指指点点，最终还以独有的死亡方式护持了与沉重历史的血肉联系。因此，瓦琴是小说里唯一活成自己的人，这大概是陈继明的写作主旨。

对遗忘的抗拒，源于扪心自问，以期在本然和实状的既有浊流中找到自我，进而活成自己。不止《陈万水名单》，在早期的短篇小说《列车》和《凤玉》里，陈继明已经做过相关的主题探索。迨至长篇小说《七步镇》，这种对“应有”的艺术探寻才抵达最高也是最好的完成度。①

寻找自我，是《七步镇》多维意义空间里的基本主题指向。作家东声（小说中的“我”）在纵横错杂的历史与现实中，坚忍执着地寻找自己患上回忆症的原因。围绕东声的“寻找”，陈继明构建起一座关于个体生命本质的立体化“迷宫”，既繁复又明晰，既宏大又幽微。回忆症是强迫症的一种类型，属于典型的精神性疾病。在故事层面，回忆症既是小说

---

① 2019 年 5 月 25 日，陈继明以《七步镇》获得第十七届华语文学传媒盛典“年度小说家”荣誉称号。授奖辞称“陈继明创造了自己的‘七步镇’，一个爱欲与救赎、记忆与遗忘、欢悦与酷烈交织的美学时空。穿过生命巨大的迷茫，经由自我内在的辩论，那个亦虚亦实、似前世又似今生的一段内心旅行，所从何来，又去往何方？出版于二〇一八年度的长篇小说《七步镇》，写出了这种现实的重影和灵魂的歧途。”见《南方都市报》2019 年 5 月 26 日第 A06、A09 版。

的叙事角度，也是它要表述的内容。东声对自我今生和前世的“寻找”，成为治疗的全部过程。相较而言，在探索改变、超越本然和实状的“应有”层面，东声比杜仲、可乘、灰宝、流浪汉等进了一大步。东声是通过治疗回忆症，把思与行聚焦于自我的心理深处，主动、深入、清醒、理性地在更为深邃广袤的时空内寻找本质意义上的个体生命属性。他发现“所谓的我并不是一个边界清晰、性质稳定、在远处等着被寻找的一样东西”，“我的头号异己已不是他人，正是我自身。我身上最强势的异己正是我自身”。自我是“孤独”“脆弱”的，自我更是“贫贱”的，所以“爱是我们贫贱的证明”①。据守使命意识和道德自律，东声做出的是形而上的痛苦艰难的精神探索。当我们循着东声的自我“寻找”进入《七步镇》的纵深区域时，就会发现东声“寻找”自我的曲折足迹已经在现代和传统、个体和社会、“我”和自我的既阔大多维又具象幽微的时间和空间里，绘制出一种既陌生又熟稔的精神图谱。这图谱既属于东声，也属于我们。故而，东声的“寻找”似乎也在引领着我们寻找，引领我们寻找自己今生的“过去”和前世的“自我”。东声的自我疗救，也更像是我们对自己的疗救，可以达到某种程度上的有效性。

但真相的另一面可能更加残酷。东声的“寻找”纵跨近百年，他找到了前世李则广，找到了今生的病痛之源，即找到了病根，加之和居亦的爱情，一定程度上缓解了他的疼痛，但他的病并没有完全被治愈。因为东声从回忆症里走出来后又出现了新的问题。东声在小说结尾“向自己发出强烈的疑问”：从西北回珠海也即从历史回到现实中的“我”，“算不算我自己？”东声对自我的“寻找”，好像还没有真正结束。陈继明在此创造了一个开放性的主题场域：东声的病痊愈了吗？答案是否定的。而“寻找”可能是东声也是我们每一个人永远的宿命。因为个体生存“既有”的欲望、情感、执念、窘迫等，以及由此滋生的精神羸弱和心理乏力，已经成为通约性病源，既折磨着东声，也困扰着我们。像东声一样去“寻找”自我，也许就是“应有”的最基本要义。

自我内部世界的宏阔幽微，往往存在于人们的习焉不察、熟视无睹和司空见惯中。人生的疾苦与喜乐，聚焦于自我内心，也从自我内部向

---

① 参见法国宗教思想家西蒙娜·薇依（1909—1943）《重负与神恩》，顾嘉琛、杜小真译，中国人民大学出版社2003年版。

外发散和辐射，由此塑造了现实的全部。《七步镇》是陈继明对本然和实状中的个体自我所做的一次真正敞开。在对自我不断审视、反省、重新发现的过程中，《七步镇》完成了一种哲学意义上关于“应有”的人生探索。

当然，优秀小说可以通过形象的手段抵达哲学的本质。但文学毕竟不是哲学，文学不可能采用概念、判断、推理的方式清楚地告知读者某种确切的看法、见解或主张。所以读陈继明的小说，只能以感受、体悟为主。这对于读者而言，具有一定的难度，也是莫大的幸运。幸运在于，在“既有”和“应有”的自我观照中，我们能够品味到人生的滋味，世上任何哲学著述都无法具有如此功用。这滋味体现在陈继明小说里，就是清冷和孤静。

清冷和孤静，不止来自陈继明克制而淡然的叙事，也不仅仅是他小说的风格。如果说写出“既有”、探索“应有”是内容层面渐次深入的主题指向，那么清冷和孤静则既是陈继明小说整体上的形态特征，也是其主题表达中固有的内蕴。在苍茫寥廓的天地之间看事、看人、看世界、看自我，无论是在海棠，还是在珠海，清冷和孤静是过程，也是结局，更是宿命。所以，陈继明用《0.25秒的静止》牵引着我们看向我们全体和全体的未来，尽管那依然是过去的延续。

而过去也不止于回忆，里面还端坐着母亲。一个人生形貌立体多维的母亲，一个孤寂而忧伤的母亲，在中篇小说《母亲在世时》中作为当代中国历史的见证者和参与者，款款地向我们走来。“文中，我始终称母亲为‘母亲’，而不是‘妈妈’。妈妈一旦去世了，就更适合称作母亲，这是始料未及的。”陈继明在小说结尾写的这一段话饶有意味。怀念母亲，向母亲致敬，这个时候，母亲也就进入了历史。回望中，清冷和孤静并非全部，但会充盈我们的心。

至于长篇小说《平安批》，除了“地域文化”“民族”“国家”等元素，陈继明仍然以深邃的思想力、丰沛的想象力和雄健的笔力，秉持心理现实主义的路径，写出了此前自己小说所罕见的新格局、新气象。概言之，一是通过梦梅的一生（人）和侨批业的兴衰历程（事），人事互显地写出了近代以来中华民族自强不息、厚德载物的侧影。二是在宏大的历史叙事中，诚挚恳切地正面描述并赞美了中国人的家国情怀。三是尽管有泪、有血、有死亡，但通篇呈现出坚定的信义精神和明亮的人生暖色。四是小说与潮汕的风物、习俗构成了一种互为索引的真实对应关系，刻印出一幅小说版的潮汕文化地图。“《平安批》像一艘结实负重但又不失灵巧敏捷的航船，满载着乡情、商情和风土民情，作家掌握着心手合一的叙述舵盘，即便靠上岸边，读者仍能看得出很深的叙事吃水线。”①由此，《平安批》成为陈继明小说创作的新界标。但小说结尾处梦梅辞世前的最后一句莫名的慨叹——“天呀，在世受罪啊”，还是荡漾出了清冷和孤静的意味。

陈继明在2016年曾说过：“看看那些被别人也被自己拿来评价陈继明的东西，我不禁有些恐惧，因为那里面充满了误解和歧路。包括我本人对自己的误解。我再试着想想我幻觉中的那些东西，不禁自语：那些未写出的部分可能更接近自己吧。当然这也许只是我对自己的一个鞭策，完全有可能，再过几十年，生命终了前，我还会发出上述的感叹：天哪，我始终没有写出能代表我自己的东西。”② 到了2022年，我们仍然无法也不愿选出陈继明小说的代表作。但我们与陈继明一样，寄希望于他“未写出的部分”。从陈继明近两年的写作态势来看，把这种期盼变为事实的时间应该不会太长。

---

① 《人民文学》“卷首”，2021年第1期，第3页。

② 陈继明：《未写出的部分》，载《文艺报》2006年11月16日，第6版。

附：陈继明主要小说目录

（1）《那边》，《朔方》1988 年第 1 期。

（2）《一个少女和一束桃花》，《朔方》1990 年第 3 期。

（3）《村子》，《朔方》1991 年第 3 期。

（4）《列车》，《朔方》1992 年第 2 期。

（5）《游泳（外一篇）》，《朔方》1992 年第 9 期。

（6）《邪恶一次》《东西》，《朔方》1994 年第 4 期。

（7）《二百五四十一》，《朔方》1993 年第 7 期。

（8）《摇曳的向日葵》，《飞天》1994 年第 1 期。

（9）《月光下的几十个白瓶子》《玩健身球的老人》，《朔方》1996 年第 2 期。

（10）《母亲二题》（《招魂》《女儿》），《朔方》1996 年第 8 期。

（11）《山的牙齿》，《小说》1997 年第 1 期。

（12）《爱情与虚构》，《时代文学》1997 年第 6 期。

（13）《人生四题》（《钥匙》《玩笑》《画家》《地下》），《飞天》1997 年第 8 期。

（14）《寂静与芬芳》，《人民文学》1998 年第 5 期。

（15）《圆形廊柱》，《延河》1998 年第 8 期。

（16）《寂静与芬芳》（世纪文学之星丛书），百花文艺出版社，1998 年 11 月。

（17）《陈继明小说》（《青铜》《城市的雪》），《人民文学》1999 年第 1 期，《朔方》1999 年第 3 期。

（18）《三个故事》，《山东文学》1999 年第 6 期。

（19）《在毛乌素沙漠南缘》，《朔方》1999 年第 9 期。

（20）《干旱的村子》，《朔方》2000 年第 1 期。

（21）《飞翔与降落》，《飞天》2000 年第 4 期。

（22）《比飞翔更轻》，《创作》2000 年第 4 期。

（23）《遍地牛羊》，《朔方》2000 年第 5 期。

（24）《一棵树》《死因》，《朔方》2000 年第 11 期。

（25）《正午素描》，《雨花》2001 年第 3 期。

（26）《边界》，《朔方》2001 年第 Z1 期。

（27）《比飞翔更轻》，花山文艺出版社，2001 年 4 月。

（28）《举举妈的葬礼》，《十月》2001 年第 5 期。

（29）《蹄》，《朔方》2002 年第 Z1 期。

（30）《微澜的水》，《中国作家》2002 年第 5 期。

（31）《开口说话》，《十月》2002 年第 6 期。

（32）《悼念一双小脚》，《作品》2002 年第 10 期。

（33）《少年》，《北京文学》2003 年第 1 期。

（34）《短篇二题》（《夜行列车》《一个人的早晨》），《山花》2003 年第 1 期。

（35）《春天》，《红豆》2003 年第 2 期。

（36）《途中的爱情》，《中国作家》2003 年第 2 期。

（37）《途中的爱情》，漓江出版社，2003 年 1 月。

（38）《蚊子》《三只雪糕》，《朔方》2003 年第 3 期。

（39）《半个梦》，《朔方》2003 年第 Z1 期。

（40）《凤玉》，《上海文学》2003 年第 8 期。

（41）《星期五的老人》，《长城》2004 年第 1 期。

（42）《恐龙》，《钟山》2004 年第 2 期。

（43）《小说二题》（《老桥》《粉刷工吉祥》），《上海文学》2004 年第 4 期。

（44）《官道》，《朔方》2004 年第 Z1 期。

（45）《步行上北京》，《朔方》2005 年第 1 期。

（46）《宇宙是一颗香蕉梨》，《回族文学》2005 年第 3 期。

（47）《海棠十二帖》，《十月》2006 年第 1 期。

（48）《一人一个天堂》，花城出版社，2006 年 3 月。

（49）《陈继明小说两题》（《你想过怎样的生活呢》《早晨》），《延河》2006 年第 5 期。

（50）《雪糕》，《西湖》2006 年第 5 期。

（51）《珊瑚》，《人民文学》2006 年第 6 期。

(52)《宇宙是一颗香蕉梨》,《安徽文学》2006年第8期。
(53)《夜宴》,《天涯》2007年第1期。
(54)《翅膀里的光线》,《青年文学》2007年第4期。
(55)《百鸟苏醒》,《十月·长篇小说》2008年第3期。
(56)《母亲与刀》,《西部》2008年第6期。
(57)《蝴蝶》,《朔方》2008年第9期。
(58)《蚂蚁》,《黄河文学》2009年第Z1期。
(59)《我的赌徒丈夫》,《山花》2009年第2期。
(60)《每一个下午》,《黄河文学》2009年第10期。
(61)《教育诗》,《十月》2010年第1期。
(62)《忧伤》,《钟山》2010年第3期。
(63)《北京和尚》,《人民文学》2011年第9期 。
(64)《堕落诗》,作家出版社,2012年1月。
(65)《灰汉》,《十月》2012年第1期。
(66)《陈万水名单》,《天涯》2013年第3期。
(67)《威戎》,《山花》2013年第5期。
(68)《割棺材》,《朔方》2013年第Z1期。
(69)《留诗路》,《十月》2013年第6期。
(70)《陈万水名单》,阳光出版社,2013年12月。
(71)《芳邻》,《十月》2015年第4期。
(72)《蓄胡礼》,《西部》2015年第9期。
(73)《天黑再回家》,《边疆文学》2015年第11期。
(74)《圣地》,《人民文学》2016年第1期。
(75)《关于我丈夫》,《六盘山》2016年第1期。
(76)《有握手楼的镇子》,《小说界》2016年第4期。
(77)《各雅各姿杀人事件》,《清明》2016年第4期。
(78)《八人良夜》,《朔方》2016年第8期。
(79)《技痒》,《山花》2017年第2期。
(80)《五连》,《朔方》2017年第11期。
(81)《空荡荡的正午》,《十月》2017年第6期。
(82)《七步镇》,《十月·长篇小说》2018年第1期。

(83)《母亲在世时》，《湘江文艺》2018 年第 3 期。
(84)《七步镇》，人民文学出版社，2019 年 1 月。
(85)《辽阔天空》，《山东文学》2020 年第 4 期。
(86)《很多个梦》，《长城》2020 年第 5 期。
(87)《平安批》，《人民文学》2021 年第 1 期。
(88)《示指》，《芙蓉》2021 年第 2 期。
(89)《0.25 秒的静止》，《中国作家》（文学版）2021 年第 9 期。
(90)《平安批》，北京十月文艺出版社、花城出版社，2021 年 10 月。
(91)《奔马图》，《朔方》2021 年第 10 期。
(92)《0.25 秒的静止》，湖南文艺出版社，2022 年 3 月。

附录：中国新市民文学论纲

20 世纪 80 年代以降，随着深圳、珠海等经济特区城市的成形和发展，一种新的现代都市文化渐渐凸显出来，形成了迥异于中国传统城市的观念场域和生存空间。在这个场域和空间里，一个新的移民群体从少到多、从弱到强，在晚近 30 年中国社会转型的历史进程中，逐步转变为新市民阶层。准确地说，是转变为新市民阶层的主体。这个主要由“知识精英”、农村打工青年、“下海”经商者等组成的移民群体，最早出现在深圳，而后从深圳延伸到珠海、广州、东莞、惠州等广东各城市，再从广东扩展至全国。而广东新移民阶层的成长和转变，是与代表中国由农业社会向工业社会转型、由计划经济向市场经济转轨的经济特区城市的发展同步进行的。换言之，在中国社会快速工业化转型的进程中，生成于广东的新移民阶层从传统乡土走进现代城市、从农业文化迈入工业文化、从“他乡”转为“我城”、从新移民变成新市民，万千足迹踏出的是中华民族经过 40 多年的努力进入“新时代”的奋斗路径。其中，以实时性和现场感描述新移民阶层纵向发展的文学表达，即为“新移民文学”向“新市民文学”的转变过程，也是从边缘性文学形态走向主流文学形态的发展过程。

一、 新市民文学的 “新”

新市民文学源自广东新移民文学，是新移民文学的演进延伸和自我壮大，是新移民文学发展的必然归途，仿若溪流吸纳万千活水最后汇入江河。其间的过程体现为两个维度：一是新的社会阶层的诞生和发展，即由新移民阶层转变为新市民阶层；二是新的文学形态的相应出现，即从新移民文学转变为新市民文学。爬梳这个过程，我们首先需要正视和解析的是新市民文学的“新”。总体上看，“新”的含义可以从以下几个方面来把握。

第一，新的时代。1978 年之后的改革开放，开启的是中华民族强国富民的新征程。这是在中国共产党的领导下，中华民族总结历史经验和教训、顺应社会发展规律的自觉选择。因为几千年来，古老中国一直处于封闭的、自给自足的、稳定的农业经济社会发展状态中。但从 1840 年开始，这种惯性发展态势被完成工业化转型的欧美发达国家强力阻断，鸦片战争迫使没有任何准备的中国猛然间进入“被全球化”“被转型”的境地。在半殖民地半封建社会形态中，虽然梁启超等少数精英人士在 20 世纪前后的几十年中，以西方社会发展为参照，从物质、知识和制度、思想文化等不同层面做出了各种努力。但由于在上缺少强有力的政府领导、在下没有民众基础，他们的这些努力注定影响微小、效果寥寥。继 1949 年中华民族“站起来”之后，改革开放是矫正和探索怎样真正“富起来”的道路的一个开端。在“摸着石头过河”的过程中，中国共产党人面对世界发展大势，在中国特色社会主义的框架和格局中，借鉴西方发达国家的有效经验，确立了从农业社会向工业社会转型、从计划经济向市场经济转轨的发展路径。这也是 20 世纪 90 年代以来，文坛各类“新”的层出不穷的社会基础和现实理据。由此，中华民族开始了自上而下的工业化社会转型，一个全新的发展时代正式到来。这是新移民文学演进为新市民文学的历史背景。

第二，新的创作主体。随着国家的工作重点向社会主义现代化建设转移，在自上而下酝酿社会转型（首先是经济社会转型）的过程中，1980 年正式设立的经济特区，为新的社会群体——新移民阶层的诞生创造了充分的条件。其中，“知识精英”群体向深圳等经济特区的迁移，构成了新移民阶层的第一个也是主要的群体。这个群体在价值观和生存观层面的逐渐转变，无形中对整个新移民阶层的思想认知与情感诉求起到切实的引领作用。庞大的“打工”群体进一步促进了新移民阶层的稳定和固化，也成为这个阶层的主体。在“离乡—进城”的过程中，打工者尤其是中国农民经历了有史以来从未有过的精神蜕变，尽管这种蜕变既缓慢又痛苦。一方面，渐渐形成新的生存价值观念的新移民阶层，有赖于深圳等经济特区提供的迥异于传统的生活和工作空间，另一方面，新的生活和工作空间的出现也是基于更为广袤的社会发展土壤——中国世俗社会的成形。因为改革开放的重心是学习和借鉴西方发达国家的发展经验，以探索中国特色的强国富民道路，这种探索首先是尝试由社会主义计划经济向社会主义市场经济的转变。其间，近代以来已经在中国沿海城市萌芽和生长的世俗化社会，在中断 30 年后又得到接续。“现代化”这一纵贯改革开放 40 多年发展过程的词汇，蕴含着社会形态、价值标准、思维方式和生活方式等诸多渐变的丰富内涵。随着国家权力对经济生活、文化生活领域控制的松动，儒家传统中的“经世”、入世思想获得极大的强化，个体生存的价值和欲望得到认可与肯定。在物欲主义和消费主义在经济特区城市日渐合理化、合法化的同时，其辐射力和影响力也开始向沿海其他城市和广大内地城市扩散，并构建起中国人新的生活意识形态。在此过程中，新移民阶层经过近 30 年的思想与情感的蜕变，与也在转变中的传统城市里的原住民，在世俗意识形态这个新的空间里汇合，形成全中国范围内正在成长的新市民阶层，这一阶层成为新市民文学的创作主体。这是新移民文学演进为新市民文学的客观基础。

第三，新的主题表达。发端于深圳的新移民文学，从早期形态的“打工文学”、阶段性形态的“底层写作”到当代性形态的“城市文学”，再到新时代形态的“新市民文学”，这种阶段性文学形态的递嬗，一直与特区的经济社会发展和生活观念转型处于同步映照状态。新的城市——深圳从无到有、从小到大，正在成长为一座明显区别于中国传统城市的现代工业都市，它是中国工业化社会转型的实验和探索之地，代表着中国城市发展的未来走向。而新移民阶层亦在个体生存和发展的层面上，与深圳一起“摸着石头过河”，与中国第一座真正意义上的现代城市共同成长。他们在物质、制度、价值观念等多个方面，对正在成形的现代城市文化从拒斥到接受再到融入的精神蜕变过程，已通过多种样貌的文学书写，生动形象地显现于自新移民文学到新市民文学 30 年的创作进程中。随着工业化社会转型的逐渐深入，其间的从传统乡土到现代城市、从他乡到我城的思想认同与情感融入，也即从新移民到新市民，在经历了怨怼、质疑、迷茫、痛苦、希冀、反思等之后，已然成为传统中国人的精神和情感转型史。这是中国文学史上的一个全新主题，是中华民族第一次从自我内部多方位、立体化“破旧立新”以求更好发展的艺术存照。这种新的主题表达，首先体现于新移民文学的第一阶段——“打工文学”中，并以与工业化社会转型实践同步的方式，更深入地延续到后来的新市民文学创作里，直至今日。

第四，新的美学风貌。在新移民文学向新市民文学演进的30年历史中，一种新的艺术品质始终蕴含其中，并展现出新鲜独特的美学风貌。具体言之，就是与急速推进的社会转型现实同一节拍的实时性和现场感，是创作主体与表现对象置身于同一时空和同一事件中的即时性艺术传达，相当数量的作品甚至就是在描述人物自我的生存状态和生活感受，如“打工文学”。首先，在新移民文学发展为新市民文学的过程中，“打工文学”“底层写作”等不同阶段的文学形态一直在本能地顺应社会转型的时代现场，在各种统计数字、经济指标、问题描述、理论探讨等经济学、社会学分析之外，文学以鲜活的形象刻画出转型期内中国人从传统到现代筚路蓝缕的特殊心路历程。其次，新的创作主体展现出新的写作姿态。一是“打工者写，写打工者”的“打工文学”作者，成为当代中国文学史上第一个为自我个体生存权益和生活诉求集体发声的创作群体。他们既是自己作品中的关注与感受对象，又是自我生存的见证人和描述者，他们以文学的形式为特定历史阶段的自我生存现实立此存照，创造了“在生存中写作”的文学史奇观。二是“打工文学”之后，因时代发展和个人境遇的变化，创作主体开始放弃乡土质疑和对抗城市的视角，逐渐以城市主人即新市民的姿态书写生存现实。与俯瞰天下感悟人生的既有写作姿态不同，新市民文学的作者是以高度责任感且置身其中的城市主人身份来审视和观照现实的，其中的自我形象明晰鲜活，如曹征路的《那儿》《问苍茫》。最后，从新移民文学转向新市民文学的各个阶段性艺术形态中，自始至终灌注着一种倔强坚定的道德意识和人生精神，具体表现为正义、持守、坚韧、责任、理想、追求等，这是转型期内中华民族精神的艺术化展示，也是新时代到来之际中国特色社会发展的恒定特性，值得我们特别关注。

二、 新市民文学的特性

从新移民文学的产生到新市民文学的浮出地表，其间各个形态的动态演进路径的内在关联和发展脉络具有清晰鲜明的个体特性，充分彰显出这一发展过程在20世纪80年代以来当代中国文学版图上的特殊位置与独有价值。这种个体特性，可以表述为广东性、阶段性和现代性。

1. 广东性

在新移民文学向新市民文学的动态演进过程中，一直贯穿着鲜明的地域性特征。可以说，没有经济特区深圳、珠海，就没有广东乃至全国的改革开放；没有成形于经济特区深圳、珠海的新移民阶层，就没有“打工文学”“底层写作”“城市文学”等不同阶段的新移民文学形态。这种鲜明的广东性，具体表现为以下几方面。

一是中国的改革开放起步于首个经济特区——深圳。或者更准确地说，中国从农业社会向工业社会的转型试验开始于深圳。在深圳首先发生的是经济形态改革，如在人事制度、分配制度等方面的革新，吸引了大批专业人才和数量庞大的打工者群体，形成了蔚为壮观的移民潮。随着深圳社会转型的深入和成功，越来越多的移民者汇聚于特区，并由深圳、珠海扩展到广东其他各地城市，再由广东延伸至全国，新移民阶层就此成形。新移民阶层早期面对的是新的社会发展观念、新的道德观念、新的多元化的价值观念、新的审美观念的冲击和震撼，由此开启了从一个人到一座城市再到整个社会和国家的观念转型过程。这也成为早期新移民文学创作的基本主题指向。

二是新移民文学的第一种形态“打工文学”诞生于深圳。20世纪80年代中期以后，数以千万计的打工者涌入深圳，这个庞大的“进城务工人员”群体也成为新移民阶层的主体。这些绝大多数来自农村和边远贫困地区的“打工仔”“打工妹”，在早期进城过程中产生的心理上的紧张、失落与困惑，精神上的痛苦、焦灼和愤怒，以及种种与生活期望和梦想相悖的生存状态，都成为“打工文学”艺术表达的原始动力和基本题材。以1984年深圳的打工者林坚发表短篇小说《深夜，海边有一个人》为开端，从深圳肇始，“打工文学”逐渐向广州、东莞、珠海、佛山、惠州等地扩展。至20世纪和21世纪之交，“打工文学”已经产生全国性影响，得到越来越多的读者和评论者的认可与肯定。不仅如此，在理论研讨多于创作实践的“底层写作”形态的发展过程中，被公认为“底层写作”代表性文本的是深圳移民作家曹征路的中篇小说《那儿》和长篇小说《问苍茫》，曹征路也因此被界定为“底层写作”最具代表性的作家，这表明真正意义上的“底层写作”仍然发源于深圳。实际上，是广东的“打工文学”引发了“底层写作”，前者是后者的源头和起点，是“底层写”向“写底层”发展变化的结果，也即创作题材和创作主体的扩大。换言之，“底层写作”也是社会快速转型引发的“生存阵痛”从深圳向全国蔓延的文学化反应。

三是新移民文学创作文本蕴含着“粤派风情”。在现实生活层面上，广东作为中国社会转型的前沿阵地，无论是经济形态、人生观念、道德标准还是生存方式、生活习惯，都对其他地方产生了巨大影响，以至于有“经济北伐”“文化北伐”的戏称。这种从南到北的“时尚性”影响，很大程度上是借助文学、影视等艺术形式来实现的。在新移民文学作品中，不仅有对岭南自然风物的生动书写，还有对广东人的群体性格、价值观念、思维方式等地域文化特性的形象描述，以及广东人在新的文化转型到来之际敢于面对、勇于改变的强韧心态和行动。对比《大路上的理想者》中的吴为和《你不可改变我》中的少女孔令凯可以知道，后者的超前意识和人生进取观念尤其值得敬佩。

2. 阶段性

新移民文学发源于广东，因此，以“广东新移民文学”的概念命名需依据三个条件：一是成形于经济特区深圳、珠海并扩展到广州、东莞、惠州等城市的新移民阶层；二是新移民阶层生活在特区城市的特定环境与氛围中，运用异于既往的价值观念、伦理标准、思维方式和行为方式进行文学表达；三是随着社会转型的深入，新移民逐渐转变为新市民的历时性、动态性过程在创作文本中的形象展现。从文学形态自身的演变来看，广东新移民文学发展成为新市民文学经历了 30 年，其间的阶段性特征十分明显。

第一个阶段是从“打工文学”到“底层写作”。一方面，没有工业化社会转型就没有打工群体的“打工文学”；另一方面，没有“打工文学”就没有“底层写作”。从创作层面上看，由“打工文学”到“底层写作”是“底层写”向“写底层”的扩展，实际上则是工业化社会转型运行至特定发展阶段的必然结果。因为，任何一种社会形态的基础都是经济形态，所以社会主义市场经济形态也自然是中国特色工业化社会的基础。但在国家从计划经济转为市场经济的酝酿阶段和实施初期，还没有建立起合理有效的政治体制和管理体制，也缺少健全的法治保障，加之还未形成公众普遍认同的价值观，在向“钱本位”的市场经济形态转变的过程中会出现道德滑坡、物欲横流的现象。1992 年，实施社会主义市场经济体制正式成为中国经济社会发展的基本道路，随之出现的另一个社会问题是市场的“钱本位”和传统的“官本位”结合，“权钱联姻”在国有企业改制中的种种不当行为，一定程度上使得民怨沸腾。上述社会转型的不同发展阶段出现的不同问题，催生了 1984—2004 年的“打工文学”和 2004—2010 年的“底层写作”。2010 年以后，越来越多的打工者成为深圳等现代工业城市的新市民，诸多社会问题得到解决或有效缓解，“打工文学”与“底层写作”也随之完成了各自的使命。2015 年，深圳举办“第十一届全国打工文学论坛”，该论坛提出用“劳动者文学”替代“打工文学”，显示的就是这样一个文学事实。

第二个阶段是进行时态中的“城市文学”和“新市民文学”。其内涵在于，当工业化社会转型初步成功，尤其是在社会主义市场经济体制得以全面实施并进一步巩固之时，中国社会发展由此进入了一个全新的时代，也促使新移民阶层尤其是打工群体和城市原有居民，去思考和实践关于“追求什么样的生活”和“怎样生活”的问题。这种进行时态中的思考与实践从深圳、珠海等特区城市开始，再扩展到广东乃至全国，从 20 世纪 90 年代中期直至今日。按照党的十九大确立的发展目标，到 21 世纪中叶，中国将建成富强民主文明和谐美丽的社会主义现代化强国。

届时，“城市文学”和“新市民文学”也必然像“打工文学”等一样，作为中国社会发展特定时期的阶段性文学表达而成为历史性概念。

3. 现代性

由农业社会形态向工业社会形态转型，是人类社会发展的必然规律。就经济形态来说，它是从自然经济形态向市场经济形态的转变；就文化形态而言，则是从农业文化到工业文化的转变。也就是说，每一种经济形态都具有与之相适应的道德观和价值观。具体言之，与农业经济相对应的是等级观念、宗法家族观念、乡土观念、自给自足的土地意识等，与工业经济相对应的是平等观念、契约观念、竞争观念、个人自由观念、社会公正观念等。二者的区别，即为“传统”和“现代”的基本差异所在。相对于早已完成工业化转型的西方发达国家，古老中国自近代才被迫地在一定程度上觉醒，少数知识精英群体开始对以人为本、肯定个体生存价值进行精神探索和情感表达。但出现在“五四”新文学创作中的这种现代性主题指向，是间断的、零散的、碎片化的。纵向缕析，只有到了20世纪末叶的“新移民文学”，这样的现代性才真正获得较为全面的、历时性的展现。

整体考察新移民文学到新市民文学30多年的演进历程，可以发现上述的现代性主题指向主要体现在三个方面。第一，广东新移民文学自“打工文学”开始就已经把握住了中国社会从传统农业文化向现代工业文化转型的强劲脉动，并在对这种转型的同步书写中完成从社会转型初到取得阶段性成就的侧重于人的精神与情感层面的文学性记录。第二，从“打工文学”到“城市文学”，历时性地表现了强调以人为本、肯定个体生存价值和欲望诉求的公众认知与社会认可过程。第三，从新中国成立以来当代中国文学关于国家、民族的宏大理想的叙事，回到对城市普通人世俗生活和精神世界的描述，也写出了物欲主义与消费主义的合理、合法。这些贯穿于新移民文学向新市民文学发展过程中的新的现代性主题质素，在中国文学史上乃至同时期的其他文学形态，诸如“改革文学”“寻根文学”“知青文学”“先锋文学”“新写实小说”里都罕见或根本没有。

三、 新市民文学的价值

从广东新移民文学已有的创作实绩和“打工文学”“底层写作”“城市文学”等发展历程来看，“新移民文学”和“新市民文学”两个命名，既可以涵盖其形态内涵和演进状态，也能够予之较为准确的史学定位。理由在于，“打工文学”强调的是新移民阶层中数以千万计的打工群体的文学表达，“底层写作”或称“底层文学”则是在“打工文学”的基础上，向转型期特定阶段的社会生活尤其是普通百姓的生存现实进行更深入、更广阔的艺术掘进。两者在表面上界限清楚，内里却是递进和延伸的关系，即创作主体身份和范围的扩大——由打工作者扩大到知识精英作者（大多数是职业作家）、从广东一省的创作扩展到全国范围的创作。但不论身份与范围怎样变化，这些创作者所关注和书写的都是包括打工群体在内的社会底层的生存现实。

除了“打工文学”和“底层写作”，“城市文学”是另一个被广泛使用的文学形态命题。这个出现在1983年的概念，直到21世纪第二个十年依然语焉不详。究其缘由，与学者、评论家和创作者难以辨清或较少缕析工业化社会转型的实际发展状态有一定关联。不少研究者没有真正把握或者有意无意地忽略了“城市文学”与“打工文学”“底层写作”的内在承继关系，没有意识到所谓的“城市文学”实质上是新移民阶层从“他乡”到“我城”转变的文学化反映，也即表面上是身份的改变，实际上是精神和情感层面的转型。此中的“城市”，不但迥异于中国农业社会里的传统城市，而且已成为现代工业文明背景下的新的物质生存空间和文化生态空间。然而，在已有的许多名为“城市文学”的创作文本中，这样的现代城市并不存在，因为即便是20世纪80年代的北京、上海，也与真正的现代城市有着很长的距离。可能正是有感于此，深圳的《特区文学》杂志在1994年发起了“新都市文学”的倡议①，尽管该杂志已经

---

① 见《特区文学》1994年第1期的“卷首语”，以及该刊在1995年到1996年间刊发的余秋雨、何继青、王世诚、宫瑞华、尹昌龙等人的相关文章。

注意到了城市的“新”“旧”问题，但响应者依然寥寥。其中固然有“只缘身在此山中”难以认清现实真相的困扰，但命名的准确度也是原因之一。具体地说，“城市文学”包括“新都市文学”着眼于空间层面的“城市”与“乡村”的对举和对立，对社会现实的认知还停留在“打工文学”阶段，即社会转型初期，因而忽略了人的“现代化转型”已难再受城与乡的空间限制。故此，这样的区分并不符合社会转型运行到21世纪第二个十年时的具体实际。其他如“新乡土文学”之类的命名，体现的也是这样一种同质化思路。

1994年9月，《上海文学》和《佛山文艺》联合举办了“新市民小说联展”。1996年9月，《上海文学》再一次对“新市民小说”做出倡导。虽然强调的只是小说的一种体裁，但对中国社会转型现实和文学发展态势的把握可谓独到和准确。“一个新的有别于计划体制时代的市民阶层”正在悄然崛起，“并且开始扮演城市的主要角色。在世俗化的致富奔小康的利益角逐之中，个人的生命力空前勃动”。而“‘新市民小说’的出现，是社会主义市场经济全面启动后，社会生活与人的价值观念的变更在一部分作家审美情感与文化想象力范畴内的反映；它表明一部分作家开始站在现代都市文明的立场，而不再拘泥于以往‘乡土性’文明的立场，来看待中国的现实生活与文化”。[①] 尽管“新市民小说”在彼时并没有形成一定的创作规模，但是这样的表述却道出了新移民文学向新市民文学转化的内在逻辑关系。

发源于深圳的新移民文学，更精准来说应该是“广东新移民文学”。在经历了“打工文学”“底层写作”“城市文学”等阶段性文学形态的发展之后，广东新移民文学开始向新市民文学转变。这种转变，立体化地呈现出中华民族进行工业化转型、建设社会主义现代化国家40多年来的不懈努力，也是新移民文学由广东走向全国、从边缘文学形态迈入主流文学形态的过程。随着新时代的到来，新移民文学成为历史，新市民文学则正处于进行时态中。在中国今后30年的发展里，最为迫切的议题之一是人的“现代化转型”。这既是中华民族未来进步的重要方向，也是进行时态中的新市民文学必须承担的时代责任和艺术使命。

---

① 见《“新市民小说联展”征文暨评奖启事》（《上海文学》1994年第9期）、《再说“新市民”——编者的话》（《上海文学》1996年第9期）。

参考文献

[1] 珠海市文学艺术界联合会. 珠海文艺三十年 (1980—2010) [Z]. 珠海: 自印本, 2011 年.

[2] 珠海市作家协会. 1980—2010 珠海经济特区三十年文学作品选 (小说卷) [M]. 珠海: 珠海出版社, 2010.

[3] 马克思. 1844 年经济学哲学手稿 [M]. 中共中央马克思恩格斯列宁斯大林著作编译局, 译. 北京: 人民出版社, 2014.

[4] 王德威. 被压抑的现代性: 晚清小说新论 [M]. 北京: 北京大学出版社, 2005.

[5] 弗莱. 批评之路 [M]. 王逢振, 秦明利, 译. 北京: 北京大学出版社, 1998.

[6] 费正清, 等. 剑桥中国晚清史 (1800—1911 年) [M]. 中国社会科学院历史研究所编译室, 译. 北京: 中国社会科学出版社, 1985.

[7] 蒂博代. 六说文学批评 [M]. 赵坚, 译. 北京: 生活·读书·新知三联书店, 2002.

[8] 陶一桃, 鲁志国, 等. 中国经济特区简史 [M]. 上海: 学林出版社, 2020.

[9] 李宗桂, 等. 文化精神烛照下的广东 [M]. 广州: 广东人民出版社, 2008.

[10] 章必功, 傅腾霄. 移民文化新论 [M]. 北京: 人民出版社, 2010.

[11] 黄士芳. 特区文化建设与思考 [M]. 广州: 花城出版社, 2017.

[12] 孟繁华. 城市文学的兴起与实践: 以深圳文学为中心 [M]. 北京: 作家出版社, 2021.

［13］丁帆，等．中国乡土小说的世纪转型研究［M］．北京：人民文学出版社，2013.

［14］李敬泽．见证一千零一夜：21 世纪初的文学生活［M］．北京：新世界出版社，2004.

［15］张钧．小说的立场：新生代作家访谈录［M］．桂林：广西师范大学出版社，2002.

［16］朱红，许蔚．城市变迁与文化记忆［M］．上海：复旦大学出版社，2018.

［17］贾艳艳．城市文学与时代症候［M］．上海：复旦大学出版社，2018.

［18］袁红涛．“文学城市”与主体建构［M］．上海：复旦大学出版社，2018.

［19］王进．城市文学：知识、问题与方法［M］．上海：复旦大学出版社，2018.

［20］柳鸣九．从现代主义到后现代主义［M］．北京：中国社会科学出版社，1994.

［21］谢镇泽，郭海军．改革开放城市新移民文学书写研究［M］．北京：人民出版社，2018.

［21］章必功，南翔．都市文学新景观：深圳作家作品研究：30 年 30 家［M］．北京：商务印书馆 2010.

［22］吴忠民．中国现代化论［M］．北京：商务印书馆，2019.

后　记

本书的写作内容，是与珠海市文艺评论家协会（简称“评协”）王洪琛老师商讨后确定的。

原来是想搞出一个宏阔的“珠海文学”全景图谱，或许还会很壮观。这也是我近几年来一直存有的心思。但考虑到时间、精力的原因，更主要的是怀疑自己的能力，便欣然接受了王老师的意见。

接受任务，签订合同后，就得认真干活了。于是，从 2021 年 4 月下旬开始，梳理思路，搜集整理相关的作品资料，设计搭建初步的写作提纲。最初的想法，是要在改革开放以来的珠海文学拼图里，拼出“珠海小说”的部分。但真动起手来，才发现困难重重。择其要者言之：其一，找不到作品。尤其是 20 世纪八九十年代的珠海小说，不仅发表的时间和发表的具体刊物难以确定，而且即使是确定了的，也找不到作品原文。网络上多种平台遍寻不得，只好去可能查阅到的市内图书馆搜寻。已经成书在内地出版的，到“孔夫子旧书网”尚能买到，但港、澳、台地区出版的作品，却不是那么容易。为此，有些作品，寻找的时间是阅读时间的数倍。其二，阅读量浩大。粗略估算，自该任务动工以来，精读珠海小说作品及相关评述文章远超 2000 万字，有些还需要反复品读。即便如此，也没有读完应读的全部内容，只好采用一目五行到十行的办法。其三，把握不准作品。有一些小说的意涵，即使读了几遍，也还是难以准确定位。遇到这样的情况时，只能慢慢地悟，悟到什么程度就算什么程度。其四，写作时间短。由于时间紧迫，来不及细致地思考和品味，导致有些内容不免成为“急就章”。

当然，再多再大的困难，也抵不过个人能力不够的羁绊，这是读得慢、写得更慢的直接情由，也是造成本书内容粗浅的根本原因。这一年来，除了上课等必须做而且必须做好的工作及别的必要事务，我的精力几乎都用在写作本书上面了，称得上夜以继日，也称得上认真、严肃、负责。比如，书中所有的引用，都经得住准确查证。写作本书的过程，看似在与具体作品对话，实际上是自己跟自己商谈，个中滋味实难描述。正因为如此，书中的很多观点、看法、主张等，都属于一孔之见，有些恐怕是陋识，还请论及的各位珠海小说家包容宽恕，也请广大方家、读者理解、体谅。

还有一点要说明，即本书是倒着写的。也就是先写结尾，后写开头，以对应“以点带面”的表述体例。因为写的不是“珠海小说史”，故而无法面面俱到。可能由此会出现个别表述前后不太一致的情况，虽已疏通，但难免有所遗漏，也请大家多多指正。

“附录”里的文章所提出的议题，是近几年一直在思考的方向，或可与“珠海小说”形成一些主题上的互补。

时光已到五月初夏，本书也成了“珠海文艺评论书系”的拖腿之作，为此深感惭愧。在此，要真诚感谢评协领导和同仁的理解、鼓励和支持，还有家人的默默奉献。不然的话，这本书只能存在于想象之中。

郭海军

2022 年 5 月 15 日于珠海香洲区